好望

HAO WANG

郝建国◎著

新华出版社

图书在版编目（CIP）数据

好望 / 郝建国著. -- 北京：新华出版社, 2021.11
ISBN 978-7-5166-6069-0

Ⅰ. ①好… Ⅱ. ①郝… Ⅲ. ①中国文学－当代文学－作品综合集
Ⅳ. ①I217.2

中国版本图书馆CIP数据核字（2021）第202835号

好 望

作　　者： 郝建国

责任编辑： 杨　静　丁　勇　　**封面设计：** 刘宝龙

出版发行： 新华出版社
地　　址： 北京石景山区京原路8号　　**邮　　编：** 100040
网　　址： http://www.xinhuapub.com
经　　销： 新华书店、新华出版社天猫旗舰店、京东旗舰店及各大网店
购书热线： 010－63077122　　**中国新闻书店购书热线：** 010－63072012

照　　排： 六合方圆
印　　刷： 三河市君旺印务有限公司

成品尺寸： 170mm×240mm
印　　张： 20.5　　**字　　数：** 280千字
版　　次： 2021年11月第一版　　**印　　次：** 2021年11月第一次印刷

书　　号： ISBN 978-7-5166-6069-0
定　　价： 68.00元

安启元序

陕西是中华民族和华夏文明的重要发祥地，出了很多新闻大家，像于右任、张季鸾等人，都是对国家有大贡献、对时代有大影响，在新闻史上具有开创性的人物。前人树立的榜样，带动了一代又一代新闻人追赶超越。

郝建国同志以前在政协《各界导报》工作，现供职于《华商报》，曾经采访过我。多年来，他能坚持党性与人民性的统一，记录社会，反映民情，深入采访调研，理性温和表达，实事求是报道新闻，颇显新闻记者的正义与担当。

记者被称为杂家。建国同志的作品，内容宽泛，形式多样，涉及社会方方面面，较为客观地反映了陕西乃至中国新世纪前后二十多年的变化，其识见与文笔均有可圈可点之处，一些作品可以作为历史文献保留下来。

看到年轻人上进，由衷感到欣慰，希望他往后能取得更大的成绩。

尺水兴波，短歌为序。

安启元

2021 年 8 月 12 日

（作者系中共陕西省委原书记）

王君超序

《好望》之“望”

我和郝建国先生素未谋面，冒昧为他的大作写序，完全是因为微博的缘分。

2011 年以来，我主持了教育部和北京市的两个微博研究课题，考察自媒体上的表达权和“理想的传播情景”。从此，“刷微博”成了我日常工作、生活中不可分割的一部分。

后来发现，互粉的“@ 记者郝建国”和我一样，都是时时在线的“微博控”。在微博上，他对于新闻事件的评价从不人云亦云，而是以调查记者的眼光进行反思，而后抽丝剥茧地进行分析，甚或指出有的“事实”必定反转。

我与他一样，做过记者、编辑，又在传统媒体向社交媒体转型的过程中成为“自媒体人”，深知这一身份转型殊为不易——除了话语方式的转变，还不能忘了主流媒体记者那种强烈的社会责任感和辩证思维；同时，还要瞻前顾后地预测传播效果，以免误导社会情绪。

在我的印象中，郝建国先生的微博做到了“犀利”与“求真”相统一，因此能发挥其舆论影响力。

今天看到郝建国先生的《好望》书稿，发现无论在传统媒体还是自媒体平台上，他的文字，都一以贯之地表现出一个有责任、有担当的记者素养。

书名中的“望”字，是取普利策“瞭望者”之意，可谓立意高远。

我向来认为，要成为一名合格的“喉舌”，必须将舆论监督作为自己的天职，这也是马克思主义新闻观的题中应有之义。

记得做记者时，人民日报社的记者证封底上，就印有《中国新闻工作者职业道德准则》，“加强和改进舆论监督”的条款赫然在目。

收入《好望》的作品，颇能体现作者“激浊扬清、针砭时弊”的特点。例如，《农民张坎锁之死》、《西安交大长江学者“科技成果造假”调查》系列报道（以下简称“《科技成果造假》”）、《揭开呼格吉勒图冤案》、《大学生“舍己救人”牺牲后遭遇“挟尸要价”——长江荆州3条逝去生命的记忆》（以下简称“《挟尸要价》”）以及《京城流浪女李丽云的非正常死亡》等等，这些作品的选题，一方面都是当时的社会热点，具有较强的社会性和问题意识；另一方面事件的发展也与“有关部门”和社会风气不无千丝万缕的联系。作者在“合法监督”和“建设性监督”的框架内，通过个性化的新闻事件的深度挖掘，蕴含着对“有关方面”的追责和对社会系统良性运行的呼唤。

作者虽然长期服务于都市报，以采写特稿为基本工作内容，却本其“文化自觉”，对圈内的流行文风进行自觉的抵抗。他明确反对“新闻散文化”，坚持“用事实说话”，用新闻语言和叙事逻辑来写新闻，这也是我本人长期以来矢志不渝的价值观。

《挟尸要价》开篇的首段写道：

2009年10月30日上午，宝塔湾烟雾朦胧，远处的货轮像往常一样在长江中平稳行驶。岸边的沙滩上，自发来这里祭奠英雄的人们络绎不绝，他们有的噙着眼泪焚香，有的手捧菊花鞠躬——6天前，当地两所高校的3名大学生何东旭、方招、陈及时为救2名落水少年，在这里献出了宝贵的生命。

这段导语性文字虽然运用了描述性的技巧，但时间、地点、人物、事件俱备，完全摈弃了时下流行的那种“新新闻主义”“碎片化写作”四五段内找不到人物身份，琐碎化叙事令人如堕五里雾中的弊病。

大量运用对话和直接引语是他还原事实的一个常用写作策略。比如《科技成果造假》一文，运用对话展开了举报者、被举报者两方面的说法；《小康乡农民为何负债累累》的报道，大量使用了记者与采访对象的对话。集子中还有的作品直接采用了“对话体”，作者将其归入了本书第三部分的《对话》。此外，他还重视对新闻背景的建构和对权威资料的引用。如在《科技成果造假》一文中，他综合引用了教育部领导、学术批评网主编的观点，以及国际电气和电子工程师协会（IEEE）对“剽窃”认定与处罚的标准。

《好望》所收作品不多，但也足以说明作者是一个新闻“多面手”。集子中有特稿，有评论，有论文，还有文化随笔，体现了作者对成为“专家型记者”“学者型记者”的不懈追求。我细读了作者对《挟尸要价》报道和图片获奖的商榷性论文，刷新了我以前从媒介批评角度对这一问题的看法。

希望作者百尺竿头，更进一步——用好新闻的“解困”功能，服务社会转型；放眼全球的媒体转型，刷新融媒体叙事技巧；强化深度报道思维，力求深刻全面。

以上挂一漏万，权作对《好望》之“望”吧！

2021年8月15日于清华园

（作者系清华大学新闻与传播学院长聘教授、博导）

张念贻序

春风依旧望春风

我可以带有泄密性质地告诉大家，在我的阅读中，但凡记者的书，占有着极大的比重，特别是具备良知与责任的记者，经由他们自己编选的新闻作品集，有着“信史”的力量；散存在他们作品中的真实，有着比黄金珠玉更弥足珍贵的品质。在这点上，“史家之绝唱，无韵之离骚”，若说记者祖师爷，非太史公莫属。

郝兄建国，陕北府谷生人。塞上斯地，我曾多次到访，亿万斯年之前大江大海之谷，亿万斯年之后方有煤海气田惊现于世，那里又毗邻如今重现绿洲的曾经的毛乌素，是游牧文明与农耕文明的过渡区，两种文化交合之地。信马由缰或自由飞翔，中正平和或宏阔张扬——这样一种气质，兼及豪放与婉约、工笔与写意、浪漫与现实，斯地如是，斯人亦如是。

建国兄是我入职之初的领导与兄长，在我与他先后共事的不到两年时间里，我有幸在他的指导下塑造了最初的理念，我对新闻的职业理想和业务技术同样得益于他早年的耳提面命。那些年体现在我笔下的以写实存真的句法、词法、字法，甚至言谈举止都深受影响。完全可以说，建国兄是我最初的偶像，我是他忠实的粉丝。

20 年说长也长，说短也短，相对于万古长河终究不过沧海一粟。20 年前的世纪之交，是中国报业的兴盛年代，文化古都西安更是经历了都市报的风起云涌和市场洗牌，一代人的命运在报纸里浮沉。时代的潮水来得永远超乎想象，短短几年，键盘取代了纸笔，数码取代了胶片，微博、微信取代了博客，互联网媒介融合一夜之间冲击百业，太多的新闻同路人，也早已经完成重新选择，新闻理想似乎伴随着青春散场。

说不清也道不明，到底是幸运还是遗憾，建国兄和我始终如树般立根自己选择的职业所在，虽处不同单位，尚属同城同行；虽处不同岗位，到底还是报人。多时不相见，相见依旧聊报纸、说新闻，甚至平时还会为一条热点新闻的传播，私信互聊很长时间，连我自己也搞不明白，到底是因为新闻而聊天，还是为聊天而新闻。不过说到底，我对建国兄的新闻作品保持着长期的关注，我在受聘高校执教的时候，还曾就他的新闻作品向学生作出分析和解读。

现在，建国兄终于要出书了，继他多年前出版的《记者的眼》之后，这一次以《好望》之名，唤回自己曾经的纸上文字。这些倾注他理想、热情与心血的文字，如同流水落花也曾惊艳却也尘封故纸。现在它们连片成羽，连匹成绸，在我眼里，终于整体成形，总算是整装待发，称得上锦绣华章了。

如果说作家吃的是草挤出来的是奶，那么记者吃的是草挤出来的还是“草”。即便是近代中国新闻史上声名赫赫的记者，多数也难与一个著名作家的长久和持续的影响力相媲美，似乎可以记者如水、作家如酒相较。然而，岁月长河，草乃食药之源，奶可滋养生命；酒赋盛名千秋醉，水善利万物而不争。由此说来，任何一种职业的自信与自谦的此消彼长，完全取决于从事这个行当的人是否对这个职业犹如神灵般地信奉与敬畏。

人与人的天分与勤奋到底还是有着较大差异，这也决定了在其职业生涯中，勃发与蔓延的进度、高低错落的程度。就拿记者这个职业来说，除了深耕与坚守，也会因为认识问题的力度和深度，决定着脚印的深与浅、视野的高与低。同样的年岁，也会因为早慧的程度和自身的积累，决定着起根发苗、开花结果的早与晚、收获的多与少。

以建国兄的天分，特别是以他的严谨、缜密和逻辑抽绎能力，应该是一个绝好的大学教师的角色。他选择了新闻，这也就意味着他注定不是那种以稀松平常的会议稿件、鸡零狗碎、来料加工来定位自己的职业，他对问题与话题、对人物与事物的探寻始终走在深刻一路。即便是他在二十多岁的青春少作中，也会有《小康乡农民为何负债累累？》《胡万林是华佗再世吗？》这样起手便是虬龙枝、挥手便是仙人掌式样的具备力度的追问。

当然，一个人的生存状态和职业选择始终伴随着时代的潮起潮落，从原乡府谷到古都西安，从《各界导报》到《华商报》，从都市报业的崛起到媒介融合时代，从青年到中年，建国兄成为都市报繁荣的参与者、见证者和《华商报》实力派，坚守自己的职业态度，恒定自己的职业方向，以众多具有范式意义的深度报道、引发广泛关注的现象追踪、蕴含学术气质的时评论文，以及众多力度饱满的文化随笔，形成了自己的综合气质。

《好望》一书，不仅是自世纪之交以来20多年中国社会的片段存证，更是作者在知天命之年到来之际的一次生命回望，当然这本书既不能涵盖建国兄20年职业生涯的全部，也基于种种原因，未能收录进一些具有特殊意义和标志性的作品，但仅从收录其中的作品来看，已经能够清晰并分明地看到作者和作品所具备的广博的视野、开合的力度、笔法的清正。

在“观察”部分，今天的人们何曾想到在1978年里，一辆架子车的问题曾经令省委书记为难？谁又能想到时隔整整40年后的2018年，针对西安市民老旧汽车的一次“禁”“限”令，引发对政府职能转变、治理能力现代化以及公民权利的思考？

与理论家和一般意义上的学者不同，记者的工作通常以“解剖麻雀”为主。在“社会”、“众生”部分，包括“内蒙古呼格案”、长江“挟尸要价”事件等都在当时引发全国关注，建国兄的报道和评论互为表里，冷静之外给出的论断令人深省；京城流浪女的非正常死亡、外逃女嫁给警察等特稿，以平视的眼光理解底层众生，悲悯之外不乏启迪。

对人物的追踪与解析、对话与探讨是一个记者的必修课。陕北老革命贾拓夫的报道，注重新闻由头，从西安解放及首任市长切入，既讲究人物轮廓的完整与准确，又特别注重细节，情感线和命运线交织，洞悉成长背景及地域革命文化对主人公的影响。特别是报道揭示的红军战士过草地时为了生存不得不在粪便中寻找未消化的青稞救命的情节，与先前的史料及回忆文章相比具有“独家性”“原创性”，让人震撼。对话李昌平、贾平凹等报道，也不难看出作者所聚焦话题、设问气质最终形成的合理闭环。

一个记者看家本领的终极体现是思想，理论和评论是必然的结果。在《好望》论文和评论部分，命中的问题和事件别具典型意义：从《特稿记者如何报道犯罪》《陕西死刑犯罪“疑罪从无”第一案的司法进步意义》到《药家鑫案件背后的民粹与精英主义司法之争》，彰显公义与公器底色，“理性，建设性”显而易见。

在随笔、文化、民俗及方言部分，建国兄的文化观察和对故乡府谷的民俗、方言探究带有强烈的个人志趣和故土情怀，问题的捕捉与思考应是长期并贯穿始终的，能看出作者的学理根基与杂家特质。

人生不满百，常怀千岁忧。至今记得世纪千禧年我初到《各界导报》初见建国兄的情景，至今怀念短暂同事的日子，转眼已是20余年。作为新闻从业者，我们在陕西、在西安，以自身所及观察、记录表达着国家、时代、命运。我们是同行同道、同城媒体，都在长期保持着彼此关注。我们共同经历了手写与胶片的年代，又在媒介融合的时代中各自前行。新闻理想固然奢侈，新闻业务的探讨是否意味着新木匠和老木匠探讨榫卯结构，对此似乎颇有戚戚。

一夕是百年，百年是一夕。基于工作机缘和个人兴趣，我得以连年接触参与到百年陕西历史方面的工作，在卷帙浩繁的封尘故纸间探寻纸上陕西。在我看来，无论淹没与流传，记者的记录始终是值得重视的珍贵史料，我也因此看重每个记者对自己新闻作品以书籍的形式再一次的集结。

“桃李春风一杯酒，江湖夜雨十年灯”。20年过往，我依旧相信《好望》一书中沉潜的力量和建国兄目力的高远，正所谓“春风依旧望春风”。

2021年7月12日于长安青门

（作者系资深记者、知名文化学者，现供职于陕西日报传媒集团）

自 序

我姓郝，经常有人叫我“好记者”，所以我的这本新闻作品集就叫《好望》。当然，如果有读者按 Good Hope 去解读，那也是极好的。

小时候每年都有三个假期，最美要数秋季。我赶着羊群，登上陕北高原的那些小山，瞭望远方，想象雨果笔下冉·阿让生活的地方。

后来做了记者，有机会行万里路，去北国南方、都市乡村、工厂社区，也去过人民大会堂。这本个人新闻作品集取名《好望》，也是受了同行的启发——全球著名新闻人普利策有一句名言：“倘若一个国家是一条航行在大海上的船，新闻记者就是船头的瞭望者。”

新闻记者，就是瞭望前方、发掘真相的人。湖北荆州“挟尸要价”事件，让那些因为利而尘封人道的市井之人心有触动，同时也提醒政府对无力者的及时救济，“挟尸要价”也因此成为一个新的词条；发生在内蒙古的呼格吉勒图冤案，在新闻界同行共同关注下，被司法机关昭雪平反；农民张坎锁服毒自尽，给征收了几千年的“皇粮国税”终结的天平上添加一块小小砝码……

《好望》收录的新闻作品跨越世纪，前后超过 20 年。这 20 多年改革开放取得重大突破，互联网以及数字技术的发展和普及突飞猛进，信息传播的广度和深度前所未有。

不要以为我们今天的发展成果理所当然。向前 40 年，省委书记开会讨论的问题是农民该不该有架子车，或者说农民有了架子车算不算资本主义。这也从一个侧面表明，党领导的解放思想、改革开放多么正确。

优秀的媒体和记者，能够在海量的信息流里乘风破浪，最大限度地接近真相，抓取最有价值的新闻、信息和数据。

到大学里和新闻学子交流时，我常常会推荐《史记》，觉得司马迁是最早、最了不起的记者。他到过会稽，看了传说中大禹召集部落首领开会的地方；去了曲阜，考察孔子讲学的遗址；他还去过汉高祖的故乡，听取沛县父老讲述刘邦起兵的传说，这都是第一手采访。当然司马迁也会用二手资料，包括对古代文献中一些艰涩文字的重构。

很多人看重《史记》，因为那里有很多形象鲜活的人物。对于普通新闻记者而言，报道更多的是生活在我们身边的普通市民。最近看到著名经济学家张维迎写故乡人物的随笔，觉得很有趣。标新立异、专业术语、学术逻辑、数据图表，用这些学术圈基本工具写文章，对张维迎这个量级的学者来说稀松平常，现在他换了一支娓娓道来的笔，定格于成长坐标或一段记忆，从身边亲人、儿时朋友或柴米油盐等琐碎说起，以故事记录人性善恶和制度得失，字里行间的情怀与思考彰显另一种感染力。

好的故事固然能贡献流量，这与记者的文笔、文本分不开，但最能反映一名记者气质与文野的还是其新闻作品反映的问题和记者的见识、思想。我有一段时间供职于《华商报》深度报道部。有时会自问，我的报道究竟深不深？有没有价值？有多少价值？

我的《西安交大长江学者“科技成果造假”调查》系列报道，揪出了十年前学术界存在的浮躁甚至腐败。2011年2月科技部发布通告，决定撤销“涡旋压缩机设计制造关键技术研究及系列产品开发”项目所获2005年国家科学技术进步奖二等奖，收回奖励证书，追回奖金，奖项主要负责人之一李连生也被西安交大解聘。这是我国第一例因学术造假被撤销的国家科学技术进步奖获奖项目，这样严厉的处理，捍卫了国家科技奖励制度的严肃性，在全国范围内净化了科研生态。

构成新闻文本的语境本质上是传真性、写真性、再现性、记录性的。一个好的记者要时时提醒自己是讲故事的人，而不是律师或学者（他们的文章是写给法官或本领域求学的人看的）。

好的新闻文本通常注重时空结构和叙事逻辑，以具体的人的具体故事切入，有画面感言语，抓住戏剧性元素充分展示并放在最前面（甚至标题中），精要辨洁，言之有物，注重细节，使用直接引语，叙事不游离于主线（主要事实）之外（或者说不东拉西扯）……这些都是包括《史记》在内的好文章的共同特点。

鲁迅用“史家之绝唱，无韵之离骚”评价《史记》，准确揭示了好的“非虚构写作”必须具备两个条件——真实＋文本，这与前人刘勰说的“文质并重”一脉相承。

我推崇《史记》并学习司马迁的写作旨趣，当然不是说我的新闻作品就达到了《史记》的高度。泰山只有一座，但别的山也各有各的风景，至于山上到底美不美，我自己说了自然是不算的。

2021 年 9 月 20 日于西安

目　录

CONTENTS

第一部分　观　察

第二部分　人　物

第三部分　对　话

第四部分　社　会

第五部分 众 生

第六部分 论 文

第七部分 评 论

第八部分 随笔、文化、民俗及方言

第一部分

观　察

1978，让省委书记为难的“架子车”

随着真理标准大讨论的深入，极“左”思想被逐渐抛弃，改革开放新时代的序幕终于在 1978 年最后几天拉开……

1978 年的报纸，如果要说出 10 个高频词，“四人帮”“揭批运动”“大寨”“真理”一定能登上排行榜。

“真理”这个词出现虽然晚一些，但越到后来越密集，最后终于形成一场“真理标准问题大讨论”——这不是一个简单的哲学问题，它意味着一个新时代即将开始……

和全国人民一样，两千多万陕西人早早就感受到了变化，而对于领导层来说则面临新的困惑。一方面，大家很想把陕西的“国民经济尽快地搞上去”，另一方面又经常会在“方针路线问题”上陷入困扰。

当年《陕西日报》一篇社论曾明确指出：“和许多兄弟省区比较，我们的工作是缓慢了，落后了。”这一评价无疑有一定时代背景，因为即使到了 6 年后的 1984 年 5 月，当时的陕西省委还在强调“要继续清‘左’”。

“‘左’是不会犯太大错误的，而‘右’则可能变成反革命，所以求稳的干部往往选择‘宁左勿右’。”30 年后，曾经参与真理标准问题讨论的西安交通大学退休教授刘克鉴说。

农民手中的架子车，收还是放？

1978 年，陕西出台过一个文件（陕发〔78〕87 号），很有点“物权法”

的意思，它明确农民自己出钱购买的架子车，生产队不应收归集体所有。“那时候，人们‘一大二公’的思想观念根深蒂固，私人拥有生产工具被认为是资本主义，所以一个架子车的问题都要省委发文。”曾任《陕西日报》总编辑、年近八旬的延安时期老报人张光解释。

这份文件的标题是《印发〈关于架子车的调查〉》。《关于架子车的调查》本是眉县县委搞的，当年9月14日，省委向全省印发了这个文件。

据眉县马家镇马家村二组老人赵建荣讲，架子车出现在1960年左右，当时农民攒下几年卖猪的钱——90多元才能买一辆架子车，“生产队送粪、交粮、拉土，社员跟集赶会、买卖猪羊、转送病人、老人看戏、走亲戚都离不开它。”“文化大革命”爆发后，受极“左”路线的影响，私人购买的架子车全部被生产队收回，成为集体所有财产。“当时上面的说法是，有架子车的人和无架子车的人比，挣的工分太多，出现贫富不均的‘两极分化’。”

赵建荣介绍说，生产队收回架子车后，问题很快就暴露出来了。因为车子是生产队的，大家都不爱护，车胎跑气、辐条断了都不管，结果损坏的车子一天比一天多，后来两三个人专门修车都修不过来。到了1971年，生产队实在没法管，就用抓阄的方法把车子分给个人。

《关于架子车的调查》一文详细介绍了架子车收回前后的利与弊，全文唯一可以算作调查结论的只有这样一句话，基层干部和群众“给调查组的同志一再叮嘱：你们给上级汇报一下，架子车千万收不得！那是一条瞎政策！”

“那时写文书有一个技巧，就是用群众的观点表达自己的思想——是群众不让收架子车，不是县委的意见——这样报告即便有点问题，追究下来也可以拿群众挡一下责任。”时任眉县县委政策研究室研究员朱安禄说。

眉县县委这份调查报告到了省委第二书记王任重手中时，他很快批示：“这个调查材料很好，很有说服力。它说明，怕两极分化是毫无根据的。

应当明确规定，架子车永远不收归集体所有，集体应当把注意力放在机械化上来。”

几天后，这份调查报告以省委文件的形式下发至全省所有公社。至此，陕西几千万农民终于名正言顺有了自己的第一份“私有财产”——架子车。

“相当多同志余悸未除”

据知情人士透露，关于架子车的问题，虽然省上印发了眉县县委的调查报告，但当时省委领导班子内部的意见并不统一，直到11月份态度才逐步明朗。

这里所说的态度“明朗”是指1978年11月15日省委的一份指示——《关于认真解决当前农村经济政策中的几个突出问题的指示》。文件中有这样一段：“十月初，省委批转的省农办党的核心小组《关于当前几个亟待解决的农村经济政策问题的请示报告》，虽然受到普遍欢迎，也没有及时传达给群众，没有真正落实。”“省委在这里郑重声明：我省落实农村经济政策中所出现的这些问题，省委是有责任的。前一个时期，省委在所有制过渡、自留地、架子车、集市贸易等问题上，做过一些违反党中央政策精神和我省情况的不妥当规定，应当予以废除和纠正。”

“那个年代，人们的集体化思想根深蒂固。领导者自身也很矛盾，从理论上他们认为只有公有制才能代表社会主义，所以不能容忍农民有自留地、架子车；但从调查实践看，他们也发现生产队这种大集体有很多弊端。”张光分析说。

值得注意的是，关于架子车产权的表述，这份文件的草稿援引王任重的批示，社员购置的架子车，永远归社员所有，但当时的省委第一书记在签发时删去了“永远”两个字。

省委指示发布的当天，《陕西日报》发表了一篇社论。这篇题为《坚决地勇敢地落实农村经济政策》的社论不回避问题，直言不讳：“和许多兄弟省区比较，我们的工作是缓慢了，落后了。”

对于落后的原因，社论分析说：“首先，还是由于我们有些领导同志，对党中央有关指示精神缺乏足够理解。也有的同志，自己曾经在有关农村经济政策上，说过一些错话，做过一些错事，一下子转不过弯来。在落实农村经济政策上，至今还有相当多一部分同志余悸未除，顾虑甚多。在这里，我们必须首先弄清楚：什么是正确的政策，什么是错误的政策，是有客观的检验标准的，这就是而且只能是群众的实践。”

700人大会“表态”

10月19日，陕西省委组织召开“实践是检验真理的唯一标准”座谈会。

4个月前的5月11日，《光明日报》发表“本报特约评论员”文章《实践是检验真理的唯一标准》。文章结尾部分提出：“科学无禁区。凡是有‘禁区’的地方，就没有科学，现在仍有‘禁区’，有待于我们以马列主义、毛泽东思想为武器把它冲破。”这篇文章被认为是破除“两个凡是”个人崇拜的标志。

“关于真理标准问题的讨论，实际上是十一届三中全会的理论铺垫、思想铺垫。不解放思想、不破‘两个凡是’迷信，就不会有后来的改革开放，不会有今天的发展成果。”曾担任陕西日报社委会委员、现已退休的高级记者高质一说。“两个凡是”是华国锋担任党政军最高领导职务时提出的：“凡是毛主席作出的决策，我们都坚决维护；凡是毛主席的指示，我们都始终不渝地遵循。”“改革开放酝酿阶段，陕西一直在观望，反应比较保守，省委是在10月19日才召开‘实践是检验真理的唯一标准’座谈会的。”高质一说。

在陕西宾馆召开的这次会议，有省级各部、局、委、办负责人和理论宣传干部700人参加。从公开的资料看，省委第一书记李瑞山没有参加这次座谈会。公开讲话的是省委第三书记（相当于副书记）李尔重，他自问自答地说：最近一个时期，中央报刊发表了很多有关实践是检验真理的唯一标准的文章。现在为什么连续地提出这样一个问题来讨论?按中央的话说，就叫作“拨乱反正，破除迷信，解放思想”。我们只能把马列主义、毛泽东思想当作行动的指南，而不能当作万年不变的教条。

在会上发言的还有时任西北大学党委书记的郭琦等人，大家谈到了重视实践、解放思想、接受新事物等观点。“用今天的眼光看，这次会议可以看作是陕西改革开放的标志，不过当时最重要的意义可能在于‘表态’。”高质一当时报道了这次会议。据他本人回忆，那篇稿件送审 3 天后才批下来，而且最终只发在头版倒头条的位置。

如果说 700 人大会还仅仅是一个“标志”，那么这次会议之后出台的一系列指示，则表明陕西改革开放真正迈出一大步。

1 月内调整 3 任省委书记

有很多问题，在后人看来也许是常识，但在当时可能就是一个大难题，72 岁的刘克鉴老人对此深有体会。

从西安交通大学马列主义教研室的岗位上退下来后，刘克鉴教授依然看重自己发表在 1978 年的一篇文章《实践是检验经济政策的唯一标准——西安市理发业实行基本工资加利润提成工资分配办法的调查体会》，文章研究的是理发行业的分配问题。

谈到写作背景时，刘克鉴说：“按照当时的宣传，马克思、恩格斯、列宁、毛泽东的东西都是真理，达到顶峰了，一般人没有权利发挥，只能学习领会。《光明日报》的文章发表后，大家发现终于可以独立思考问题、可以提出自己的一些看法了。”

刘克鉴调查的这家理发部，位于西安钟楼附近，叫白玫瑰理发部。当时，它是西安最有名的理发部。

先前这家理发部一直实行固定工资制，结果总是有职工请假、怠工，让“主任”十分头疼。后来，他们偷偷实行了“基本工资加利润提成工资分配办法”，受到职工的欢迎，原来的问题也多半解决了。

“西安市理发业实行基本工资加利润提成工资分配办法，已有14年的历史。14年历史证明，在现阶段，实行这种分配办法，能较好地调动职工的劳动和管理企业的积极性，对国家、集体和个人都有好处。”刘克鉴在文章中这样写道。

他的文章发表在《陕西日报》1978年11月24日第3版头条，这是陕西第一篇公开用“真理标准”观点研究实际问题的文章。

当1978年的日历翻到最后一月的时候，陕西省的主要领导频繁更迭。12月10日，中央任命省委原第二书记王任重担任陕西省委第一书记，李瑞山调中央“另行分配工作”（后担任国家农委副主任）。王任重担任陕西省委第一书记15天后很快调往中央，担任国务院副总理。12月25日，马文瑞接替王任重，出任陕西省委第一书记。

也是在这年的最后几天，关于真理标准问题的讨论进入高潮——12月22日，党的十一届三中全会在北京闭幕，会议决定全党的工作重点从1979年转移到社会主义现代化建设上来，改革开放的新篇章从此揭开……

（原载《华商报》2008年5月6日，原标题《1978，农民该不该有架子车》）

新中国60年经济体制改革印记

即便“减肥”十分时髦的今天，国人见面打招呼时，还喜欢用“吃了没”。可见，饿肚子曾经给我们留下多么深刻的印象！

火柴进口，肥皂紧缺，新中国成立前，中国社会凋敝，民不聊生。

正是有喝面汤充饥的梁生宝（柳青小说《创业史》中的一个人物）们把自己生产的粮食交给了国家，我们才在很短的时间内造出了汽车——没有农业和农民的积累，就没有今天的工业化。

新中国成立60年来，我们从物资匮乏走向全面小康，从贫弱到富强，从“一穷二白”逐步迈入经济大国行列，一个又一个的奇迹，均与以建立社会主义市场经济为总目标的改革分不开。

“5分钱的汤面”“以农补工”实现工业化之梦

2004年3月5日，温家宝总理在政府工作报告中庄严宣布：“5年内取消农业税。”

让数亿农民喜出望外的是，取消农业税的承诺提前兑现了——到2006年，征收了几千年的“皇粮国税”正式与中国农民告别，一个工业反哺农业的新时代到来。

出生于“民国七年（1918年）”的西安市碑林区旅馆村的崔汉兴如今已经过世。生前，老人接受记者采访时称，1949年前，他给别人拉煤球，一天最多吃过24个馍（约2.4公斤面粉）。

“那时饭菜没油水，大家肚子空，好不容易有人管饭，所以吃得多。”

老人回忆，小时候吃得最多的是苞谷、小米、荠菜，只有逢年过节，才能吃上白面馍。

“现在我们能造什么？能造桌子椅子，能造茶碗茶壶，能种粮食，还能磨成面粉，还能造纸，但是，一辆汽车、一架飞机、一辆坦克、一辆拖拉机都不能造。”从毛泽东的这番话不难看出，新中国经济发展首要解决的问题是实现工业化。

扩张解放区原有公营经济，没收“官僚资本”，实施“公私合营”，所有这些都为共和国国民经济的发展奠定了基础。但要快速实现工业化，“资本的原始积累”却是无法绕过的坎。

为快速实现工业化，新中国成立初期，一直实施“以农补工”战略。

1950 年冬，土地改革运动在广大农村展开，3 亿多无地少地的农民分得土地。20 世纪 70 年代以前出生的人都学过一篇叫《田寡妇看瓜》的课文。赵树理笔下那个“最爱偷瓜”的秋生，经过土改翻身得到土地后，主动邀请田寡妇去拿自家的南瓜。

在作家陈忠实看来，了解解放初期中国农村社会状况，柳青的长篇小说《创业史》是最可信的。

《创业史》描写的是土改后，翻身农民建立互助组的事。主人公梁生宝去县城，为了省钱多买几斤稻种，他只吃 5 分钱的汤面，喝了两碗不要钱的面汤。

秋生精神世界的变化和梁生宝的劳动热情，真实再现了共和国成立初期农民和农业的变化。

在宏观经济方面，这一时期“优先发展重工业”的基本战略，让新中国在很短的时期内建立了较完整的工业体系。第一个五年计划实施后，我国生产的第一辆解放牌汽车下线并参加了当年的国庆阅兵式。经过 60 年奋斗，如今一个比较完备的工业体系在中国建立起来。

“新中国 60 年间，农业和农村的发展与变迁始终是在工业化、城镇化进程的大背景下进行的，始终服从于一个大目标，这就是将我国建成一个现代化的社会主义强国，实现中华民族的伟大复兴。”中国社科院农村发展研究所所长张晓山说。

“冬储菜”成历史 社会主义市场经济体制探索

2009年7月9日早晨，西安市民刘元凤像往常一样带着孙子小强逛菜市场，一个摊位的招牌吸引了他——上面写着高价收购各种票证，其中包括布票、粮票、肉票、白菜票……“这些票是干什么用的？”上初中的小强好奇地问。刘元凤向孙子讲述了那个年代的故事。

那时，根本没有像今天这样的蔬菜市场。每年秋天来临时，大街上看到最多的是拉白菜的马车。到集中供菜日，人们排着长队，凭政府发给的菜票购买、储藏蔬菜。

西安冬天不算冷，蔬菜供应问题相对好一些。再往北的大城市，储藏大白菜就是老百姓的必修课了。一个奇怪的问题出现了——政府越是下功夫抓大白菜供应的问题，老百姓买白菜似乎越吃紧。当时，北京还专门成立过一个叫“冬储菜指挥部”的行政机构，指导白菜工作。假如因为歉收，大白菜的零售价要上涨1分钱，必须由政府研究同意后发红头文件。

一方面，市民嫌政府发给的大白菜票太少，另一方面种菜的农民却经常有白菜烂在地里的遭遇。1983年，山东寿光白菜丰收，当年全县有一亿多斤白菜烂在地里。

政府管不好白菜，开始让人们怀疑传统计划经济的局限性，但是要想改革，谈何容易？

清华大学经济学教授蔡继明接受《华商报》采访时说：“在马克思主义经典作家看来，计划经济作为市场经济的替代物，无疑是社会主义经济制度的一个本质特征，而在许多后来的马克思主义经济学家的眼中（也包括诸多西方经济学家），计划经济=社会主义，市场经济=资本主义。正因为如此，当一些经济学家提出市场化取向改革的主张时，立即被认定是走资本主义道路。”

最初动摇“计划经济”的一个提法叫“双轨制”，意思是计划和市场并行，“计划经济为主，市场调节为辅”。

1992 年是中国经济体制改革划时代的一年。先是邓小平南方谈话一锤定音——“计划经济不等于社会主义，资本主义也有计划；市场经济不等于资本主义，社会主义也有市场”，随后，党的十四大宣布，“我国经济体制改革的目标是建立社会主义市场经济体制”。

在社会主义条件下发展市场经济，既是一个伟大创举，又是一个全新课题。尽管市场经济并不完美，但通过市场这只无形的“手”调节市场要素的配置，要比计划指令效率高得多。

“投机倒把”淡出 “资本市场”助推国民经济

2007 年 10 月 15 日，上证综合指数一下冲上 6000 点，令中国股民欣喜若狂。可是不到一年时间，股市又从 6000 多点跌到 1600 多点。毫无疑问，近 74% 的跌幅，都是“投机”惹的祸。

1963 年，一个叫年广久的安徽农民就因为贩卖鱼和水果，被以“投机倒把罪”判刑 1 年。安徽芜湖市傻子瓜子技术有限公司店面正中的墙上，至今挂着一段放大了的摘自《邓小平文选》的话：“农村改革初期，安徽出了个傻子瓜子问题，当时很多人不舒服，说他赚了 100 万，主张动他。我说不能动，一动，人们就会说政策变了，得不偿失。”

“傻子瓜子”为何物？为何会引起邓小平的关注？今天来看，“傻子瓜子”只是瓜子贩子年广久创造的一个品牌，和今天的康师傅方便面、双汇火腿肠没什么两样。但在割了多年“资本主义尾巴”的年代，年广久这种“私有制”组织却遇到了事关生死存亡的麻烦。

20 世纪 80 年代初期，一般认为雇 7 个人以下算个体户，雇 8 个人以上性质就变为资本主义私营企业。当时，年广久雇了 130 人。一些习惯“共同贫穷”的人开始告状，称年广久在“剥削”工人，是搞资本主义。这宗公案最终被带到中央农村工作会议上。

2009年8月24日，正式将《计量法》《野生动物保护法》《铁路法》《烟草专卖法》四部法律中有关“投机倒把”“投机倒把罪”的规定予以删去。这意味着“投机倒把”这一带有计划经济色彩的名词正式淡出历史。实际上，1997年《刑法》就取消了“投机倒把罪”。

据证监会统计，目前我国上市公司的数量有1640多家，境内资本市场累计为企业融资超过5.4万亿元。资本市场的产生和发展，成为国民经济“助推器”，大大地影响着国人的生活。

“一大二公”终结 “毫不动摇鼓励非公经济”

但打破僵化的单一公有制具有里程碑意义的是1987年，党的十三大首次把社会主义初级阶段的所有制结构描述为公有制为主体、多种所有制形式并存。十六大提出，既要毫不动摇地巩固和发展公有制经济，又要毫不动摇地鼓励、支持和引导非公有制经济的发展。

2004年的《宪法》修正案中，“依法保护各类产权”的思想得到充分的体现，从而标志着以公有制为主体、多种所有制共同发展的社会主义基本经济制度在中国的宪法中得到最终确认。2007年，《物权法》正式颁布，私有财产受到了与公有财产平等的保护。

伴随着所有制的改革和市场经济的确立，传统的“按劳分配”原则也被彻底打破。党的十七大报告明确指出：“要健全劳动、资本、技术、管理等生产要素按贡献参与分配的制度。”这意味着像年广久这样的老板们靠着自己的投资、技术和管理，即使拿比工人多很多的钱，也可以心安理得了。

“从传统的计划经济到社会主义市场经济；从单一的公有制到多种所有制经济并存，乃至非公有制经济成为社会主义市场经济的重要组成部分……所有这一切，实现了从体制改革到制度创新的飞跃。”蔡继明认为，共和国60年的探索，反映了我国经济转型过程中经济体制的变革，“这也许正是我们取得的最大成果和最为成功的经验。”

（原载《华商报》2009年9月25日“新中国成长印记经济篇”专版，原题《体制“变轨”，经济驶入快车道》）

“财产申报”后的阿勒泰官场

在新疆阿勒泰地区，从2009年1月1日开始，领导干部要申报并在网上公开自己的财产。

“一个政府和官员的廉洁程度，往往与办事公开成正比。把家庭财产如实公开，就取得了群众的信任。阿勒泰地区党委和纪委在全国迈出了第一步，必将载入中华人民共和国的廉政史册！”一直呼吁阳光法案早日出台的北京大学法学教授巩献田在接受《华商报》记者采访时说。

官员坦承“有压力”

塔斯肯·哈孜太，一位39岁的哈萨克族干部，此前是吉木乃县喀尔交乡乡长，去年年底被提拔为阿勒泰地区审计局党组成员、副局长，副处级。

按照阿勒泰地区《关于县（处）级领导干部财产申报的规定（试行）》的规定，初次提拔为县处级的要申报个人及其家庭财产。

塔斯肯·哈孜太说，他一共向纪委交了两张表格，一张是要在网上公开的，另一张秘密申报，只供纪委掌握，不向外公开。

面向社会公开的申报表上记录着这样的内容：姓名：塔斯肯·哈孜太；性别：男；政治面貌：党员；工资：15432元/年；各类奖金、津贴、补贴及福利费：13140元/年；历来从事咨询、讲学、写作、审稿、书画等全部劳务所得：无；申报人及其父母、配偶、子女接受申报人行使职权有关系的单位和个人赠送的现金（礼金）、有价证券、各类支付凭证、贵重礼品情况（含以婚丧嫁娶、各类节假日、子女升学、乔迁、工作变动等各种名义收受的）：无。

“我在乡上工作，那里还穷。我的财产全部来自工资，我不怕申报。”塔斯肯·哈孜太笑着用流利的汉语说。

和面向社会公开申报的这张表格比，向纪委秘密申报的另一张表格要敏感得多。这里的申报内容有7项，其中包括申报人家庭10万元以上的房产、汽车等不动产、动产的购置、交易、租赁情况，还要说明买房、买车的资金来源。家庭股票、证券、期货等交易收入和资金来源也要申报。

塔斯肯·哈孜太介绍，他在吉木乃县的房子是7万多元购买的，尚不够申报标准，他也没有汽车，没有股票，所以在这张表格的7项申报内容上都填了“无”。

当问及财产公开制度对他个人的影响时，塔斯肯·哈孜太毫不隐瞒：“有压力。假如我有10万元以上的财产，我就得申报，还得说明资金来源。”

刘成是和塔斯肯·哈孜太同一批提拔的县处级干部，现任阿勒泰市（县级）委常委、组织部部长。在接受采访时，他一再强调自己支持财产公开制度，但也谈道：“即使是合法收入，公开还是有压力的。”

刘成进一步解释说，中国人一贯不喜欢露富，在他看来“肯定有的官员出于减少猜测的考虑，内心并不愿意公开个人及其家庭财产”。

刘成此前任布尔津县一个乡党委书记。在这次初任申报中，刘成对纪委的秘密申报内容要比塔斯肯·哈孜太多，他申报了自己持有的3万元基金和住房。

“我在布尔津县有套房子，14万元买的，这次如实申报了，资金来源也写得很清楚——结婚时家里花5万元买了套房子，去年卖了9万，另外添的5万元是工资。”

官员的“隐私”

现任阿勒泰地区审计局党组书记的刘洛阳在县处级领导岗位上已经干了一些年头，按照当地纪委的《规定》，他要在1月20日前申报个人及其家庭财产。

接受采访时，刘洛阳大赞这个制度“有创新意识”，随后又话锋一转，称“这是一个很敏感的问题”，“个人的合法财产受保护，如果把它公开出来，在某些方面有冲突”。

当问及他个人的申报情况时，刘洛阳没有直接回答，而是一直强调自己是“死工资，没有任何（额外）收入，没有任何触动”。

《华商报》记者随机采访发现，阿勒泰官员对待财产公开“声东击西”的大有人在，一方面他们会连连称赞这项改革，但话语中总会藏着一些否定至少是不乐意的成分，更多的官员则选择沉默。

公开的场合，绝大多数领导干部对财产公开会表达拥护和赞成的意见，但他内心是否真正会积极地响应还是抵触，就不好说了。评价一项改革的得失，不同的角度会有不同的看法。对于阳光法案，国内也有公然站出来反对的官员。

2007年“两会”期间，当十届全国人大代表、烟台大学王全杰教授提出官员财产公开立法建议时，当即遭到同为全国人大代表并担任北京市丰台区副区长的闫傲霜的公开反对。她反对的理由是，公开财产涉及官员的隐私。

在法学家巩献田看来，官员掌握和行使公共权力，其财产的隐私权应当服从公众的知情权，或者说应以公共利益优先。“这是国际上早已在法理和实践中解决了的问题。”巩献田说，“真正怕公布自己家庭财产的公职人员，大概家庭财产来路不明，或者不正当。越怕公开，就越说明可能有问题。”

对于官员以及其他公众人物的隐私问题，法学界主流的观点认为应该为公共利益让路——恩格斯早就说过，当个人隐私与最重要的公共利益——政治生活发生联系的时候，就不再是一般意义上的私事，而属于政治的一部分。

2008年“两会”期间，全国政协委员、南开大学法学教授侯欣一接受《华商报》记者采访时公开批评了隐私论。他说：“官员除了特别个人的、完全私生活范畴的隐私应予保护外，其他都应该公开。”侯欣一委员认为，官员掌握公权，一举一动牵涉公共利益，属于公众人物，其隐私权与一般公民的隐私权不同。

值得一提的是，刚刚通过的俄罗斯《反腐败法》立法过程中同样遭到一些官员的反对。该法明确规定，国家公职人员应当申报自己、配偶以及未成年子女的财产和收入情况。反对者认为，如果公开在官员妻子儿女名下登记的住宅、汽车等贵重物品，就侵犯了其宪法权利。

“要知道官员们在盗窃整个国家，损害了1.45亿人口的权利，难道还要害怕惊动他们的亲属吗？”积极推动反腐败立法的俄杜马安全委员会副主席根纳季·古德科夫说。几经曲折后，俄罗斯“阳光法案”最终在2008年12月25日经总统签署生效。

“阿勒泰制定这样的措施，是站在党和人民的利益角度出发的。”阿勒泰地区党校高级讲师熊广平说。熊广平在给阿勒泰地委党校学员讲课时，也提到了官员的所谓隐私问题。

“入党时，大家都宣誓随时准备为党和人民牺牲一切，现在为党和人民公开一下自己的财产怎么就有意见了？”熊广平认为，主张保护官员财产隐私的问题，涉及官德。他说：“我们党从建党时就强调，党员必须自觉坚持党的全心全意为人民服务的宗旨，今天新一代领导人又提出权为民所用、利为民所谋。我们党一贯主张党员首先考虑的是人民群众的利益，那种把自身利益放在首位的，已经背离了党的宗旨。”

反腐败关口或前移

短短几天时间，一个专业性很强的地方性政府网站——新疆阿勒泰地区廉政网迅速走红，每日阅读超过5000人次。从留言者自报的身份看，点击该网站的既有官员、新闻记者、学者，也有普通网民。

“我相信广大人民群众是你们的后盾，只要心正、身正，得罪的是少数腐败官员，赢得的是广大人民群众对执政者的信任。”一名署名江云的网友留言说。

阿勒泰地区廉政网首页有一项民意调查：“您认为预防腐败比较有效的方法是什么？”备选答案分别是：A. 查办案件；B. 宣传教育；C. 制度建设；D. 源头治理。调查结果显示，38% 的网民选择了“源头治理”，排在第一位；而选择“查办案件”的仅占 21.23%，排在第三位。

“培养一名干部不容易，但毁掉一个干部却很容易。”阿勒泰地委委员、纪委书记吴伟平接受《华商报》采访时说。在这位老纪检看来，如果等腐败事发后再去处理官员，不仅对党和人民的事业造成了损失，而腐败官员本身也成了受害者，所以反腐败必须关口前移。

“十七大报告在谈到反腐败工作时明确提出‘更加注重治本，更加注重预防，更加注重制度建设’的要求，阿勒泰地区的这次改革正是按照以上要求设计的。财产申报在我国还是新生事物，领导干部对申报的心理承受能力要有一个循序渐进的过程。”吴伟平解释说。

新疆阿勒泰地区廉政网走红与“阳光法案”几个字紧密联系——官员的财产公开晒在阳光下以便接受公众监督，是国际社会公认的终端反腐败利器，这类立法习惯上被称为阳光法案。

20 世纪 80 年代开始，阳光法案逐渐为大多数国家所采用并完善。目前，全世界有 97 个国家和地区建立了阳光法案，他们中既有像瑞士、美国、加拿大、新加坡这样的经济发达国家，也有像墨西哥、泰国、尼日利亚这样的欠发达国家。

地处边远的阿勒泰第一次成了百度网站新闻热搜词。不仅国内主流媒体纷纷聚焦阿勒泰，连国外、境外媒体也对襁褓中的“阳光法案”给予了正面评价。

香港《星岛日报》评论认为，“（阿勒泰官员财产公开）不愧为思想解放的重要举措，反腐倡廉的阔步前进，值得大大嘉许”，可与“安徽凤阳家庭联产承包责任制首块试验田”相比。

（原载《华商报》2009 年 1 月 12 日）

全国人大代表范谊：什么样的制度可以取代高考

【作者按】我采访全国人大代表范谊教授的报道发表后，范谊给我写了封信，内容如下：

谢谢您的系列思考文章。报道很充分，这样容易让读者比较全面和深入地思考这个问题。

一个有趣的现象是教育行政部门似乎坚守高考公平性的观点，不赞成从根本上改变高校招生体制。许多人只是理想主义地认为，高考基本面不变，进行有针对性的改革就可以了。但是，至今为止我也没有看到任何能够真正克服高考弊端的，具有可操作性的建议。

现在有人干脆说高考可以磨炼人的意志，这已经不是在讨论问题了。

范 谊

2007 年 7 月 17 日于宁波大学

范谊一再强调，他所谓的“废除高考”并不是指大学招生不再考试，而是要破除分数面前人人平等的神话，废除现行的以单一的高考成绩“一考定乾坤”的招生制度，以综合考察学生的学业因素、非学业因素、社会评价制度取代现行高考。

在范谊设计的一套取代现行高考的新制度中，主要措施包括：还大学自主招生权利，增加学生自主择校的机会，结合学生的学业记录、社会服务和技艺特长，用日渐完善的高中毕业会考加全国大学招生学术潜力考试取代高考。

重视特长，考查学生“学术潜力”

大学招生考核指标体系的基本构架为：学业因素占50%，含高中毕业会考和学术潜力考试成绩；非学业因素占30%，含考生社会服务记录、学校社团活动记录、艺术技能发明竞赛获奖；社会评价20%，含教师评价和家长评价。

学术潜力考试以考查学生的学术研究能力和学习能力为主，如观察能力、筛选能力、归纳总结能力、分析能力、演绎能力、语言理解和表达能力、逻辑推导能力和虚拟想象能力等，同时还要考查学生的学习态度和策略，即考生的情感控制力和行为自制力，学生可以带计算工具和字典入考场。

招生学校在评价考生时，可以根据学校的特色和专业特色对个别指标特别突出的考生予以倾斜。大学招生要从培养热爱学习、奉献社会、善于创造的社会主义建设者的角度评价学生，以承认差别、重视特长、鼓励创新的思想培育和张扬学生和学校的个性。

大学自主招生并受社会监督

各大学根据教育部规定的办学条件，结合自身的教育资源和社会需求，自定招生名额，报主管部门批准备案。主管部门根据当年财政预算、该校的教学资源（尤其是生师比）和社会用人需求趋势进行审批。招生计划批准后，学校向全社会公开当年招生名额、招生专业、录取条件和招考方式，以便接受监督。

部属重点大学招生名额应面向全国，按省级行政区划定招生人数和专业，招生人数根据该省当年高中毕业生在全国应届高中毕业生所占比例确定，实现全国考生公平竞争，学校自主录取。

省属大学在完成本省的招生计划后或在本省生源不足的情况下，鼓励跨省招生。

大学招生不再以高考成绩为录取标准，而是以高中会考成绩和学术潜力考试成绩为基础依据，由大学参考其他因素和方式自主招生。大学可另设其他考查方式，如面试和专业测试，也可参考学生在高中学习期间的学业、竞赛和社会表现。

学生根据自身条件申请上大学

由教育主管部门制定和公布各类学校招生的最低学业要求，高中会考各门功课的成绩分为 5 个等级，其中 90—100 分为 A 级，80—89 分为 B 级，70—79 分为 C 级，60—69 分为 D 级，60 分以下为 E 级。大学录取最低标准建议为：8D（高中毕业会考有 8 门学科成绩在 D 等级以上，获得高中毕业证书）；各大学对本校的各专业规定最低录取标准，报教育主管部门备案，并向社会公布。

如高职类大学的标准为高中毕业会考成绩 6C 以上，学术潜力考试成绩为 500 分以上；专科类大学为 5B 以上，学术潜力考试成绩为 550 分以上；省属普通大学为 4A 以上，学术潜力考试成绩为 650 分以上；省属重点大学为 6A 以上，学术潜力考试成绩为 700 分以上；部属大学为 8A 以上，学术潜力考试成绩为 750 分以上。考生根据自身学业成绩和其他条件自行申请。

记者手记

一般人反对高考，比较害怕被“葡萄”酸着——自己没考上大学或者没考上好大学却要怪高考！范谊大概是有所防备，所以他在接受记者访问时首先强调自己就是高考受益者。

范谊，宁波大学教授，第十一届全国人大代表，致公党中央委员会委员。这位在其他代表眼中“个子不高，议案和建议质量很高”的学者要“废除高考”的言论一出，立即引起舆论关注。但媒体在报道范谊这一主张时都谨慎地使用了“可行不可行”“时机成熟了吗”这样带有探讨性质的语气。而反对“废除高考”者用得最多的一句话是：“高考制度纵有万般不是，但它有一个最大的好处，那就是公平。”

范谊反问高考真的公平吗，“同等智商、同样努力的两个同学，一个在北京、上海这类大城市的重点中学读书，一个在西部农村中学读书，他们的高考成绩能一样吗？同一考生，在北京参加高考和在山东参加高考录取的结果一样吗？如果以上两个答案是否定的，说明所谓高考的公平性从来就是神话”。

范谊“废除高考”的言论一出，有掌声，也有臭鸡蛋，而且扔臭鸡蛋的人更多。当然了，一种认识是否正确、是否能推动社会进步，简单拿人气指数来说事似乎并不是一种科学方法。试想，当年小岗村提出的“土地承包”如果公开表决，那么整个农村经济体制改革很可能就要推后了。

高考是一根指挥棒，这句话大家即使没有听说过也领教过。在中国，这根指挥棒有着魔幻般的感召力，它指挥着我们的整个基础教育系统，从老师到家长，从学校到家庭再到社会，都在围着它转。这就是为什么教育行政部门天天在喊素质教育，可一到学校还是应试教育占了上风。如果不信，请看看今天的那些商业化的所谓重点中学是怎么做广告的，鼓吹“状元”是最常见的套路。

范谊十分执着地认为：“反对我的人大多没有全面理解我的意思——一部分人可能是还没有认识到问题的严重性，另外也有传播的问题。我相信支持我的人会越来越多！”

（原载《华商报》2007年7月15日）

给西安有司捎个话，“禁”“限”市民汽车无法律依据

最近，西安市政府放风，拟让2008年8月1日前注册登记的汽油（天然气）汽车和2013年7月1日前注册登记的柴油汽车（即“高排放老旧汽车”）不能上路。

这份由西安市公安局、西安市环境保护局发布的《西安市公安局西安市环境保护局关于禁限行高排放老旧汽车的通告（征求意见稿）》称，为改善西安市环境空气质量，有效降低机动车污染物排放，经市政府同意，拟对上述汽车实施禁限行管控，届时全天禁止进入西安市三环路（含）以内及远郊区县主城区内通行；自2020年8月1日起，全天禁止高排放老旧汽车在西安市行政区域内通行。

1. 法治国家一个非常重要的原则就是“有限政府”

《立法法》第八十二条规定：“没有法律、行政法规、地方性法规的依据，地方政府规章不得设定减损公民、法人和其他组织权利或者增加其义务的规范。”

2015年，《立法法》首次修改时，专家一致认为把遏制地方政府的“任性”作为首要任务。《立法法》第八十二条强调了对地方政府章权（立法权）进行规范，即要剥夺老百姓手里的权力的话，必须有明确的法律依据，反对公权力一切“任性”。

公民通过合法渠道购买了汽车商合法生产的汽车，还主动缴纳了增

值税、消费税、车购税、车船税，车子在车管部门进行了合法注册登记，年检合格，排放符合出厂规定的标准，现在一个市政府所属的公安局、环保局一纸文件说，你的车子报废了，谁给你的权力！

汽车是车主合法拥有的财产，车主的合法权利受《物权法》保护。

现行国家《机动车强制报废标准规定》明确私家车无使用年限限制，该规定在2013年修订时专门取消了此前家用小汽车强制15年报废的规定，提出“国家将对达到一定行驶里程的机动车实施引导报废，其中私家小汽车达到60万公里行驶里程才会被引导报废”。

2.“法不溯及既往”是一条原则

通俗地讲，就是不能用今天的规定去约束昨天的行为。

政府立法，可以约束明天买汽车的人，可以规定购买汽车排放标准必须达到“太空8阶段”排放标准，但不能突然宣布市民昨天购买的汽车变成了废铁。

这是因为法具有预测作用，即凭借法律的存在，人们可以预先估计行为的法律后果。昨天买车时人们根本无法预知某地、某部门要提前报废自己的车子，所以根本无法预测其购买行为的后果，这就是新法不溯及既往的法理所在。

如果强制报废公民的车辆，那需要政府赎买。

3. 关于治污与污染源头

报废旧车能不能改善西安市环境空气质量，这个问题大家在限行时已经说得很清楚了。

西安乃至关中地区的污染，主要是化工、火电、水泥等重化工工业污染造成的。2017年4月，中央第六环境保护督察组把脉西安大气污染问题，明确指出造成西安今日之污染的主要因素是“关中地区重化产业比重较大”，渭南、咸阳还在不停上马新的污染项目。

在督察组提到的污染源中，唯独没有机动车。

这个很好理解，日本东京、中国香港，无论汽车总数还是密度，都比西安高，可是这些城市并没有“十面霾伏”。

如果把西安的大气污染物比作一桶水，家庭小型汽车制造的污染也就是几滴水，报废几十万辆旧车犹如在一桶水里抽出几滴，剩下的还是一桶水，而大多数并不富裕的市民损失的财富却是真金实银。

所以，请不要用“治污”的名义损害市民合法权益。

（原载微信公号《平鸣》，2018 年 7 月 25 日）

【后 记】

2018 年 7 月 24 日，时任西安市委书记王永康书面批示：“城市管理中，要依法依规、科学管理，不能将严管与法律法规、科学管理对立起来”，站位很高，也切中了“旧车事件”的要害，并温文尔雅地要求西安的城市管理者“从学法、知法、懂法、用法做起”，“加强法律法规知识学习，并在城市管理中熟练运用，尽快补上这一短板”，唯其如此“才不会被市民群众所吐槽并被诟病”。

7 月 26 日，西安市公安局、西安市环境保护局在西安市人民政府官网发布关于对高排放老旧汽车禁限行征求意见说明，称广大市民和媒体提出了很多的很好的意见建议，体现了大家对我们这座城市的关心和热爱。市公安局、西安市环境保护局将认真对待大家提出的每一条建议、每一个留言，认真研究、认真梳理、认真吸取，不断改进工作，取得共识。

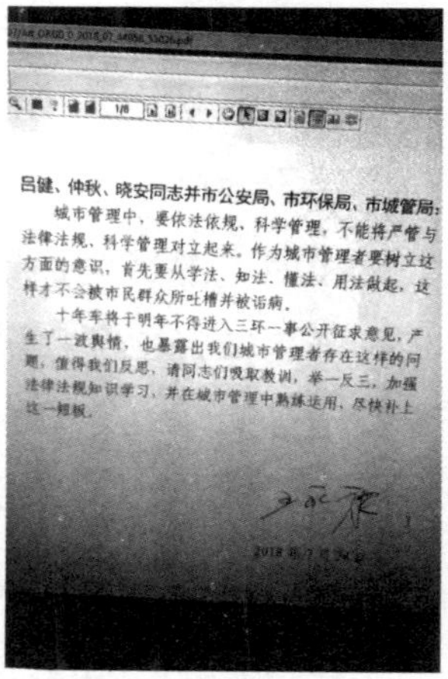

吕健、仲秋、晓安同志并市公安局、市环保局、市城管局：

城市管理中，要依法依规、科学管理，不能将严管与法律法规、科学管理对立起来。作为城市管理者要树立这方面的意识，首先要从学法、知法、懂法、用法做起，这样才不会被市民群众所吐槽并被诟病。

十年车将于明年不得进入三环一事公开征求意见，产生了一波舆情，也暴露出我们城市管理者存在这样的问题，值得我们反思，请同志们吸取教训，举一反三，加强法律法规知识学习，并在城市管理中熟练运用，尽快补上这一短板。

“禁”“限”市民旧车的动议作废。

广州"禁电"，尴尬政令引发"路权"案

我已经被番禺交警扣了3辆电动车，他们每回扣车的理由都不一样。第一次是"拒绝接受罚款"；第二次先说是"自行车加装动力装置"，后又改成"未随身携带驾驶证"及"上道路行驶的机动车未悬挂机动车号牌"；第三次是车辆"有被盗抢嫌疑"。反正库里还积压着上百台电动车，既卖不出去也退不回去，索性让交警一台台地扣下去一直到扣光为止，我想看看他们到底有多少扣车的理由。

——广州市番禺区最早的电动自行车经销商、广州"禁电"第一案原告叶存环

电动自行车在西安及其他地区是合法的交通工具。但自从去年年底实行挂牌管理后，市民先前购置的部分电动车也遇到了一些麻烦，有的至今挂不上牌。

和西安的经销商比，广州经销商叶存环的境遇就要差多了，她是广州市番禺区最早的电动自行车经销商。2003年11月，她开始销售电动车，几年下来生意还算顺利。2006年3月，叶存环注册了一家公司，下设5个店面，专门销售电动自行车。

"'禁电'令发布后，我的5个店总共卖了十几台电动车，而且是低于成本价的'清仓甩卖'。其实由于不再有人买车了，就算想甩都甩不出去。现在，每月几万元的租金压得我喘不过气来，我唯一的愿望，

就是把库存尽快处理掉。”叶存环声音沙哑地说。

叶存环是广州“禁电”第一案原告。2006 年 12 月 7 日中午，叶存环骑一辆电动自行车去交电话费，在回来的时候被交警拦下，交警当场扣了她的车。当天下午，叶存环骑着另一辆电动自行车外出，结果又一次被交警扣走。第二天，叶存环即向广州市番禺区法院提起行政诉讼，要求法院认定番禺区交警大队扣车的行为违法并返还被扣车辆。

政府“禁电”，交警大队疲于应诉

广州的“禁电”也许有点突然。2006 年初开始，广州电动车商家获悉交警部门动议“禁摩”消息后，可以用“窃喜”两个字来形容当时业界的反应。可到了 11 月，风向改变——广州市公安局决定，在“禁摩”之前首先“禁电”。

2006 年 11 月 6 日，广州市公安局在媒体上发布了一条通告。这份编号为穗公〔2006〕343 号通告说：“根据《中华人民共和国道路交通安全法》和《广东省道路交通安全条例》的有关规定，经广州市人民政府公开征求意见，并报请广东省人民政府批准同意，自本通告发布之日起，在广州市行政区域内对电动自行车和其他安装有动力装置的非机动车（残疾人机动轮椅车除外）不予登记、不准上道路行驶。违反本通告的，由公安机关交通管理部门依法予以处理。”

“这条通告存在明显问题。通告说‘禁电’根据的是《中华人民共和国道路交通安全法》和《广东省道路交通安全条例》，实际上两部法规都赋予了电动自行车上路权。从可操作性方面看，也把矛盾踢给了一线的交警。”广州“禁电”第一案原告委托代理人浦志强律师说。

实际上，“禁电”令并没有做到令行禁止，直到今天，广州大街上还能看到有电动自行车在行驶。据说，当地警方因为受到来自市政府方面的压力，从 2006 年 12 月开始加大了处罚力度，只要在街头逮住骑电动自行车者，就直接扣车。

2007年1月8日上午，广州“禁电”第一案在番禺区法院如期开庭。原告叶存环在起诉状中称，2006年12月7日下午，自己骑乘一辆符合国家安全技术标准的电动自行车，行至广州市番禺区大北路时，被当值交警拦截。交警当场开具NO.D9261994号《行政强制措施凭证》，该文书记载被扣车辆类型为“电动自行车”，违法行为是“自行车加装动力装置”，行政强制措施类型是“扣车”。

原告认为，被告番禺区交警大队所作的行政强制措施属于违法的具体行政行为，依法应予撤销并返还被扣电动自行车。

被告番禺区交警大队则答辩称，依据《道路交通安全法》及其实施条例以及穗公〔2006〕343号通告，番禺交警有权对上路行驶且无任何凭证、来源可疑的车辆进行查处。原告对“法律和相关规定的了解纯粹是断章取义”，蔑视了“国家法律的整体性和严肃性”，并称原告“光靠钻牛角尖和诡辩绝不能逃避法律的制裁”。

当日庭审结束后，主审法官表示将于法定的3个月审限内（即今年3月8日前）作出一审判决。

“禁电”被疑与法律抵触

广州市政府究竟是否有权力“禁电”？这个问题要从《立法法》《行政许可法》以及《道路交通安全法》中找答案。西北政法大学行政法学院副院长王麟教授就此接受《华商报》记者采访时说，广州地方“禁电”规定与以上3部国家法律冲突。

“广州市穗公〔2006〕343号规定的依据，即《广东省道路交通安全条例》第14条与《道路交通安全法》第18条抵触。”

王麟教授认为，《道路交通安全法》并没有禁止哪一类非机动车辆上路，而是按照是否应当登记把非机动车辆的管理分为两类：一类是无须经过登记即可上路，另一类是只有经过登记方可上路。而广东省的地方性法规却设立了对某一类非机动车可以禁止登记上路的规定，明显与国家法律抵触。

“广东省的做法是把电动自行车上路设定为需要经过行政许可的行为，却又规定不予许可。这就好比规定结婚需要到政府进行登记否则违法，但同时又规定对所有要求结婚的一律不予登记。这种做法显然违背了行政许可制度的本质意义，是对行政许可设定权的滥用。”

广东省自行车行业协会法律顾问浦志强律师也认为，按照《道路交通安全法》授权，广东省政府有权决定电动自行车这样的非机动车是否需要登记，但法律没有授权地方政府可以剥夺电动自行车上路权。

“到现在为止，并没有人说生产电动自行车不合法，销售和买卖也都是合法的。可是你骑着车上路为什么突然就变成违法的了？这个责任由谁来承担？”广州市公安局的“禁电”通告发布之后，一些电动自行车使用者、生产者和销售者提出这样一个问题。

广州“禁电”第一案虽然还没有宣判，但浦志强表示自己对最终结果充满信心。他认为，“禁电”令属于“扩大行政主体或其职权范围”的行为，按照最高人民法院《关于审理行政案件适用法律规范问题的座谈会纪要》，法院应当适用《道路交通安全法》，因此“扣车”必然违法。

“电动自行车被扣，选择申请行政复议或提起行政诉讼是一种现实的救济措施。但要彻底地解决问题，广州市民应依据《立法法》第 90 条规定，提请全国人大常委会审查《广东省道路交通安全条例》。如果将广州市‘禁电’依据的《广东省道路交通安全条例》第 14 条修改或撤销，问题可以一劳永逸地解决。”王麟教授说。

两份“民意”调查的悬殊

2006 年 5 月 1 日，《广东省道路交通安全条例》正式实施，该条例第 14 条第 2 款规定：“地级以上市人民政府在本行政区域内对电动自行车和其他安装有动力装置的非机动车不予登记、不准上道路行驶作出规定的，应当公开征求意见，报省人民政府批准。”

得到地方法规的授权，广州市公安局交警支队新闻发言人很快宣布，广州市禁止电动自行车上路日期已定。5月23日，广东省自行车协会代表找到了广州市发改委阐述意见，一位工作人员称，禁止电动车上路已成事实。

此后，广州市公安局连续召开了3次征求意见座谈会，对“禁电”事宜征求意见。该局新闻发言人介绍，第一次组织了31名市民召开座谈会，第二次有18名专家学者参加，第三次有28位人大代表和政协委员参加。

记者调查发现，广州市公安局召开的这三次座谈会，仅第三次对媒体公开。参加座谈会的代表是怎样产生的？既然是“公开征求意见”，为什么前两次连媒体都不知道？没有人解释这些问题。

在第三次座谈会上，一位不请自到的市民现身会场“搅局”。此人即广东省自行车协会副秘书长何小华。就在“代表”们纷纷指责电动自行车给交通管理带来的压力时，何小华几乎跳了起来，对与会者说：“你们不懂电动车！”但是，何小华孤掌难鸣，他的意见并未受到应有的重视。

随后，广州公安方面委托广州市城市社会经济调查队展开专项民意调查。最后公布的结果显示，78.4%的受访者认为广州目前的交通状况不适合电动自行车通行。

广州真的有这么多市民支持“禁电”吗？2006年12月，21CN网站的一份调查数据显示，在参与调查的5000余名网友中，强烈反对“双禁”（“禁摩”“禁电”）占73%，支持“双禁”仅占8.9%。

“政府‘禁电’的决心已经下了，才组织一拨人来‘征求意见’，而且这些人中间没有电动自行车生产者和消费者，这样的意见能代表公众利益吗？”谈到“禁电”的民意基础时，何小华声音提高了许多。

弱势者的声音是否得到了表达？

“我们非常忧虑地发现，一些地方政府决定某一项政策时，会轻易得到‘代表’的通过。”谈到“禁电”的民意基础时，浦志强说，“如果让我去参加这个座谈会，我这个开车的人也可能会觉得你开电动自行车的人怎么这么烦，让我开车都不好开。但我只能代表有车的人，代表不了使用电动自行车的人。假设广州市政府当时满足了这么一个要求，电动自行车使用者、生产者和销售者都可以提出他们对公共政策的意见，由他们来提供电动自行车在环保、节能、高效、安全方面的信息，也许会是另一种结果。”

浦志强认为，使用电动自行车的人属于相对弱势的群体，他们的声音本来就很难表达，表达之后，在我们这个社会中也很难被听到。由于没有公开选出参加会议代表的方式，它的代表性本身就值得质疑，它所得出的结论根本就不能代表民意。这种前提下出台的公共政策是否真正代表公共利益，以及代表公共利益是通过什么样的程序性方式，在哪一个环节出现问题，这是建设和谐社会需要很好地讨论的问题。也许，“禁电”事件和随后发生的一系列诉讼，可以作为一个案例为今后制订公共政策所借鉴。

著名经济学家茅于轼一直关注广州的“双禁”政策，他在接受《华商报》记者采访时说：“广州废除电动脚踏车，还要进一步废除摩托车，是一个没有充足理由的决定，有点耍威风的味道。如果说占道多，电动脚踏车比不上小汽车；如果说事故多，要分析原因。政府不可以和老百姓作对，而应该为老百姓着想。摩托车和电动脚踏车深受百姓欢迎，政府就应该想方设法完善它。这两种交通工具远比小汽车好。如果去台北看一看就知道为什么好——占地少、速度快、装载大（可坐两个人，还能带东西），而且价钱便宜。台北原来因电动脚踏车引发的事故多，经过整顿后大大减少，现在已经成为当地最重要的交通工具。”

“禁电”令发布后，广东一家媒体发表社论说：“我们需要一个怎样的广州？城市政府以它不容挑战的政令，为我们给出答案……面孔冰冷，表情陌生。这场禁摩禁电的争论……与贫富差距的现实契合。”

第三辆车被扣与打不尽的官司

2007 年 1 月 13 日下午 3 时许，叶存环接到一位顾客打来电话，称自己要买一辆电动自行车。这位客户以前从叶存环的店里买过电动车，所以在电话里把这次要买的车的型号告诉了叶存环，说自己不敢过来取车，要店方给他送过去。

一直没有生意做的叶存环听说有人买车，激动了好半天。她满口答应马上给对方把车子送去。

叶存环从店里出来不到500米，就到了番禺市桥大西路。那里，她看到有交警在查车，共分三拨儿，两人一拨儿。当路过第三拨儿时，有交警过来拦下叶存环。没等警察开口，叶存环就解释说："我是卖电动车的，我知道你们不准电动车上路，我只想把店里余下的车处理完了，就关门走人。"

交警要叶存环拿身份证，叶存环说没带在身上，但可以叫家人马上送过来。交警又要看购车发票，叶存环说这是商品车所以还没开发票，但我可以马上把营业执照拿来。

叶存环给儿子打电话，5分钟后儿子就将执照和身份证复印件拿来了。这时交警又要厂里的送货发票，叶存环说她再回去拿。叶存环让儿子在现场看着车，自己跑回店里取送货单。几分钟后，当她气喘吁吁地跑回来后，看见交警已经把这辆新车扔上了清障车。

叶存环无奈，就直接说自己是叶存环，刚刚跟交警队打了一场官司，就是因为上次扣车。

"你可以去打官司啊，法院就在大北路。"一名交警边说边挥手让清障车把叶存环的电动自行车拉走。

这次，番禺交警大队给叶存环出具的《行政强制措施凭证》写明的"违法"事实是车辆"有被盗抢嫌疑"。

"我已经被番禺交警扣了3辆电动车，他们每回扣车的理由都不一样。第一次是'拒绝接受罚款'；第二次先说是'自行车加装动力装置'，后又改成'未随身携带驾驶证'及'上道路行驶的机动车未悬挂机动车号牌'；第三次是车辆'有被盗抢嫌疑'。反正库里还积压着上百台电动车，既卖不出去也退不回去，索性让交警一台台地扣下去一直到扣光为止，我想看看他们到底有多少扣车的理由。”叶存环愤怒地说。

就在广州“禁电”第一案开庭前一周，番禺区交警大队于2006年12月31日向叶存环送达了一份文书，称因其执法民警“书写存在笔误”而决定撤销前述行政强制措施。同时，番禺区交警大队向叶存环重新开具一份《道路交通安全违法行为处理通知书》。在该“通知书”中，番禺交警认定叶存环的车辆类型为“电动车”，违法行为为“未随身携带驾驶证”及“上道路行驶的机动车未悬挂机动车号牌”，采取的强制措施是“扣留机动车”。

对此，原告委托律师浦志强表示，虽然广州警方已将被诉行政强制措施撤销，但根据行政诉讼法及其相关司法解释的规定，原告仍然有权坚持不撤诉，法院依法仍应确认该具体行政行为是否违法。与此同时，原告已就番禺区交警大队的新“罚单”，另案提起了行政诉讼。

“现行的公安交警手里拿的罚单，并没有把通告作为处罚依据写进去，所以交警不管依据罚单上的哪一条处罚都会错。当然通告的精神也不能作为交警执法的法律依据，这就使得交警任何一个针对电动自行车的执法行为都是违法的，等于把交警的‘执法’置于非常尴尬的境地。值得庆幸的是，现在我的当事人的行为都在法制框架内，完全符合法律的规定，我自己也一直在劝导消费者和协会行为不要过激，要保持理性，相信法律会公平解决这种纷争。”浦志强说。

据了解，目前广州市番禺区法院共有叶存环的两起行政诉讼案，均因“禁电”引起，一起已经开庭尚未宣判，另一起正在立案。除番禺区交警大队被电动自行车主告上法庭外，荔湾区交警大队、天河区交警大队也纷纷被市民告上法庭……

有学者称，广州“禁电”政策若不能妥善处理，基层交警可能要面对打不尽的官司，不论输赢，其“执法”公信力和权威性将受到严峻挑战。

（原载《华商报》2007年1月26日）

秦始皇陵兵马俑是如何被发现的？

千万别以为记者了不起。

西安临潼老农杨志发眼里，记者就是“问这问那，回去拿我的事儿写诗挣钱，挣下钱就没我的事了”。

在秦俑二号坑二楼商店门前有一块不怎么醒目的合影留念牌子，旁边小桌前坐着的那个戴着老式眼镜，有点漫不经心，不太讲话，说关中方言的老头就是杨志发。

前来参观的游客，如果在商店买东西，可以获得一次和老杨免费合影留念的机会；如果不买东西，要交钱才能合影。

根据游客的需要，老杨也签名，他有专用的印章，上面写着“世界第八奇迹发现人”。

老杨上面说的那些话显然是有气的，原因是不久前《南方周末》一名记者采访了他，回去写了一篇题为《陕北老农杨志发“吃定”兵马俑》的报道（见 1997 年 11 月 7 日，《南方周末》）。

老杨觉得记者“不能那样写”文章，说自己“吃定兵马俑”是侮辱，所以反讽记者才是“吃定”兵马俑的人。

“我就是个活广告，是个见证人，给人留个纪念，让人知道有这么一段历史，我吃啥兵马俑？”

按照老杨的讲述，记者大致还原了秦俑发现的过程——

1974 年 3 月的一天，杨志发和西杨村另外两个农民在村南打井时挖出些“瓦罐”和“神像”，公社水保员房树民看到后，直觉是“宝”，就向公社领导汇报。

公社领导吃不准，电话请来了临潼县文化馆馆员赵康民。赵康民让生产队把挖出来的那些东西拉到文化馆，就自个拼了起来，拼出了两具身材高大的陶俑战士，他自己初步判断是秦代文物。

1974 年的中国还在“文化大革命”后期。赵康民担心这些文物被当成“四旧”，所以决定暂时保密，等待适当的时机再向上面报告此事。

然而这个计划却还是被年轻的新华社记者蔺安稳“泄露”了。1974 年 6 月 27 日，蔺安稳将此事写成内参《秦始皇陵出土一批秦代武士俑》在《人民日报》“情况汇编”刊发，立即引起中央重视。

随后，袁仲一等一批考古学家进驻骊山脚下，通过考古发掘，世界第八大奇迹——秦始皇陵兵马俑正式面世。

据杨志发讲，当年他把挖到的那些“瓦罐”和“神像”送到县文化馆，队里给他记了 5 个工分（相当于半天劳动），后来他还和以前一样，在村里种地、养羊。

1995 年，二号坑展厅建成后，二楼商店一位叫冯东（音）的经理找到杨志发，让他给游客签名、合影，每月发给老杨 500 元费用。老杨很开心，从此就天天来此处上班。时间长了，老杨就慢慢成了兵马俑博物馆的名人，经常有各路记者来采访。

秦俑博物馆副研究员张仲立接受《各界导报》记者采访时说：“秦俑的发现是个过程，不能说谁发现了兵马俑。首先，看到未被识别的残损兵马俑的比较多，秦俑坑内发现许多从西汉到近代的墓葬、棺木和废井的遗迹，说明那时就有人见到了；杨志发的打井有其特殊意义，但没有后来的一系列考古，看到了也没有用。”

秦俑博物馆副研究员吴永琪表示：“秦俑发现是个严密的概念，只有考古学家发掘、鉴定并公布于世，才算是发现。这里面有许多环节，如房树民初看有点文物印象，赵康民认定是秦代文物并把散失的残片收回，这就更进了一步。1974 年 6 月，考古学家科学研究发现老杨打井的地方是重要遗址，附属于秦始皇陵，是秦陵陪葬坑，这才算是秦俑真正的发现。”

民间所说的“一镬头发现兵马俑”虽然不够准确，但考古学家们也承认，如果没有老杨那一镬头，秦俑的发现很可能还要推后。

看来，陕西老农杨志发真是够幸运的，他无意中挖到的，是20世纪震撼全球的考古发现，那些“瓦罐”和“神像”是2200多年前秦始皇死后陪葬为其护驾的兵马俑——这支配备了兵勇、战马和战车的部队被深埋于地下，远古的人们并不打算让它们再见天日。

（原载《各界导报》1997年11月10日，屈立华对此文亦有贡献）

上联：他大舅他二舅都是他舅 下联……

在西安大雁塔广场，你若放开嗓子吼一声“他大舅，他二舅，都是他舅”，后面一定会有几十人应和“高桌子，低板凳，都是木头”。

好的民歌就像《诗经》，源于生活，赞美劳动，清新自然。

我们还用“他大舅，他二舅，都是他舅”征集下联，看看谁对得好。

敕勒川，大青山，都有美景。

风干肉，手抓肉，都来自草原。

你草原来的吧？

怎么，这个季节草原不美吗！我刚休假回来，顺便参观了伊利。

接着对。

他大舅，他二舅，都是他舅。

金领冠，安慕希，金典奶，都是好奶……

还是离不开草原？

说哪里不重要，吃货看重的是哪里的东西香。

有人说中国的牛奶不行，标准要比欧美低很多。实际上，这都是外行话，以行业老大伊利为例，金典有机奶（梦幻盖）蛋白质含量是 3.8g/100g，你见过营养成分这么高的纯奶吗？以前大家追随的新西兰、澳大利亚还是德国进口那些比较贵的牛奶，蛋白质含量多在 3.2—3.5g/100g。

目前，欧盟、美国对牛奶的蛋白质含量没有要求，中国国家标准中，蛋白质含量要求是不低于 2.8g/100g。伊利的实际数值达到 3.28g/100g，像上面提到的高端子品牌金典牛奶蛋白质可以达到 3.6—3.8g/100g 甚至更高。

牛奶最重要的指标是菌落总数，它是反映食品被细菌污染程度的定量卫生标准，是安全底线。

欧盟的安全标准是菌落总数≤ 10 万 cfu/ml，中国 2010 年制订的乳品安全国家标准（即目前实行的标准）是≤ 200 万 cfu/ml。

单看这个数据，中国的国标是不高，不过要知道≤ 200 万是一个很大的范围，头部企业会制订自己的企业标准。像伊利，2020 年牛奶的企业安全标准是 1.77 万 cfu/ml（达不到这个标准，不能出厂），也就是说伊利自己的牛奶安全指标要高于欧盟标准 5 倍，高出中国国家强制标准底线的 100 倍以上。

伊利企业标准，适合旗下所有子品牌和产品。你如果检测到某盒（袋）奶不符合这个标准，是可以索赔的。

看来，只知国家标准不知企业标准却泛泛而谈牛奶品质的人真的是真太 out 了。像伊利这样的乳品巨头，他们的愿景是“打造世界标杆”“伊利即品质”，自然不会满足于国家强制标准，或者说伊利的企业标准早已甩国家强制标准（最低限度标准）几条街了。

月亮早已不是那个月亮，你还以从前的姿势看天，实际上最好的牛奶就在你身边，包括高大上的金领冠婴儿配方奶粉。

（原载二三里，2020 年 8 月 6 日）

陕北经济真的不行了吗?
——以神木为例

全国煤炭第一县神木，煤产业让当地人致富后，买房置地成为投资的不二选择。一个县城人口只有十几万的地方，房价最高时超过万元，高于省会中心城市西安。

神木经济遇到了麻烦，首先地下钱庄千百亿元的“集资诈骗”让一批曾经的富翁陷入无法自救的困境，而房地产的泡沫让不少市民资产大幅缩水。另一方面，面对煤价的持续低迷，往日一掷千金的煤老板们的预期也大不如前。

在这样的经济生态环境中，无论城里还是城外人，都流行唱衰论调，感觉“神木真的不行了”，甚至预言刚刚推行不久的全民免费医疗也会断炊。实际上，上述判断或印象缺乏实证支撑。

煤炭比较优势就是神木经济优势

神木当地有句民谚：“船烂了还有三千钉子。”意思是，对于一条大船而言，即便其木质船身毁灭，仅拿三千枚铁钉卖废品依然是一笔不小的钱。用这句民谚形容神木经济，再恰当不过了——神木年煤炭产量过亿吨，每吨按当前平均 300 元计算，产值就是 300 亿元，这还不包括下游的兰炭（煤炭粗加工产品，用于冶金）、聚氯乙烯、火电、电石、金属镁、浮法玻璃等产值。而当工业达到一定规模后，对第三产业的带动会呈现井喷状态。

这两年煤炭价格持续低迷，目前当地煤价仅相当于2009年的60%左右。搞企业的人都明白，对于一般的行业而言，40%左右的价格跌幅足以让企业陷入亏损或停产状态，但神木的煤炭产业情况不同，它有比较优势，即便全国煤炭价格每吨再下降100元，神木煤炭产业依然可能实现盈利。

神木之神，就好像上天赐予。我们都知道大同以煤炭储量大、产量大著称。位于陕西神木、府谷，内蒙古鄂尔多斯一带的“神府东胜煤田”探明煤炭储量2300亿吨，相当于70个大同矿区。神木在神府东胜煤田腹地，境内储量超过500亿吨，国内罕见，且煤质优良，属特低硫（污染的关键指标）、特低磷、特低灰、中高发热量的优质动力、气化和化工用煤。

除了储量大、煤质好以外，神木煤炭埋藏浅、易开采，也是其他矿区无法比拟的。到过神木县城西北部矿区的人们发现，那里很多地方揭开地面四五米的土石覆盖，煤炭可直接露天开采。

即便井下开采，与其他矿区的斜井、竖井不同，神木的煤层近似水平，断层稀少，且煤层可达8层之多，单层最大厚度12.02米（西南六盘水一些矿区煤层平均不足1米）。

煤矿井下作业有三大危害，一是瓦斯爆炸，二是透水，三是冒顶。这三大危害影响建矿成本，影响安全生产，也直接影响产量。但是，神木的煤矿上述危害很小——它顶底板稳定（多为整块岩石），瓦斯含量极少（甚至无瓦斯），地下水文条件好（鲜有透水事故发生）。

神木煤炭的比较优势就是神木经济的比较优势。虽然目前神木经济高歌猛进的势头暂时不再，但基本面是好的，未来几十年它仍将是全国少有的靠资源快速发展的少数县域之一。

煤老板目前依然有钱可赚

当然，不是说神木经济没有问题。在2007—2011年经济快速增长时期，神木的“集资诈骗”“非法集资”可谓多发，传销式的游资流动让二到三成的家庭卷入其中，部分小户血本无归。

以笔者一位亲戚为例，他从六七户亲戚、熟人那里以月息2%的利率集资130万元，然后以月息2.5%的利率放给上线王某，王某最终以月息3%的利率放给“集资大王”刘某，目前刘某涉嫌“集资诈骗”被逮捕。而到出事前，笔者这位亲戚收回的利息不足40万元。这意味着有六七个家庭积累的近百万资金将化为乌有。

影响神木经济的另一个产业是房地产。煤炭产业让当地人致富后，买房置地成为投资的不二选择。一个县城人口只有十几万的地方，房价最高时超过万元，高于省会中心城市西安。

刚性需求不足，住房供过于求，房价下跌便是必然。现在房价泡沫破裂才刚刚开始，预计神木房价下跌空间在20%—50%之间。不过，县城居民多半参与了单位福利分房或集资建房，高价购买商品房的多为投资者，几十万元的损失对他们而言不至于伤筋动骨，更不至于牵涉到银行的安全。

最后说煤老板。单就生产成本而言，神木的煤老板目前还是有钱可赚的。但具体到每个煤矿，情况又不大相同。当地的煤矿硬件普遍先进，都上了综采设备，加之产权多次转手倒卖，一座设计年开采120万吨的煤矿，现任煤老板在鼎盛时期接手的价格多在10亿元以上。

若拿到市场上评估，这煤矿自然是不值10亿元的，那都是炒作价格，或者说是期货价格，也就是未来5年、10年该煤矿正常生产时可能产生的价值。

问题在于，多数煤老板并没有10亿元的现金，而个体户的身份又从国有银行那里贷不到款，所以煤老板多多少少都会在民间资本市场上借贷，通常利率是年息20%左右。

假如煤老板资产负债率为50%，也就是他向民间借了5亿元，那么一年要支付的利息就是1亿元。每吨煤利润200元左右，120万吨的煤矿年毛利 2.4 亿元，扣除 1 亿元的财务成本，利润还是不错的。

不过，这是按风调雨顺年头的估算，一旦遇到政策、监管等方面的变数或者其他意外，煤老板面临的风险不言而喻。

当然，期货交易的诱惑在于预期。未来煤炭一旦涨价，煤老板们的春天就会来临，届时神木经济可能会迎来又一次勃兴。

神木如此，与神木相邻的全国百强县陕西府谷以及内蒙古准格尔旗等资源富集地区也大致如此。虽然当下经济出现负增长，但经济总量（包括财政收入）依然是其他地区远远难以企及的。

（原载新华社《瞭望·东方周刊》2013 年 9 月 23 日）

第二部分

人　物

贾拓夫：一个你不太熟悉的陕北老革命

贾拓夫是陕北老革命中唯一走完长征的红军干部

是红军长征落脚陕北的引路人

是陕北红色摇篮“绥德师范”杰出校友

是首任西安市市长

曾担任过国家计划委员会副主任

1962 年，他被错误打入“习仲勋反党集团”

1969 年死于“文革”，终年 54 岁——

1. 担任西安首任市长，要求进城干部“自带 3 天干粮”

“中华人民共和国成立前夕，西安是一座消费性城市，物资匮乏程度令人无法想象。到处都是饥寒交迫的难民和失业工人，吃饭成了最大问题。”中共西安市委党史研究室刘德海接受《华商报》记者采访时说。

长期的屯兵和战祸，让西安这座文明古都日渐凋敝。雪上加霜的是，当人民解放军迅速逼近西安时，胡宗南率残部不仅竭力破坏各种设施，还带走了大量民用物资，留给共产党的完全是一个烂摊子。

接手这个烂摊子的新政府首任市长叫贾拓夫。当时，还没有成立陕西省政府，西安直接归西北局管。

早在 1948 年 4 月 21 日，解放军收复延安后，接管国统区特别是西安的筹备工作就摆上了西北局的议事日程。1949 年 5 月 20 日，西北最大的城市西安解放了，此前西安市军事管制委员会已经成立，主任是贺龙，贾拓夫任第一副主任。5月29日，新华社发布了西安市人民政府成立的消息：“西安市人民政府已于25日成立。陕甘宁边区人民政府委任贾拓夫为市长，方仲如为第一副市长，张锋伯为第二副市长。”

5月23日，37岁的贾拓夫从延安来到西安，履新之际赋诗一首，表达了对西安解放的喜悦之情——

长安别来已十年，
故地重逢景非前。
全城解放歌声响，
满街红旗迎风展。
贼昨犹以为穴巢，
民今拨云见青天。
因怀往事访故人，
几番昂首望终南。

对于当时西安的经济形势，贾拓夫早有准备，他在一份接收准备文件中写道：“西安若以50万人计，每日需粮食600吨，需煤三四百吨，连同油、盐、蔬菜等在内，至少1100吨。贸易公司拟组织花纱布、油盐碱、粮食及燃料四个公司以掌握物价，进行调剂。”

为对付这种物资匮乏，贾拓夫明确要求：“入城部队及干部均应自带3天干粮，以便在最初3天能有计划地、适当地解决供给而不破坏纪律。”

贾拓夫上任后面临的另一件事，就是如何应对物价上涨。5月15日，西安一块银圆兑换6万伪金圆券，到18日就涨到了30万。据说，有一位老人把家里养了一年多的一头大肥猪卖掉，卖猪钱没敢动就赶紧去买猪娃，结果这笔钱只够买头30斤重的小猪。因为害怕物价上涨，好多小吃摊不收钱，只收小麦、鸡蛋。商品贸易回到最原始的物物交换。

为推广使用“中国人民银行券”（人民币前身），新政府迅速开展了打击贩卖和使用银圆、铜圆的斗争，同时提高了政府收购银圆的牌价，责令公用事业单位拒收银圆，只收“中国人民银行券”。

贾拓夫担任西安市市长的时候，儿子贾虹生只有五六岁。在他的印象中，父亲那时很忙，经常见不到人。他说：“连吃饭都不在一起。那时实行的是配给制，他们领导吃小灶，家属上中灶，我们这样的孩子经常没人管。”

贾虹生的说法，可以从当时西安市另外一位领导人那里得到印证。

据当时担任秘书长的常黎夫回忆，他和贾拓夫经常是晚上写文件，贾先写，下半夜三四点钟时，贾去睡，常起来接着写。天亮后，拿着稿子去做报告，或送西北局审议。

贾拓夫担任西安市市长的时间不长，他同时还兼任西北局的工作。贾拓夫担任西安市市长时，最大的贡献在于全力恢复经济、发展生产，使西安成为解放大西北的总后方。

2. 关键时刻，他把红军引到陕北来

在纪念中国红军长征胜利 70 周年之际，毛泽东的嫡孙毛新宇博士撰写出版了《爷爷率红军走过——毛新宇话长征》一书。书中有一节“谁是红军进入陕甘的引路人”，称“有一个人，在中共中央选定红军长征落脚点的问题上，起到了十分关键的作用。他就是贾拓夫”，“贾拓夫为中共中央和红一方面军落脚陕北做出了重要贡献，起到了进军陕北引路人的作用”。

贾拓夫从 16 岁起参加革命，担任过陕西省委主要负责人。1933 年 7 月 28 日，陕西省委在西安骡马市福盛楼饭馆以吃饭为掩护，开会讨论问题，结果被叛徒出卖，很快有特务上门来抓人。当时，省委书记一出门即遭到逮捕。正在结账的贾拓夫发现险情，立即从后门撤离。陕西省委因主要领导人被捕叛变，敌人开始大肆搜捕共产党人，省委组织遭到破坏。身为秘书长的贾拓夫一度陷入困境，他决定要到上海向党中央汇

报陕西的情况。

贾拓夫到达上海后，又随中央迁移到江西苏区。在 1934 年 1 月召开的中国共产党六届五中全会上，贾拓夫被选入主席团。在江西期间，贾拓夫在陈云领导的中共中央马恩列斯学校担任白区理论班班主任。

红军第五次反“围剿”失败后，被迫撤离根据地开始长征。贾拓夫成为陕北共产党员中唯一全程参加了二万五千里长征的高级将领。

有关长征途中的艰难险阻，相关的回忆文章已经很多了。但贾拓夫讲给长子贾虹生的一段经历，今天听来仍为我们所震惊。

“父亲说，长征经过川藏一带时，前面战士吃过的青稞因为不能消化又囫囵拉出来，后面的战士把这些粪便中的青稞拣出来，洗净后继续吃。”

按照通常的说法，红军长征的目的是要北上抗日。但北上的落脚点究竟在哪里？至少出发时的目的地不是陕北。

1935 年 9 月 12 日，中央在四川俄界（今甘肃境内）召开了会议，决定红军继续北上抗日，以打通国际路线，在接近苏联的地区创造一个新的根据地。

“当时，红军两个主力兵团到哪里去的问题，关系到这支队伍的生死存亡。一个共识就是不能再打拼下去了，要保留革命的种子，所以当时中央决定要到中苏边境地区建立根据地。”中国延安干部学院刘煜教授接受《华商报》采访时说。

长征的落脚点由原定的中苏边境改变为后来的陕北，说来有些偶然。俄界会议几天后，红军闯过天险腊子口，抵达甘肃南部岷县哈达铺镇，这是当地一个大集镇，贸易发达，比较富庶。

那天，哈达铺的旅店老板们惊喜地发现，店里一下子来了很多人，他们衣衫褴褛却和蔼礼貌。据说，当时两块银圆就可以买 1 只羊，1 块银圆可以买 5 只鸡。张震将军在一篇回忆文章中写道，他和两个通讯员买了 3 只鸡、5 斤面条，居然没有吃饱。

部队休整期间，聂荣臻无意中发现一张阎锡山方面主办的《晋阳日报》。这是两个月前的一份旧报纸，其中有一篇这样的报道——《陕北军事形势转变，刘志丹徐海东合股，东西南三路援军开陕，太原召开晋西北防共会议》，称“陕北刘志丹赤匪占领六座县城，拥有正规军五万多人。他们飘忽不定，行去无踪，窥视晋西北，随时有东渡黄河之可能……”

聂荣臻将这份报纸送到司令部，叶剑英看了后急忙找到贾拓夫。

贾拓夫高兴地说：“我们陕北是个闹革命的好地方，群众生活艰苦，迫切要求革命，加上穷乡僻壤，可以和反革命势力周旋。”毛泽东得知情况后，找贾拓夫询问了陕北革命详情。

“当时根据地分隔，信息不通，中央对陕北的革命情况了解并不多，而贾拓夫就是陕北人，而且此前一直在陕西省委工作，他把刘志丹领导陕北红军开展活动的情况向毛泽东做了汇报，并建议党中央到陕北立足，在中央红军决定选择落脚陕北的决策过程中，起到了关键作用。”刘煜说。

听完贾拓夫的汇报，毛泽东兴奋地说：“别说（刘志丹）有几万红军，能有一万也就好了。”他转身向身边的谢觉哉说：“看来刘志丹在陕北至少开辟了一块根据地，到了陕北再说吧。”

“中央红军长征落脚点的选择经过 6 次变化，最终确定在了陕北。这个决策过程中，一张报纸和一个人起到关键性的作用。”刘煜说。

3. 一个孤儿的奋斗

今天的神木是陕西县域经济第一强县，主要仰仗于神府东胜特大煤田的开发。但在20世纪初，那里山大沟深，十年九旱，是典型的穷乡僻壤。县城内，也只有几千人。

在距神木县城钟楼一百米处的东大街北十字巷 2 号，有一处砖瓦结构老式房子，如今主人将原来的窗户打开改做商铺，但大门及原先的房门依然保持着原貌——大门的门头是用砖雕的，里外分别刻了两个字，“致祥”和“积善”，这就是贾拓夫旧居。说是旧居，实际上是“寄居”，贾家当时是租住别人的房子。

1912年11月，贾拓夫出生在这间房子里。贾拓夫的祖父是县城一个屠户，父亲是街头做小买卖的。贾拓夫不到10岁时，父亲贾宽厚不幸染上痨病，不久便撒手人寰。古人认为，少而无父为孤，贾拓夫就是这样一个孤儿。好在他有一个勤劳而坚强的母亲余氏。

余氏勤劳简朴，待人忠厚，还有一手酿造的好手艺。贾宽厚去世后，她靠自己酿、卖醋酱养活一家人。

今年80岁高龄的蔡振庭是贾拓夫的邻居，他至今还能记起余氏的形象："我那时只有几岁，她胖胖的，很慈祥，在临街的小窗口卖醋。"

旧社会，只有有钱人才能上得起私塾。据说，为了供儿子贾拓夫上学，余氏卖掉了自己结婚时的全部首饰。

贾拓夫的小名叫贾耀祖。他后来多年从事地下工作，用过很多化名，但很少有人知道他除姓名之外还有一个字，这个字叫"孝先"。

大概是因为父亲去世早，母亲抚养他太不容易，所以贾拓夫取"孝先"作为自己的字。贾拓夫孝敬母亲的事迹，至今在神木老一代人中间流传着。

贾拓夫随中央红军到达延安后，曾把母亲接到身边，但老人家嫌影响儿子工作，执意要回神木。可是回到神木不久，老人就生了病，贾拓夫只好把母亲接到延安医治。延安的同志经常去看望这位老妈妈，他们目睹了贾拓夫伏在母亲身边，心疼地说："妈，您老病重，我工作忙，常常顾不上照顾您，不能尽孝心，我心里过意不去呀……"

贾拓夫的母亲在延安病逝后，组织十分关心，专门派人按照当地风俗，把老人安葬在神木。"老太太的葬礼很隆重，还有贺龙送来的挽联，可见贾拓夫当时在延安就是大人物了。"蔡振庭回忆说。

整个革命年代，陕北的贡献不可替代，这与两所"红色学校"有关：一所是民主人士杜斌丞担任校长的榆林中学，另一所是经李大钊等人介绍入党的早期共产党员李子洲担任校长的绥德第四师范学校。

当时，这两所学校汇聚了陕北的进步青年，前者培养了刘志丹、谢子长等一大批革命志士，后者培养了贾拓夫、刘澜涛、马文瑞等革命家。今天，延安的志丹县、子长县，榆林的子洲县，就是以三位革命家的名字命名的。

1926 年秋，贾拓夫考入陕西省立绥德第四师范学校。在校期间，他学习刻苦，活动积极，常常结合形势写出新诗、小说贴在校园的墙报上，颇受校方和教员器重。

国共合作破裂后，被称为“红色学校”的绥德第四师范学校受到了国民党当局的严查。许多有共产党员身份的教师被撤换。作为校团支部书记、绥德学生联合会主席的贾拓夫也被开除了学籍。此后，贾拓夫回到家乡神木，以教员的身份秘密开展党团工作。

1929 年秋，贾拓夫等人在米脂县一次集会时被捕入狱。那时，贾拓夫才 17 岁。敌人找不到证据，又不愿意轻易放人。好在负责审理贾拓夫的国民党官员和贾拓夫是同乡，二人又有师生关系，加上地下党员的担保，贾拓夫被关押半月后即获释。

此后的几年，贾拓夫的革命足迹除陕北以外，还涉及西安、蒲城、城固等地。期间，他与刘志丹有过接触，这为日后他代表中央与陕北红军接触打下了基础。

4. 小树林中的遗体

新中国成立后，搞经济建设的人才比较缺乏，担任西安市市长的贾拓夫被看好。1952 年，为加强中央对财经工作的领导，毛泽东和陈云亲自点将，调贾拓夫出任中央财政经济委员会副主任，协助陈云分管交通运输、劳动工资等方面工作，直到 1956 年。

灾难的苗头从“大跃进”开始。

贾拓夫是国家计委的主要领导人之一，在下达第一个五年计划时，关于钢铁产量的问题，他反对不切实际的高指标，认为“大跃进”“顶其虚名，而收实祸”，这话为日后埋下了祸端。

从“大跃进”开始，贾拓夫已经感觉到形势越来越不妙。从那时到“文化大革命”开始前，他全身心投入学习马列，除了偶尔外出搞搞实地调查，参与政治的机会很少。

一次他在西安郊区调研时，发现那里的农民翻地太深，还说这样深翻土地可以创高产。贾拓夫出生在县城，见过农民种庄稼，他怀疑如此深翻土地是劳民伤财，因为将生土翻到地面后，不但不能高产，只能影响庄稼生长。

庐山会议上，贾拓夫被正式定为“右倾机会主义分子”，他“极其顽固地反对高速度、高指标”，“也就是反对党，反对毛主席”。从此，贾拓夫退出政坛，先后在几家企业工作。

1966 年，“文化大革命”开始，贾拓夫这样的“右倾机会主义分子”自然在劫难逃。1967 年 5 月 5 日，贾拓夫被几名陌生人挟持后不知去向。

两天后，苗圃工人在北京西郊八角村的一个小树林里发现了贾拓夫的遗体——这位只有 54 岁的老革命，就这样走完了自己的一生。

十几天后，亲人们在太平间里见到了贾拓夫，只见他半睁着眼睛，额头、眼眶部位有深深的凹坑……

1980 年 3 月 20 日，贾拓夫追悼大会在北京中山公园举行，华国锋、叶剑英、邓小平等领导同志敬献了花圈。

悼词写道：贾拓夫同志是中国共产党的优秀党员，在几十年的革命斗争中，在党的领导下，为中国各族人民的解放，为社会主义和共产主义奋斗不息，贡献了毕生的精力。在经济工作方面，贾拓夫同志具有深湛的理论修养和丰富的实践经验，是我国经济战线上有独到见解、有才干的领导人之一。

（原载《华商报》2009 年 5 月 21 日，原题《西安解放后第一任市长贾拓夫》）

第三部分

对　话

就三农问题对话经济学家茅于轼——

解决三农问题的主调是让农民进城

受访者：茅于轼，当代著名经济学家，担任过中国社会科学院美国研究所研究员、澳大利亚昆士兰大学经济系高级讲师。1950年毕业于交通大学机械系，先后任火车司机、技术员、工程师。46岁开始从事微观经济学研究，后提出择优分配原理，1992年获国务院“突出贡献科学家”。著有《择优分配原理》《中国人的道德前景》《一个经济学家的良知与思考》等。

郝建国：这些年，三农问题受到了前所未有的重视。通过这两年的改革，三农问题已经开始向好的方向发展，如2004年农民人均纯收入出现近年少有的大幅提高。那么您是怎么看待今天的三农问题的？

茅于轼：农民是大问题，而农业根本就不是问题，好多人没有看到这一点。从人类历史的发展看，农业曾经是最重要的。没有农业，人类就不能存在。历史上人类发展缓慢——人口增加不了，社会进步不快，包括人的平均寿命才20多岁，就是被农业拖住了。这样的情况存在过几千年。但是通过逐渐地发展，在近200年来，也就是从18世纪末、19世纪初，人类走出了另外一个发展轨迹，摆脱了对农业的依托。发达国家先摆脱，中国后摆脱，还有一些国家至今还没有摆脱。

解决三农问题的主调是让农民进城。如果老是放在发展农业上，那么只能是产的越多越不值钱。你看看，当年杨贵妃才能吃到的荔枝，现在才几块钱一斤。连美国这样的农业强国，每年出口全球粮食8000万吨，但它的农业也才仅仅占GDP的2%。这个比例能说重要吗？所以，我说解决三农问题的出路只有一条，就是创造就业机会，让农民进城。

郝建国：国内有不少地方“城镇化”的路子是卖户口，这肯定不是一个好的办法。您认为农民通过什么样的方式进城有利于社会协调全面发展。

茅于轼：农民进城的过程取决于城里就业机会的多少、快慢。农民进城要和城里的接受合拍。如果城里没有工作，麻烦就大了；反过来，如果农民不愿出去，也有麻烦。这里有很多事要靠政府去做，当然主要还是靠市场，快了、慢了都不行。国外，农民进城花了100多年的时间，我们用不了那么长时间，有半个世纪就可以解决问题了。现在已经发展了20多年，再有20多年就够了。有人提出，农民进城后找不到工作怎么办？犯罪问题，其他社会问题怎么办？如果农民进城和城里为他们创造的就业机会相匹配，就不会有什么太大的问题。

郝建国：还有一个问题，由于受教育等方面的不平等，农民进城在劳动力市场竞争中明显处于不利地位。那么进城是农民会不会变成城市中贫民，造成新的社会问题？

茅于轼：这个比较方法不对。不能拿进城农民和城里人比，而应该拿进城与未进城的比较。进城的肯定比不进城的发展机会多，当然他们肯定不如原先就在城里的人。

农民与城里人事实上的不平等是历史上形成的，现在关键要靠政府来解决这个问题。如果政府不保护弱势群体或不能平等保护弱势群体，也会出乱子。

从现在看，60%的农村人口创造了15%的GDP，主要是劳动力过剩的问题。但，顶多20年，我们很快会面临劳动力短缺的问题。从长远的眼光看，劳动力是有市场的。

郝建国：当下，农村教育改革的一个措施是合并学校。可是合并学校后，有的孩子因此失学或推迟了入学年龄，有的孩子在小学阶段就开始住校，增加了家庭的经济负担。怎么看待这个问题？

茅于轼：义务教育的法律，是不能违背的。法律规定了，没有做到，那是政府的事——不管是什么原因做不到都是违法。农村并校后，可能教育质量会提高，但你说的问题是存在的。解决的办法，要么不并校，要么让住校的孩子得到补贴。除了政府出钱补贴以外，还应该配专职的老师照顾孩子们的生活。

郝建国：您在山西省临县湍水头镇龙水头村搞了一份农村金融试验田，在农村金融理论和实践方面您应该最有发言权。

茅于轼：现在，农村没有金融服务。解决这个问题的思路是私有化，政府要彻底放开对金融主体的限制，让个人投资，让民间做农村金融，办乡村钱庄或者就叫乡村银行。

金融有风险，但出不了大事。一个农村金融机构能拿出多大的钱，最多几十万。一百个几十万才是几千万，和现在的国有银行比起来，微不足道。

郝建国：可能中国的老百姓有点不同。假如他们存钱的银行破产了，他们就会找政府。那政府冤不冤？追求“稳定”似乎也有一定的道理？

茅于轼：老百姓不会拿自己的血汗钱玩。他们感觉你这个银行可靠才给你存钱。如果你胡搞，就没人给你存钱。当然了，我说的是政府在农村银行的注册登记方面应该放开，但监管要加大，农村银行的财务状况要对政府公开。另外，放开农村银行后，政府要给老百姓讲清楚，让他们有承担风险的意识。

郝建国：谈谈您搞农村“金融试验田”的经验。

茅于轼：玩自己的钱不叫真正的金融，金融是以玩别人的钱为主，当然也玩自己的钱。目前，山西的这个农村金融组织里有 2/3 的钱是老百姓自己存进来的。有那么多老百姓来这里存款，我就放心了。现在，我每个星期都和他们3个负责人有电话，有通信。这是人对人的管理，而不是制度对人管理。要实现后面这一步很难，但正在往这个方向迈。如果不能改变现在的人与人的关系为人与制度的关系，推广很难，除非克隆几十个茅于轼。

郝建国：作为著名经济学家和前辈，可否就读书和治学方面给后学一点建议？

茅于轼：关于治学我说这么一句话，把写在教科书上重要的结论重新发现一遍，都靠自己的思考。

（原载《华商报》2005年2月2日）

就三农问题对话“说实话”的乡党委书记李昌平——

领导批示是偶然的

受访者：李昌平，1963年出生，中国“三农”问题专家，代表作《我向总理说实话》。2000年3月，时任湖北省监利县棋盘乡党委书记的他给时任国务院总理朱镕基写信，反映“农民真苦，农村真穷，农业真危险”，并呼吁给农民国民待遇，得到朱镕基总理的批示，引起了高层重视。2000年9月，李昌平辞去乡党委书记职务。

延续了几千年的“皇粮国税”在我们这个时代结束了。有一个人对这个重大决策起到了重要推动作用。他就是曾经担任湖北省监利县棋盘乡党委书记的李昌平。

郝建国：一般认为评价历史事件需要时间。你给总理写信以及后来辞官的事件距今有5个年头了。看得出来，你今天过得也比较充实。我想，你可以真实地说明当时的一些细节了。第一个问题，你的那封信里写的都是事实或者说都是你想说的吗？

李昌平：当时我的身份还是体制内的人，或者说是党内一个基层领导干部，同时考虑到效果问题，那封信里也还是说了一些违心话。

郝建国：按照《党章》规定，你给总理写信是在履行一个党员的权利或者叫义务，但是这样的事也很容易被理解成“告状”。那么你是怎么看待总理批示你的来信的？

李昌平：批示是偶然的。当然我也是操了一些心的，首先反映问题要考虑自己的“立场”，注意效果。我注意“研究”总理，知道他关心老百姓的问题。在发信的时机上，我选择了“两会”期间。

郝建国：你当乡党委书记的时间不算短，概括一下主要为老百姓做了哪些工作？

李昌平：我在乡上工作了17年，我是干什么的？就是管老百姓。为什么要管老百姓？因为我们要向他们要东西。要来的这些钱有3种用途：第一是保障向县财政上缴一部分；第二是为乡上的干部（包括教师）发工资；第三是为乡政府还债务。

郝建国：你说过，你是农民的儿子。那么你去和老百姓要东西的时候遇到他们对抗怎么办？有没有愧疚？

李昌平：我所在的（湖北省监利县）棋盘乡有10万人，我要向他们要回1000万元才能过日子。我真的没有办法。考核我的时候，农民说不上话，我首先要保证给县财政及时上缴380万元，下来我得保证干部的工资，还要给上一任领导还债。

郝建国：辞官后，你到了《中国改革》杂志社。在这里你感受到了什么？

李昌平：我接触了一些三农这个领域的老师，包括茅于轼、温铁军、秦晖，也包括党内的一些老同志。通过杂志社，建立了我和他们对话的平台。从此我知道领导层、学者他们在想什么，他们怎样思考三农问题。我发现现实中存在3种话语体系——百姓话语体系、政界话语体系和学界话语体系，他们各唱各的调。

郝建国：你习惯用哪一种“话语体系”？

李昌平：现在我喜欢用大家都能懂的话。当然，我在乡党委书记那个岗位上的时候是根据环境而定，在官场上肯定要按官场的规则说话。

郝建国：按照一般人的思路，乡党委书记虽然是一个不大的官，但毕竟还是多少基层干部为之奋斗的目标，或者说它至少是踏上仕途的一条正道，可你却毅然辞去了这个职务。现在四年多时间过去了，你是怎么看待当初自己的选择的？

李昌平：我的那个官来得容易，去得也容易。我当初是自己选择要下乡的，一开始当乡上的团委书记，到23岁的时候，我就当了乡党委书记。后来我自己不干了，就辞了，所以说去得容易。如果我不选择离开，我对有些问题还是看不清。出来后，视角变了，问题看得更清了。我出来后很顺，离开乡党委书记那个岗位对于我个人没有多大损失。如果继续耗在里面，可能一事无成。

郝建国：你23岁当乡党委书记，更多的因素是干得出色，还是机会好？

李昌平：当时的社会，非常重视文凭。我先后就读于湖北省机电学校、华中农业大学农经学院、中南财经大学，后来还拿到了经济学硕士。现在看来，我在农村的十几年没白待。有农村工作这个经历垫底，谈三农问题时我比一般人底气足。

郝建国：那你又是在怎样的情况下来到现在供职的这个民间慈善组织的？

李昌平：我在《中国改革》杂志社当了两年记者，感觉已经空了，离老百姓很远了。在北京的时候，经常有这个组织的工作人员跟我交流农村工作的体会。这些年来，我一直关注这个慈善组织在内地的扶贫发展工作，所以加盟。我们中国缺乏民间组织，另一方面民间组织非常缺人才，现有的一些民间组织并没有按民间组织的游戏规则搞，而是搞得像政府组织。

郝建国：在民间组织工作一段时间后，有没有一些新的见解？

李昌平：在北京工作的时候，加拿大一个老人拿着7000万人民币找我，要我拿这个钱搞慈善事业。可我不敢要，因为自己没有在一个民间组织工作过，没有能力管好这笔钱。加入现在的这个民间组织可以到农村做事，这对于我了解民间组织、学习民间组织是一个很好的机会。中央对农村工作的总的指导思想已定，就是“多予、少取、放活”。今后我们面临的是怎么落实的问题，是实践问题，而不是理论问题。民间组织工作的这两年给我的东西很多——以前我们总是说老百姓素质低，那是我们看不到他们的力量，看不到他们的创造性。事实上，无论是家庭联产承包制、乡镇企业还是农民进城，都是老百姓自己闯出来的，而不是哪一个领导干部或学者创造出来的。我们这个民间组织的工作是扶贫，但我们只是协作者，参与的主体是农民。只要能调动老百姓的智慧和力量，三农问题一定能解决。

郝建国：将来有什么打算？

李昌平：将来做什么事现在并不知道，最重要的是眼前的事必须做好。受过去十几年农村背景的影响，我想自己将来会选择与三农有关的事去做。

（原载《华商报》2005 年 2 月 6 日）

就官员财产公开制度对话巩献田教授——

官员财产隐私权应服从公众知情权

受访者：巩献田，北京大学法学教授，南斯拉夫萨拉热窝大学法学博士，研究领域有法理学、马克思主义法学、政治学、伦理学。2005年8月，巩献田发表了一封《公开信》，公开质疑全国人大常委会办公厅公布的《中华人民共和国物权法（草案）》违宪，在互联网上引起极大回响。2008年“两会”前夕，因公开建议中央尽快制定有关官员财产公开制度的“阳光法案”，巩献田再度进入公众视野。

郝建国：和上次反对《物权法（草案）》比，这次您建议制定官员财产申报公开建议，反响如何？

巩献田：和反对《物权法（草案）》的性质不同，对于官员财产申报公布法案，不管对方是什么立场，大家都是支持的。

郝建国：您给中央提交官员财产公开建议的时候，会不会有一些压力，包括来自北大法学院、学校的？

巩献田：我是以一个公民、党员、法学教授、法学博士的身份给中央提建议的，我的所有行为都是在法治框架内进行的。

郝建国：您是从何时开始关注官员财产公开法案的？

巩献田：制定官员财产申报公开法，其实是一个老话题。早在1988年的一次会议上，就有社科院法学所的研究员提出制定官员财产申报公开法的建议。此后，最高人民检察院反腐败贿赂法研究起草小组在研究中也涉及官员财产申报问题。因为当时的腐败并不严重，据说领导层的意见是，官员没有多少财产可以申报，也没必要申报。但是，二十多年后的今天，情况大不相同了，不能说今天的官员没有多少财产。

郝建国：和党内《关于党政机关县（处）级以上领导干部收入申报的规定》文件相比，您草拟的官员财产公开法案有哪些突破？

巩献田：《关于党政机关县（处）级以上领导干部收入申报的规定》文件规定，“党政机关县（处）级以上领导干部的工资，各类奖金、津贴、补贴及福利费，从事咨询、讲学、写作、审稿、书画等劳务所得，事业单位的领导干部、企业单位的负责人承包经营、承租经营所得均需向组织人事部门申报。”

但是从实施效果看，这个规定的弊端很明显：一是收入申报情况只对组织人事部门公开而没有向全社会公开，所以人民群众无法进行有效监督；二是只申报官员个人财产而未申报公布其家庭（包括配偶及已另立家庭的子女）全部财产，掩盖了一些问题。

郝建国：可否理解成您是这个法案的“起草专家组组长”？

巩献田：建议尽快制定《县处级以上公职人员财产申报公布法》的动议，是李老（指李成瑞，国家统计局原局长、李先念秘书——记者注）最先提出来的。建议书所附的法律草案开始由李老起草，我增加了很多内容，同时广泛听取和吸收包括《光明日报》原副总编辑陈谈强、最高人民检察院原反贪污贿赂法研究起草小组成员、国家检察官学院周其华教授和北大法学院宪法和行政法专业的多名教授的意见。

郝建国：这个草案在网上公布后，您听到什么意见？

巩献田：草案拟出来后，我首先向北大法学院的同事征求意见。目前反馈回来的信息都是积极支持，包括院党委原副书记王磊教授、现任的法学院副院长沈岿教授、学科群党支部书记甘超英，有的还提出了很具体的修改意见。

郝建国：我看到有网友评论说，这个法案实施起来可能会有不少官员抵触，难度不小。

巩献田：只要在思想上把这项反腐倡廉的大事，真正提高到关系“党的生死存亡”、关系到党和国家“会不会改变面貌”的高度去认识，再大的困难也是一定能够克服的。腐败严重的干部毕竟是少数，越是掩盖矛盾越是后患无穷。这部法律如果实施，应该把重点放在以后上来的年轻干部上，对于那些积极配合财产申报的干部，可区别对待。

郝建国：有些官员以维护领导人的隐私为由，反对实施财产申报公布法。官员公开财产会不会涉及其隐私权问题？

巩献田：官员掌握和行使公共权力，其财产的隐私权应当服从公众的知情权，这是国际上早已在法理和实践上解决了的问题。一个共产党人，一个共产党的领导干部，如果连自己的财产都不敢公布，与共产党执政为民、服务人民和不谋私利在逻辑上说不通。

华商报：您自己怎么看待目前的反腐败？

巩献田：官员财产公开是世界上大多数国家已经建立的反腐败机制，也是符合中央精神的。胡锦涛同志多次要求全党以改革创新精神加强党的思想建设、组织建设、作风建设、制度建设和反腐倡廉建设，进一步推进治本抓源头工作。制定和实施“财产申报公布法”，是一种预防和惩治以权谋私、权钱交易等腐败行为的锐利武器。

（原载《华商报》2008 年 3 月 3 日）

就官员财产公开对话新疆阿勒泰地区纪委书记吴伟平——

大家申报的积极性非常高

受访者：吴伟平，新疆阿勒泰地委委员、纪委书记，在阿勒泰首次尝试官员财产公开，被媒体称为可与“安徽凤阳家庭联产承包责任制首块试验田”相比。2006年底，吴伟平被交流到阿勒泰，任地委委员、纪委书记，此前他是新疆维吾尔自治区纪委纪检监察四室主任，同时兼自治区委党校客座教授，曾协助中纪委办过多起案件。

休闲的夹克，一副大眼镜，非常口语化的表达，面前这位40多岁的官员叫吴伟平——阿勒泰实施“阳光法案”的关键人物。

郝建国：改革需要舆论支持，可你们一直很低调，阿勒泰地区纪委的工作人员都不愿意谈官员公开财产这个问题，能解释一下原因吗？

吴伟平：我从来没有正式接受过记者的采访，这次被你堵住了，你是第一个。我不是娱乐明星，不需要炒作自己。我们这个事情还在探索、试行阶段。

郝建国：目前初次提拔为副处级的55名官员都已按规定公开了财产，其余近千名官员的申报材料何时上网公布？

吴伟平：申报的截止日期是2009年1月20日，现在一切都在按计划正常进行。上千人的申报呢，审核需要过程，这些都将陆续公开。

郝建国：在推行官员财产公开这项改革中，有没有人站出来反对？你的熟人、朋友在私下场合有没有不赞成财产公开的？

吴伟平：我看到的情况是大家申报的积极性非常高，没有人不申报或不想申报，他们填得很认真，房子、汽车都申报了。

郝建国：在您看来，怎样评价财产申报、公开的效果和作用？

吴伟平：（2008年）12月26日，新华网报道了俄罗斯出台《反腐败法》，可以看看。我们试行申报制度目的是预防腐败，保护干部。截至2008年12月31日，我们的139廉政账户共收到76万元，如果把这些钱分到7个官员身上，每人足够判10年有期徒刑，加起来就是76年！培养一个干部不容易，但毁掉一个干部却很容易，所以申报是保护干部。

申报的重要性在于对官员心理层面的干预，给他们造成压力。假如我是厅长，你给我送过钱，我却在申报表上填了“没有”，我怎么见你？申报能促使干部更加廉洁。

郝建国：廉政账户收缴的这部分钱打算怎么处理？

吴伟平：我们有个初步想法，设立基金，帮助那些上不起大学的孩子。

郝建国：有一种声音说，55名官员已经公开了部分财产，但收受礼品一栏均填写了“无”或者不填，有网友指出，难道这55人都没有办过婚丧嫁娶的宴会？

吴伟平：不是说只要收礼就是受贿，要把受贿和礼尚往来那种区别对待。申报表上所说的收礼是指利用职务便利收礼。我相信我们的干部绝大多数是如实申报的，当然也不排除极个别人（没有如实申报）。

郝建国：对于申报不实，怎么查处落实？

吴伟平：对于申报材料，我们要审核，重点监督那些收入与财产差额巨大的，另外就是要受理举报。

华商报：地委、自治区纪委支持你们的工作吗？

吴伟平：支持，非常支持。

（原载《华商报》2009年1月12日）

国庆60周年就监督制约制度对话党史学者高尚斌教授——

建立什么样的监督制约制度是党要着力解决的问题

受访者：高尚斌，延安大学教授、政法学院院长、中共党史研究院院长，兼中国延安干部学院教授、中国人民大学中共党史博士生指导小组成员。获全国第四届“五个一工程”奖，主要研究方向为延安时期的中国共产党、延安时期党在陕甘宁边区的执政经验。

郝建国：政党不仅有政治功能，也有社会功能。中国共产党从传统意义上的革命政党实现到现代意义上的执政党，这个转型是怎样完成的？

高尚斌：革命政党以革命为原则，以革命的成功为目的；执政党的要务是整合社会资源，维护社会安宁，推动社会发展，不断满足社会各阶层人民的利益要求。以新中国的建立为标志，中国共产党即由革命政党转变为执政党。当然，身份上成为执政党，并不意味着党自身的定位、功能及思想、观念、行为方式就一定符合执政党的要求。

总体来看，新中国成立初期，我们党是主动按照执政党的定位来要求自身的。但从1957年开始，特别是1962年以后，党的思想观念、作风、行为又回到了革命政党，“文革”时期革命政党的特点尤为突出。

改革开放后，党开始研究执政党应该是一个什么样的党、怎样建设执政党的问题。进入新世纪，我们党明确提出科学执政、民主执政、依法执政的理念，这说明我们党已经完全以执政党来要求自己、以执政党来建设自己，彻底实现了由革命政党到执政党的转变。

郝建国：您刚才谈到，新中国成立初期，党已经意识到由革命政党向执政党的角色转变问题，为什么还会出现后来的“以阶级斗争为纲”的革命政党行为？

高尚斌：在我们党执掌全国政权之前，以毛泽东同志为代表的老一辈无产阶级革命家已经意识到执政问题。早在1942年12月，毛泽东在《经济问题与财政问题》一文中就指出：“一切空话都是无用的，必须给人民以看得见的物质福利。”这种思想观点是完全符合执政党要求的。

应该说，共和国初期，我们党是按执政党来要求自己的。把进城后的中心任务确定为恢复和发展生产，要求一切工作“都围绕着生产建设这个中心工作并为这个中心工作服务”。这样做的目的，当然是为了实现当时条件下老百姓的“物质福利”。

同时，那时政权机构的设立、人民政府的产生、领导人的选举，都是依法进行的。1954年第一届全国人民代表大会第一次会议的成功举行，《中华人民共和国宪法》及一些重要法律的制定，更是社会主义民主法制建设的重要里程碑。

但是，随着“三大改造”的急速完成，一些社会尖锐矛盾开始出现。1957年开展的整风运动，演变成一场反右派运动并严重扩大化。毛泽东同志由此认定当时社会的主要矛盾仍然是阶级矛盾。

到1962年，毛泽东同志进一步把社会主义社会的阶级矛盾和阶级斗争扩大化和绝对化，形成“以阶级斗争为纲”的指导方针，把阶级斗争日益深入到党内以至高层，终于导致了长达十年的“文化大革命”。应该说，这是他老人家的一个失误。

郝建国：近来，社会上关于领导干部公开财产的呼声很高，但这项旨在从源头反腐败的措施至今只有个别地区试行。在您看来，未来如何有效预防党员干部脱离群众？

高尚斌：中国共产党是为代表广大人民群众的利益而建立的，党没有自己的私利。正因为如此，党才能付出无数的牺牲和代价，推翻三座大山，建立起人民当家作主的社会主义新中国。在革命胜利共产党执政后，如何代表广大人民群众的利益是一个现实的问题，也是一个历史性重大课题。在革命战争年代，党员干部本身就在人民群众中生存，形成了同人民群众的鱼水关系；党执政后，作为个体的党员干部脱离群众的现象是客观存在的。在今天，腐败问题确实引起老百姓的强烈不满。我们要重视这种现象，但现在还不能说党员干部形成了“既得利益集团”。

开展反腐倡廉建设，建立官员财产申报公开制度是必然的。但要使这个制度真正建立好，起到人们所期望的作用，并不是一件容易的事，搞不好就变成形式主义。

刚刚结束的十七届四中全会提出了加强党的作风建设和坚持反对腐败的任务。很快，中纪委要求领导干部上报住房、投资、配偶子女从业等情况，这可以看作是领导干部财产公开迈出的第一步。未来，建立一个什么样的监督制约制度和制衡机制，以防止党员干部严重脱离群众和腐化堕落，恐怕是我们党在制度创新方面要重点探索和着力解决的问题。

（原载《华商报》2009 年 10 月 1 日）

就李庄案对话西北政法大学校长贾宇教授——

否认刑辩律师价值，是对现代法治的不了解

受访者：贾宇，西北政法大学校长，法学教授、博士生导师，主要致力于中国刑法学、国际刑法学和犯罪学研究，代表作《罪与刑的思辨》，2007年当选为第五届“全国十大杰出青年法学家”。

李庄案一审宣判后，西北政法大学校长、中国法学会刑法学研究会副会长贾宇教授就案件审理、司法背景及法律适用等问题，接受了《华商报》记者的采访。

郝建国：作为一名刑法学家，您个人判断倾向于李庄有罪还是无罪？

贾宇：李庄是否有罪，要由人民法院的终审判决来决定。仅从媒体公开的一审庭审情况看，我个人还不足以做出判断。如果李庄确实教唆嫌疑人说自己受到刑讯逼供，那就构成了伪证罪；如果只是正面问有没有受到刑讯逼供，这个很正常。当然，如果被问的人说假话，责任应该由说假话的人来承担。

一方面，我们支持律师的辩护权；另一方面，律师同样也要承担依法履行职责的义务。如果构成违法犯罪要承担法律责任。

李庄是否有罪，与他收了当事人的多少律师代理费，或者道德上有没有瑕疵无关。

郝建国：李庄案审理过程中，8名关键证人均未出庭，公诉机关称证人不愿意出庭，他们也无权强制。这样的回应有法律依据吗？

贾宇：审判过程完全可以做得更好一些。证人都不出庭，造成社会上对审判公正性的不必要怀疑，是一个遗憾。

证人有作证的法定义务，就本案而言，证人也有条件出庭，他们多是在押人员，法院发个通知让带来就是了。

证人出庭，在法庭上接受质证，有助于法官了解更多、更准确的信息，对弄清事实真相很重要。证人出庭，也是司法公正、透明的要求。

郝建国：在您看来，李庄在法庭上的表现如何，算不算“很张狂”？

贾宇：作为被告人，李庄享有自我辩护权和律师辩护权，他是否有罪，应该通过公正的司法来决定——如果审判最终结果认为他有罪，大家就应该接受，其他律师应该引以为戒，注意更加合法履职；如果没有充分的证据证实他有罪，法院就应该宣布他无罪，这是对国家法治建设负责任的态度。

郝建国：挖掘刑讯逼供的疑点，是李庄的刑辩风格。刑辩律师为何总爱在“刑讯逼供”上挑毛病？

贾宇：现实表明，办理刑事案件中，侦查机关最容易出现的问题就是刑讯逼供，所以刑辩律师找这个突破口很正常。刑讯逼供一旦被证实，证据的合法性即动摇，指控的犯罪事实缺少了证据支持，侦查机关陷入被动，侦查人员甚至可能被追究刑事责任。

律师找刑讯逼供的疑点并不可怕，因为最终有没有刑讯逼供，不是律师说了算，而是由法院通过审查证据来认定的。作为侦查方、公诉方，不能不让人家质疑，不要人家说你刑讯逼供，你就急。相反，你能做的只有好好办案，经得住律师挑剔。对付“挑剔”，侦查方、公诉方唯一的办法就是不搞刑讯逼供。

律师依法与侦查方、公诉方“对着干”，是这个职业的法定本分，也是现代司法制度设计的应有之义，不能因此对律师这个职业有偏见。我个人倒主张，司法机关不要把过多的注意力集中到收拾律师上来。对律师履职过程中的偏差，尽量用平和的手段纠正。没有确凿的证据前，千万不要动用刑事手段抗衡。

郝建国：律师能不能“为坏人说话”？这个职业代表正义吗？

贾宇：否认刑辩律师的价值，是对现代法治的不了解。刑事辩护是我国刑事司法制度的一个基本内容。律师辩护权是保护人权的重要制度保障。律师只要站在合法的立场就可以，要求律师站在所谓“正义”的立场，不符合现代司法制度的设计。

法庭上，控方做有罪、罪重指控，辩方做无罪、罪轻辩护，可以说都不站在公允、公正的立场上。但控辩双方各司其职，同时又相互制约，二者缺一不可，共同保障司法的整体正义。居中裁判是法院的职责，只有法官才是代表正义的。

只有控辩双方平衡，才能保证事实的全部真相被揭露出来，才能减少冤假错案。

因为担任黑社会组织的辩护律师，就把律师、包括像赵长青这样的刑法专家都说成是“帮坏人说话”“黑律师”，这种舆论十分有害。

1957 年，几乎所有的律师都被打成了“右派”，而这也就宣示了中国当时彻底陷入无法无天的时代。历史的教训万万不可忘记。

现行的刑事诉讼制度、律师制度有很多需要检讨的地方。不涉及李庄这样的具体人、具体案件，我们需要帮助律师站起来，以便形成控辩平衡的格局，这是刑事司法制度完善的重要标志。

（原载《华商报》2010 年 1 月 9 日）

就小说《废都》中的性描写对话作家贾平凹——

作品有争议才有价值

受访者：贾平凹，1952年出生，陕西丹凤人，当代作家，文坛“陕军东征”主力干将之一，现任陕西省作家协会主席，代表作有散文《商州初录》，小说《浮躁》《废都》《秦腔》，其中《秦腔》获第七届茅盾文学奖。

西安永松路贾平凹的个人办公室里，摆满了各种各样的金石古玩、镀金蛤蟆和观音佛像，包括一只拳头大小、以春宫图为内容的铁俑。书橱的最下一格，摆放着60个版本的《废都》——它们都是盗版。

问世15年来，《废都》引发的争论一直未断，焦点就是“性描写”。令贾平凹有些始料不及的是，销售火爆的《废都》，很快遭禁。1994年1月20日，新闻出版部门下达了收缴《废都》的通知，贾平凹受到批评。

郝建国：《废都》性描写段落中那些“此处删去多少字”的空格，在你的初稿中就有吗？

贾平凹：写的时候我就考虑到国情，省了一些。写完后，我自己又去掉一部分。到出版社，编辑又删了一些。（空格后注明的）此处删去多少字实际上已不准确。

郝建国：有人说你的那些空格是一种炒作，是为了书卖得火。

贾平凹：当时根本没有这个意思，我直到现在都不会炒作。

郝建国：15年后的今天，你自己怎么看待《废都》中的性描写？

贾平凹：好的作品应该有超前性、前瞻性。（20世纪）90年代初，知识界精神沉闷，文学也不像80年代中期活跃，不知道咋弄。写《废都》时我的身体最不好，加上社会的、家庭的变故，很沉闷。

《废都》是现实题材，难把握，容易触犯一些人。要是再晚几年出版，就没事了。当时的社会价值观，性是敏感的话题，只要说性就被诬为流氓。

郝建国：想听听你自己对《废都》的评价。

贾平凹：《废都》出版后，一些媒体上有过这样的报道，说某男子看完《废都》后强奸了女生，好像我也成了流氓。那个时候，我根本没有发言权。现在好多了，重新评价《废都》的呼声很高，包括当年极力批评它的一些人。可当时不同，《废都》在法国获"女评委奖"时，媒体的报道中连"废都"两个字都没出现，只是说贾平凹的一部作品获了这个奖。

任何东西有争议才有价值。评价一部书，要经过时间的沉淀。我觉得《废都》好着呢。季羡林老先生说，《废都》在20年后将大放光芒；马原说中国当代小说，过100年后也许可能只留下两三本书，有一本是《废都》。季羡林老先生不用说，马原是先锋派文学领头人，能被他两人认可，我很欣慰。我自己从新时期文学开始，贯穿从头到尾，跨了几代人，没掉队。

我写散文时，大家都说好。你们说散文写得好，我就不写散文，写小说了。有人批《废都》，我心里老不服，心想我要让你们服，就是这个激励着我（写作）。

《废都》要是晚出版几年，根本就没事，那时的性观念不比今天。

郝建国：你对自己的哪些作品最满意？

贾平凹：写作就像在路边种树，一般的树不重要，转弯时种下的树，我看重。《废都》和《秦腔》是我看重的，外国人也看重。《废都》充满着年轻时期的激情，写作快，写得也比较粗一些；《秦腔》更沉着、要细一些，它们是我两个年龄段的写作。

陈思和（复旦大学教授）说，我30岁有《商州初录》，40岁有《废都》，50岁有《秦腔》。

郝建国：作为文坛“陕军东征”的当事人，谈谈对这一文学现象的看法。

贾平凹：就像“长安画派”，也是从一次画展开始被关注的。如果那几部书不是一块出，就不是后来这种现象——陕西作家大部分从农村进入城市，生活扎实，但在伤痕文学时期，并不冒尖。进入（20世纪）90年代前后，没有人组织、没有人策划，大家都在埋头写作，差不多在同一时间冒出几部长篇，就像拳头攥在一起，这回人家都承认咱陕西（小说）强了一回。从“陕军东征”开始，出现了长篇小说热。盗版也是从那个时期兴起的，经过打击现在已经好多了。

（原载《华商报》2008年7月14日）

第四部分
社　会

揭开内蒙古呼格吉勒图冤案

2007 年 2 月 8 日，大雪初霁，呼和浩特街道看起来有些刺眼。

在赛罕区山丹小区，当记者向一位扫雪的中年妇女问起呼格吉勒图家的住址时，她的脸立刻变得阴沉起来。

“他是一个老实孩子。”

1996 年，呼格吉勒图是一个 18 岁的蒙古族小伙子。在很多家庭，这个年龄的孩子还在上学。

假如没有那么热心肠抢着去“报警”，呼格吉勒图可能不会死，至少可能不会被当作流氓、杀人犯被枪决。

呼格吉勒图经过家门口的一座公厕时听见里面有女子喊叫的声音，他感觉那里一定出事了。

呼格吉勒图叫了同龄朋友、工友闫峰，走进女厕所，借着打火机发出的微光，看到蹲坑隔挡上仰面躺着一具女尸，下半身赤裸，头耷拉下去看不见。

呼格吉勒图拉着闫峰的手到街道上的治安岗亭报案，结果被当班警察带走，再也没有回来。

62 天后，在从严、从重、从快的“严打”中，呼格吉勒图被枪决了。

10 年后的一天，警方抓获一个作案 27 起，强奸、杀害十多名妇女的嫌疑人赵志红。此人主动供述，某年春夏之交，自己在这座公厕内掐死一名年轻女子后奸尸……

两个“凶手”的供述

赵志红的出现，让一起杀人案出现两个不相干的“凶手”。

“4 月 9 日，我上班后便溜出了厂门。趁天色昏暗溜进了公共女厕所挨门的一个蹲坑，假装大便，实际上企图强奸进厕的女人。大约 8 点半钟，见一个女的走进来，她蹲在了靠里点的蹲坑上，我便朝她扑过去，就要强奸她。那女的见我扑过来，赶忙提起裤子，并厉声问我：‘你要干什么？’我低声说：‘别喊！’说着我将她抱住，是用一只胳膊将她的脖子搂住，怕她喊，用另一只手掐住她的咽喉。没想到，她没吭声，我便将她的裤子拉下，摸她、亲她……没想她咽气了……我知道她已经死了，怕将来追查到我……我报案是想转移你们追查的目标。”

这是案卷中记录的“凶手”呼格吉勒图“负隅顽抗”之后的一段供述。

和呼格吉勒图的“狡猾抵赖”不同，另一位“凶手”赵志红落网则像“竹筒倒豆子”一般向警方交代——

“1996 年 4 月，具体哪天我不记得了，路过烟厂，急着小便，找到那个公厕，听到女厕所有高跟鞋往外走的声音，判断是年轻女子，于是径直冲进女厕。两人刚好照面，我扑上去让她身贴着墙，用两个大拇指平行卡在她喉咙，她双脚用力地蹬，五六分钟后，她没了呼吸。我又用胳膊夹着她，放到靠内侧的坑位隔断上强奸她，十几分钟后就射精了……”

“她皮肤细腻，很年轻。我身高 1 米 63，她比我矮，1 米 55 到 1 米 60 的样子，体重八九十斤。”

“百般抵赖”的“凶手”呼格吉勒图十年前已经被执行死刑。另一个“凶手”赵志红因为其他案件目前在押。

究竟谁是李鬼，谁是李逵？

一个关键证人

2005 年 11 月的一天，闫峰突然接到内蒙古自治区公安厅民警打来的一个电话，称要向他了解呼格吉勒图的事。

闫峰是“4·9女尸案”的一个证人。1996年4月9日案发当天他和呼格吉勒图在一个车间上班，当晚两人一起喝了酒，一起在女厕所发现一具裸体女尸，一起去报案，同时被警方带走讯问。所不同的是，闫峰被带走审讯七八次后于次日上午获释回家，但呼格吉勒图被带走后再也没有出来——1996年6月10日，呼格吉勒图以流氓罪、故意杀人罪被执行死刑。

“呼格吉勒图不是早就被执行死刑了吗，还能有什么事？”接到自治区公安厅的电话，闫峰感觉到有点蹊跷。

在自治区公安厅一个办公室，民警再一次询问了“4·9女尸案”当时呼格吉勒图和闫峰在一起时的细节。

“我和呼格吉勒图同龄，出事那年都18岁，平时我们俩关系很好，经常在一起。那天（指1996年4月9日），我们上小夜班（下午3:30—次日0:00），下午七八点钟的时候，我们俩出去吃饭，每人还喝了3两白酒，吃完饭大约9点。回到车间后，因害怕领导闻到酒气，我就让呼格吉勒图出去买两块泡泡糖。十几分钟后他返回车间，又过了一两分钟，呼格吉勒图悄悄地对我说‘出事了’，要我跟他一起出去。”

“‘我刚才回家取钥匙路过公厕，听见女厕所里面有人喊叫，肯定出事了。’到公厕附近时，呼格吉勒图对我说。他说要进去看看，我说进女厕所不合适。这时我们看到有两个老太太上厕所，但刚进去马上就出来了。”

“‘你看，两人刚进去就出来了，里面肯定出事了。’我们俩商量后决定进去看看出了什么事。到了女厕入口，我喊了两声，确认没有人后就进去了。”

“厕所很暗，我点着打火机照明，看到厕所蹲坑的隔挡上仰面躺着一具女尸，下半身赤裸着，头倒垂下去，看不见脸。我和呼格吉勒图转身就往外跑。出来后，呼格吉勒图非要报案。然后我们一起跑到附近一治安岗亭，呼格吉勒图一进岗亭就拉着警察往外跑。”

“呼格吉勒图和警察一起去了现场，我先回到车间。大约当晚10时许的时候，新城分局民警到我们车间把我带走。然后上来七八个人轮番审问我，问的基本上都是同样的问题，一直到次日凌晨两点多，当夜把我安顿在公安局的一间房子里睡觉。”

听完他的讲述，民警突然问闫峰：“最近有人找过你没有？”

“没有。”

“我们这次找你，你有什么想法？”

细心的闫峰突然感到了什么，他看着那位警察反问：“你们是不是把这个案子弄错了？”

那位民警没有正面回答闫峰的问题，而是叮咛他回去后不要对任何人讲这次谈话的情况。

杀人魔的“良知”

就在内蒙古警方找闫峰了解情况后不久，当地媒体报道了一个强奸杀人魔的恶迹。这个强奸杀人魔叫赵志红，在将近10年时间内作案27起，涉嫌强奸杀害妇女10起，其中第一起就是“4·9女尸案”。看到这篇报道时，闫峰才彻底明白，呼格吉勒图被冤死了。

如果不是赵志红落网并主动交代自己的罪行，呼格吉勒图的案子也许早已经被人忘记了。

据内蒙古当地媒体报道：2005年10月23日，内蒙古自治区呼和浩特市赛罕区公安分局抓获一名涉嫌强奸、抢劫、杀人的嫌疑人赵志红。根据公安机关掌握的线索，此人在不到两个月的时间内作案4起，强奸杀害3名妇女，受害者有出租车司机、机关干部、女大学生等。由于案情重大，被公安部列为2005年第二号特大命案。

但是，在当地公安机关还没来得及庆功的时候，一件让他们头疼的事情发生了——审讯期间，赵志红主动交代，1996年春天他曾在呼和浩特市第一毛纺织厂平房家属区（今山丹小区）的公共厕所内强奸、杀害一名妇女。

如果赵志红的供述是真实的，那么“4·9女尸案”就是一起冤案，已经被枪决的呼格吉勒图就成了被冤枉的“替死鬼”。可能还意味着有人要为此案负责，虽然当年的办案人员多数已经升迁。

据内蒙古自治区公安厅一名办案民警介绍，在整个审讯过程中，赵志红先后4次向警方供述了他在呼和浩特市赛罕区一座公厕内强奸、杀害一名年轻女子的详细经过。虽然距作案时间已近10年，但赵志红对作案现场、被害人身高、特征，强奸、杀人过程，包括尸体摆放位置甚至奸尸时间长短，都有准确的记忆。

2005年12月28日，赵志红在看守所接受内蒙古《北方新报》记者采访时再次承认“4·9女尸案”是自己所为。他说：“是在1996年4月，对性的渴望导致我走上了强奸、杀人的第一步。这一次作案，可以说是我人生的一个转折点，使我从一个好人彻底变成了一个坏人。这以后，我开始对自己放纵。”赵志红会不会是为了延长自己的生命故意向民警撒谎呢？

2005年10月30日，警方决定由赵志红带路，指认作案现场。山丹小区住户赵丽萍见证了这一幕。

她说，虽然10年前的那座公厕早已被推平，原址上盖起了一排排整齐的楼房，但当警察问赵志红作案厕所所在位置时，赵志红指着原来厕所的位置说：“就在这里。”

然而令人意外的是，尽管如此，2006年11月呼市中级人民法院在审理赵志红案件时，公诉方呼市检察院在起诉书中指控赵志红的犯罪事实中并没有“4·9女尸案”。

庭审结束后，2006年12月5日，赵志红在看守所内突然递出一份《偿命申请书》，再次交代，1996年他曾在赛罕区公厕内强奸杀害了一名年轻女子。

在这份《偿命申请书》中，赵志红称自己“被捕之后，经政府教育，在生命尽头找回了做人的良知”。因此，他要求法院重查此案，“让我没有遗憾地面对自己的生命结局”。

155 字的死刑判决书

呼格吉勒图的父亲李三仁一直认为，呼格吉勒图的那些供述是受到刑讯逼供、诱供甚至可能是警方无中生有写在笔录中的。

曾和呼格吉勒图在呼市公安局新城分局关了一夜的闫峰说，案发当晚呼格吉勒图就在他隔壁的一间房子里接受审讯，当时他听到桌椅挪动的声音，还听见呼格吉勒图在喊叫。第二天上午，他看到呼格吉勒图蹲在地上，双手被背铐在暖气片上，头上还戴着头盔（为防止嫌疑人撞墙自残）。

一审被判死刑后，呼格吉勒图认为自己“没有杀人动机”，提出上诉。二审的时候，他说：“我不怕死，但要死得明白。”

十多天后，内蒙古自治区高级人民法院做出终审判决。这份判决认定呼格吉勒图的犯罪事实仅有 155 字：

“呼格吉勒图于 1996 年 4 月 9 日晚 8 时 40 分许，酒后窜至呼和浩特市新城区诺和木勒大街内蒙古第一毛纺织厂宿舍 57 栋平房西侧的公共厕所处窥探后，遂闯入女厕所内，对杨某某采用威胁、捂嘴、扼颈等暴力手段强行将其拖到隔墙上，扒开衣、裤进行流氓猥亵。后听到外面有动静，便逃离现场。杨某某因其扼颈窒息而当场死亡。”法院据此驳回上诉，维持原判。

很快，李三仁一家收到辖区派出所送来的一张收尸“通知”，说他的儿子已经被执行枪决。

“火眼金睛”

冯志明是“4·9 女尸案”一个关键性人物。

现任呼和浩特市赛罕区副区长兼公安赛罕分局局长的冯志明，1996年时是新城分局分管刑侦的副局长。

冯志明究竟和“4·9女尸案”是什么关系呢？案发后当地《呼和浩特晚报》的一篇报道可以看作是一个注脚。

这篇《“4·9女尸案”侦破记》中详细地报道了案件侦破过程：

“当冯志明副局长观察了现场后，他的脑海里已经像从沙里淘金似的不知筛过了多少遍。而当他和报案人简单交谈了几句后，他的心扉像打开了一扇窗户……冯局长等分局领导会意地将目光一齐扫向还在自鸣得意的那两个男报案人，心里说，你俩演的戏该收场了……审讯过程中，呼格吉勒图极力想逃脱罪责，一直拖了两天才交代了犯罪过程。但是，被一眼认准的罪犯，怎么会逃脱金睛火眼呢？”

2007年2月9日，在冯志明办公室，当记者提出采访关于呼格吉勒图的案子时，冯志明局长阴沉着脸一脸迷茫的样子。

沉默几分钟后，他看着记者说：“10年前的案子你们总不至于再报道吧？”得到肯定的答复后，冯志明解释说：“案子是公、检、法三家共同办的，如果没有充分的证据，自治区高级人民法院怎么会核准死刑呢？”

问及案件其他情况时，冯志明称具体办案的是公安新城分局刑警大队，自己当时既不是局长也不是大队长。

“公安机关的侦查固然重要，但最终把关的应该是法院。如果证据不确实充分，法院做出有罪判决就要承担责任。党委政法委对司法机关有履行监督的职能，但纠正一个案件需要法律程序。呼格吉勒图的案子如果有问题，应该由原审法院（指内蒙古自治区高级人民法院）或上级法院（最高人民法院）依法进行。”内蒙古自治区委政法委一位工作人员接受《华商报》记者采访时说。

（原载《华商报》2007年2月14日，原标题为《呼和浩特奸杀案“凶手”被枪决 十年后 “真凶”看守所递出偿命书》）

附：

赵志红不是“呼格案”真凶，那呼格吉勒图是如何平反的？

2019 年 7 月 30 日，一条题为《“呼格案”真凶赵志红被执行死刑》的新闻在移动端风传。

赵志红是 2005 年被内蒙古警方捉拿归案的一个作恶多端的凶手，涉案 27 起，强奸、杀害妇女十多名，案件侦查、审理长达 14 年之久，最终被执行死刑。

但很快，最高人民法院出来回应，称赵志红为“呼格案”真凶的证据不足。我国刑事诉讼法规定，判处案件要重证据，不轻信口供，只有被告人供述，没有其他证据的，不能认定被告人有罪和处以刑罚。

实际上，法院最终认定赵志红的犯罪是从 1999 年 9 月开始的，这意味着 1999 年 4 月 9 日发生在呼和浩特赛罕区的命案（简称“4·9 女尸案”）最终并未认定为赵志红所为。

“4·9 女尸案”已经过去 20 多年，死者杨某遗体、遗物以及作案现场早已不复存在，加之当年刑侦意识、技术落后，如果单凭口供认定赵志红为“4·9 女尸案”凶手，证据达不到“确实充分”，可能又成了一起“问题”案件。让我们为最高人民法院的严谨点赞！

最高人民法院进一步解释，不予确认赵志红为“呼格案”真凶，是基于证据不足的状况而作出的法律推定，并不一定符合客观实际。

什么意思？赵志红可能就是“4·9 女尸案”的真凶，但尚不构成法律意义上的凶手——前者说的是“客观事实”，后者说的是“法律事实”。

换个角度，也就是说“4·9 女尸案”至今未破案，凶手尚不能确定。

赵志红归案后，曾主动供述其为“4·9 女尸案”作案人，这仅是呼格吉勒图案件纠错的一个线索，或者说只是再审突破口。

用逻辑学解释，有点抽象，但对学习刑法的同学很重要——赵志红为“真凶”是呼格案平反的充分条件，但不是必要条件。

呼格吉勒图最终被定性为冤死是因为认定其有罪的证据不足——当年呼和浩特市中院以呼格吉勒图指甲缝内检出物之血型与“4·9女尸案”死者相同，该证据远不足以认定呼格吉勒图为凶手（血型不具有唯一性，指甲缝内物质不足以证明呼格吉勒图为凶手）。

目击证人闫峰的证言否定了呼格吉勒图作案，并证明呼格吉勒图是第一时间向警方报案的“见义勇为”者。

家属反映，呼格吉勒图案侦查过程中还存在被刑讯逼供、诱供嫌疑。

人性真是过于复杂——赵志红虽然恶贯满盈，但他却主动供述了“4·9女尸案”，似乎表现出了一种“担当”——是赵志红的出现，才使得呼格吉勒图冤案有了转机。

听说赵志红被处决，呼格吉勒图的母亲尚爱云心情很复杂。作为一个老百姓，她只希望世上不再有冤案。

（原载二三里，2019年7月30日）

大学生“舍己救人” 牺牲后遭遇“挟尸要价”

——长江荆州3条逝去生命的记忆

2009年10月30日上午，宝塔湾烟雾朦胧，远处的货轮像往常一样在长江中平稳行驶。岸边的沙滩上，自发来这里祭奠英雄的人们络绎不绝，他们有的噙着眼泪焚香，有的手捧菊花鞠躬——6天前，当地两所高校的3名大学生何东旭、方招、陈及时为救2名落水少年，在这里献出了宝贵的生命。

“舍己救人”真相

宝塔湾位于荆州市郊，因附近一座明代万寿宝塔而得名。这里有一处沙滩，面积大约半个足球场那么大，坡地地形，是当地人游玩散步的去处，也是游泳爱好者们下水的地方。

堤岸上，矗立着一块巨型安全警示牌——“特别提醒，宝塔湾河段水情异常复杂，不知吞噬了多少人的宝贵生命，游泳危险”。

“这里经常有人溺水身亡，今年夏天的时候我就亲眼见过捞出一具尸体。”住在附近的赵超广老人说。

赵超广退休前是荆州第三棉纺厂职工，也是一位游泳爱好者。他指着江水说，宝塔湾看着平静，实际上水下暗流涌动，河底都是锅底状的陡坡，人在水中行走一旦踩空十分危险。

事情就出在这个水下的“陡坡”。

“救人时，大家手挽手结成‘人链’，前面的同学一脚踩进深处，有两个同学的手松开了——人链断开处的前9人一下子落水……”讲起10月24日发生的那一幕，目击者长江大学文理学院（独立学院）新生高阳痛苦地停了下来。

那是一个普通的周末，天气很好。高阳所在的广播电视新闻专业两个班的新生，相约来到宝塔湾郊游。大家来自全国各地，到校只有50天时间，很多同学还没有近距离看过长江。另一方面，郊游也是同学之间相互熟悉、交流学习的一个好机会。

深秋之季，长江水清江平，宝塔湾看上去十分静谧。

下午2时，一顿饕餮过后，大家坐在松软的沙滩上，三五扎堆，漫不经心地开始聊天。

“救命！救命！”不远处传来的呼救声惊动了他们——两个小男孩落水了。当天是周末，在宝塔湾观光游玩的少说也有一百多人，大家纷纷顺着呼救声围拢过去。

正当女班长姜梦淋转身张望时，身旁的李佳隆边跑边脱掉外套，冲向江中。

“落水小孩离江岸就几米，感觉能救出来。李佳隆会游泳，第一个跳下水，把小孩抓住，大家在岸上都欢呼了。可是，很快我们发现他游着原地不动，其他同学赶紧跳下去帮助……”高阳说。

原来因为没有水上救援经验，李佳隆被被救少年紧紧抱住，活动受限，加之牛仔裤浸水后下沉，眼看就支撑不住了。这时，他一边拨水，一边向同学们喊“不行了……”

见此情景，岸上的徐彬程、方招赶忙跳下水。

徐彬程迅速游过去，从李佳隆手中接过落水少年，大家协力将他（后证实，该被救少年叫陈天亮）推上岸。

很快，救人溺水的李佳隆也被方招安全救出。李佳隆上岸后不停地呕吐，但思维还清醒，被岸上的高阳等同学送往医院。

与此同时，20米外江边一家由渔船改造的名叫“蓝色家园”饭店内，正在吃饭的一名陌生小伙子也毫不犹豫跳入水中，去救另一名溺水少年。

不幸的是小伙子很快就被卷入漩涡——他是长江大学土木工程专业一名新生，舍己救人英雄陈及时。

李佳隆上岸后，方招和徐彬程再次返回水中救人，此时水面上已经看不到陈及时了，只见那个少年还在挣扎。

也许是受了童话《猴子捞月亮》的启发，岸上的同学想出手拉手结成“人链”方法一起救人。

19岁的何东旭是班里的篮球队队长，平时就乐于助人，这次他主动和女班长姜梦淋换位，把自己换在“人链”最前端——同学透露，3个月前，何东旭才做过一次开胸手术。

一个更大的隐患埋下了。当前端的同学在水下踩空时，“人链”在两名同学指间断裂，前面的9人瞬间失去了依靠，开始乱扑腾。

现场失控，同学们有的哭喊，有的呼救……

听到呼救声后，百米之外，正在大堤内一间简易房内休息的当地3名冬泳爱好者韩德元、鲁德忠、杨天林急忙赶来相救。

据韩德元讲，他到江中游了二三十米，左手托起一名女生，右手托起一名男生，这时鲁德忠向他抛来一只救生圈，附近一只渔船也向他抛来一只救生圈，两名大学生很快被救出。接着他又去救另一名大学生时，感到体力不支，就向渔船求助，渔夫伸出竹篙，溺水者抓住竹篙爬上渔船获救。

鲁德忠、杨天林救出另外3名大学生。

现场目击者“真真”透露，另外一名落水少年张志鹏也是抓住渔夫伸出的竹篙爬上船的，“真真”现场拍摄的照片证实了这一点。

据长江航运公安局荆州分局一民警介绍，出事水域附近当时确实有两只渔船，船主来自江对岸的公安县埠河镇，一只渔船船主是69岁的陈选德，另一只渔船船主是63岁的陈恒云。两天前，船主向警方反映，称他们向溺水者抛过一只救生圈，陈恒云伸出的竹篙救出一个小男孩、一个小伙子。

打捞者“挟尸要价”

当冬泳爱好者、其他大学生、渔夫救出9名大学生和另外一名落水少年后，江面上就再看不到人影了——陈及时、何东旭、方招已经沉入江中。

现场参与救援的两条渔船离开了宝塔湾，下水救人的冬泳队员韩德元、鲁德忠、杨天林也相继上岸。

按两艘渔船渔夫事后给警方的交代，此时因为江面上看不到目标，无法继续施救，所以他们离开了宝塔湾。

“江中救人和游泳池救人是完全不同的，一旦溺水者沉入流动的水中，根本找不到目标，很难施救。”对于渔夫的说法，多次参与水上救援的宝塔湾冬泳队队长王珏认为也不是没有一点道理。

渔船离开几十分钟后，两只打捞船向宝塔湾开来。此时，长江大学校领导也闻讯赶到事发现场。

“‘活人不救，只捞尸体，打捞一个12000元，先交钱，后打捞。’对方开口就是这话……”在场的高阳说。打捞船开到后，没有一点救人的意思，所有的对话都围绕着一个“钱”字。

“救援的理想时间是溺水后的5—7分钟，等打捞船赶到的时候，早已没有‘救人’的希望了。‘见死不救’之所以被误传，是因为同学们把在事发现场的渔船和后来赶到的打捞船混淆了。”王珏认为，救援和打捞的基本事实是：前期，渔夫参与了救人；后期，捞尸者拿不到钱不打捞。

当时校领导身上带的现金不够，答应对方先捞人，剩余的钱随后补上，但打捞船船主不干。

其间有女同学“跪求”打捞船船主尽快救人，但对方就是坐在船上不动。无奈，师生们掏出身上所有的钱，凑了4000元交给对方，捞尸者才开始打捞，同时扬言：“钱不到位的话，只打捞一个”。

“他们把捞尸体当作职业，只图赚钱，没有人性！”赵超广说。

现场多名同学证实，打捞船船主挟尸要价。有的目击者还现场拍下照片为证：画面上，被打捞上来的一具大学生的遗体被绳子绑着，大半个身子浸在水里；一名穿白衬衫的老年男子，一边拉着绑尸体的绳子，一边和岸上的师生谈价要钱，表情木然。

捞尸者就一直坐在船上等着学校领导派人回校取钱。打捞 3 具遗体，捞尸者前后一共收取了 3.6 万元。

“第一次真实接触社会，很受刺激。我们很单纯，他们只认钱，两个极端。”高阳说。

据长江航运公安局荆州分局调查，事发现场的两条渔船和后来赶到的两条打捞船，均来自长江对岸的公安县埠河镇，打捞船则专门以打捞尸体为职业。

当地群众反映，这些捞尸者曾向他们发放印有“24 小时服务，专业人员打捞”的名片，并称如果给他们提供打捞线索，给 200 元情报费。

挟尸要价事件曝光后，当地警方称有可能以涉嫌敲诈勒索追究其法律责任。知情者还爆料称，之所以敢开出天价捞尸费，是因为一个姓陈的打捞船船主垄断了这一带的打捞业务，其他人如果私自打捞就会受到恐吓甚至被砸船，有“黑社会”嫌疑。

在支持警方打击挟尸要价的同时，人们也不得不承认，捞尸者乘人之危向家属索要高价牟取暴利的事，在绝大多数江河沿岸都曾发生过。

2004 年 7 月 7 日，武汉新河街幸福里社区一名 11 岁的小孩溺水，痛失爱子的家长赶至现场后一筹莫展，这时附近江面上的 4 条私人渔船闻讯赶至，并向家属开出了“捞上来 3000 元，捞不上来 1500 元，先交押金 1000 元”的价格。

2007 年 7 月 9 日下午，兰州两名外地民工在黄河一沙坑游泳时溺水，接到求助的民警叫来羊皮筏子下水营救，但筏子主人因为费用问题几次放弃打捞救援。4 名好心市民冒着生命危险下水义务营救，却遭到围观人群的起哄嘲笑。两个多小时后，溺水民工被捞起，但已气绝身亡。筏子主人得到了 3000 元的打捞费。

回到这次宝塔湾事件。危险发生后，同学们第一时间报警求助，当地海事部门、水上派出所、公安消防人员赶到后，均以不具备条件、没有专业设备为由，未能提供有效救援和帮助。应该说，这正是打捞船挟尸要价的土壤。

紧急救援，这个本属于公益领域的服务被赤裸裸商业化和营利化，直接或间接地侵蚀着公民的生命健康权，让生命价值和人的尊严被利欲熏心所践踏。大学生舍己救人牺牲却遭遇捞尸者勒索，再次暴露了政府紧急救援（特别是水上救援）缺失带来的严重后果。

“勇为”还是理性？

大学生舍己救人事件发生后，很快有评论把它和“90 后”联系在一起，认为这一事例“给一度遭受非议的‘90 后’群体赋予了人性的光辉”，彻底洗刷了先前赋予 90 后“垮掉的一代”名声。

“就陈及时、方招、何东旭及这天一起参加救人行动的大学生们来说，他们当时的行为，其实是平时道德素养的积累与人心善意在瞬间的爆发，这无关什么 80 后、90 后的人为划分。”上海学者许兴汉说。

1982 年，第四军医大学学员张华，因跳入化粪池营救一位不慎落入池中的老农，献出自己宝贵的生命。

张华牺牲后，社会上曾掀起一阵争论，争议的焦点是：“大学生牺牲性命救淘粪工人，到底值得不值得？”最终主流的观点是：道德的行为是不考虑值与不值的，它只是人发自内心的一种精神追求。利他主义精神，折射出的是人性的光辉和精神的伟岸。

湖北 3 名大学生舍己救人事件发生后，人们对英雄表示敬佩的同时开始又一次反思：我们一直提倡人文、以人为本，这里的人是否包括自己和自己的亲人？为什么大家敬佩的英雄，在亲人看来近乎是“自杀式救人”？见义勇为，是否可以避免或减少不必要的牺牲？

可喜的是，教育部最新颁布的《中小学幼儿园安全管理办法》明确规定：救灾抢险应当由专业人员或者成人从事的活动，学校不得组织学生参加。

当然，上述规定针对的是心智、体力尚不健全的未成年人。对成年人而言，从理论上说应该有能力判断危险性并采取相应安全措施。

陈及时、方招、何东旭3名大学生牺牲后，团中央、全国青联决定追授他们“全国优秀共青团员”荣誉称号，与此同时教育部也追授3人“全国舍己救人优秀大学生”荣誉称号。目前，荆州市正在着手为英雄们树立一座群雕。

而在网上，也有人提出尽管舍己救人的思想和行为是伟大的，但在不熟悉地形、没有任何设备，自身安全没有任何保障的前提下，贸然下水值得反思，如果当时能像冬泳队员讲究方法、量力而为，悲剧也许就不会发生了。

“情况太紧急，小孩眼看要沉下去了，大家第一反应就是救人，但也不是贸然下水，下去的都是会水的，包括采用人链救人方式，是有一些理智考虑的。”对于这样的批评，高阳表示坚决反对。

出事时，因为不会游泳，高阳没有下水，他第一时间拨打了110、119求助。

安全教育警钟

长江大学文理学院河滨学生公寓3栋402室，进门左手的架子床床头上插着一面国旗，旁边是一只气压不足的篮球，学校统一购置的被褥还在那里放着，只是主人何东旭永远地离开了。

高阳和何东旭就住这间宿舍，他俩的床铺面对面。回忆50天的相处，高阳说：“他很喜欢和别人分享快乐，他篮球打得好，也教我们打篮球，每天早上叫我们起床。”

何东旭的父亲是一名火车司机，母亲是一名中学教师。由于父母工作太忙，何东旭经常是一个人在家。

何东旭的母亲说，何东旭从小生活自理能力就很强，学习成绩也不错。有一次考试，她把儿子的成绩改了一下，把本来第一名改成了第二名，何东旭知道后，一直吵到学校那里去。

“我是怕他骄傲，其实内心里为他高兴。”

让父母最难过的是，出事前一天，何东旭还给父母打过一次电话，嘱父母：“要保重身体，爸爸要注意休息，我会照顾好自己的。”

3位大学生舍己救人的消息传回母校后，长江大学的体育场看台上，每天夜里烛光长明，同学们用这种方式表达自己的哀思。

据同学们讲，陈及时的父亲39岁时才生下儿子，所以取名“及时”。选择建筑专业的陈及时有一个梦想，就是能住在自己设计的房子里，地震也震不倒。遗憾的是，他的这个愿望永远也不能实现了。

方招的姐姐方燕称，她知道此事后，一直不敢看电视、报纸和上网，一听到弟弟的名字，她心里像被抽空一样，不敢相信这是真的。

眼睁睁看着自己的同学被无情的江水吞噬，这让高阳和其他同学的情绪非常低落。这些天，他一直在思考这件事能给大家带来什么。

“人已经牺牲了，如果仅仅局限于敬佩英雄，以后再出事，就没有意义了，所以一定要重视安全。”高阳说。

（原载《华商报》2009年11月3日，原题为《3.6万天价捞尸费背后的垄断黑幕》，本文获2009年度华商传媒新闻奖）

附：

“挟尸要价”的本质是对人道主义的蔑视

对于荆州“挟尸要价”一案，有人说，捞尸是“做好事”，捞一具尸体收取12000元不算“天价”；也有人说捞尸行业之所以习惯“挟尸要价”，最大的祸首是“社会存在的不诚信”，捞尸者为防止坏账以“钱货两讫”的方式交易只是一种自我保护手段，不应该受到“道德绑架”。

认真检视以上这些表面看起来能自圆其说的论调，不难发现其荒谬之处在于对人道主义的彻底否定和蔑视——它把我们的族类当成赤裸裸的、无情无义的“物（商品）”，以个人利益最大化的市场交易的法则来评价是非善恶。

人道主义的一个最基本内涵，是对生命的尊重和珍视，当人的生命权和财产权发生冲突时，道德的天平应无条件向生命倾斜。这是因为生命是无价的，生命不可复制。

荆州大学生救人不幸遇难，是一件很悲壮、很突然的事件。面对一片哭喊求救声，营利性捞尸者乘人之危开出显失公平的价格并毫无商量余地，坚持“先交钱，后捞人”。当时全体师生凑齐身上所有的钱——4000元，交给捞尸者并承诺剩余的钱随后付清，但捞尸者因“钱不到位”，多次“怠工”“罢工”，上演了令人发指的“挟尸要价”丑剧，这是对生命的何等漠视！

“挟尸要价”引起公愤的，正是捞尸者利用自己与遇害一方不对等的地位漫天要价和“钱不到位不捞人”的言行。

请注意一个细节，当几名大学生的遗体从水中打捞上岸后，同学们奔跑着把他们送到120急救车上，现场的医护人员也采取了相应的急救措施——对于生命的关怀和呵护，任何物质付出都不算过分，这才是人道！

由尊重生命必然延伸出尊重人类的遗体。只有死者得到安息，他的亲人、朋友和一切关心他的人甚至整个人这样一个族类才能得到心灵的慰藉。从这个意义上说，尊重死者，实际上是对生者的尊重。早在两千多年前，我们的先人就提出了“事死如事生，事亡如事存”这样的人道主义价值观。也正是基于这样的考虑，我国《刑法》特别规定了“侮辱尸体罪”。

回到荆州“10·24”事件，捞尸者如果还有一点点基本人道主义精神，他们应该做的是争分夺秒，让死者尽快脱离水中，而不是用绳子绑着、用铁钩钩着，把遗体横着浸泡在江水中要钱、等钱。

人的生命权无条件高于财产权，即便生命消失尊严依旧，如果承认这些基本的人道主义价值观，为“挟尸要价”辩护就会变得十分渺小而无处藏身。

（原载新浪微博“记者郝建国”，2009年12月7日）

甘肃陇南“迁市”风波

21 岁的宗小冬躺在病床上一言不发，右眼默默地流泪。他的左眼蒙着纱布，永远也不能睁开了。

那是 11 月 18 日晚 9 时许，宗小冬从工地上收了工，骑着摩托车在陇南市武都区街头找店铺买腻子粉。经过长江大道，他来到一座大桥上时，突然一声巨响，他眼前顿时一片漆黑，连车带人倒在了地上。

醒过来后，宗小冬感到一只眼睛撕心地痛，再摸摸脸上，全是鲜血。

宗小冬哭喊着向附近的警察求救，警察赶忙把他拉到市委大院。那里的医生看了看说：“问题很严重！”宗小冬很快被 120 急救车送到武都区中医医院。次日，医生遗憾地摘除了宗小冬已经爆裂的左眼球。

宗小冬是陇南群体性事件中的一名受害者。事后，他才听别人说，当晚陇南有人围攻并打、砸、抢、烧市委机关大楼。为制止暴力冲击，当地动用了公安民警和武警，宗小冬的眼睛是被一颗催泪弹误击致残的。

像宗小冬这样的受伤者（包括误伤的群众），有几名被送往陇南市第二医院治疗，其中有老人和妇女。一位叫余秀英的 67 岁的妇女，被诊断为“右股骨、胫骨骨折”。

在陇南市第一医院，有 11 名武警和民警躺在病床上，有几人头上裹着绷带，他们是被肇事者扔过来的砖头、石头、酒瓶等砸伤的。陇南市政府新闻办公室发布的“情况说明函”称，这次群体性暴力事件共造成 69 名武警、2 名公安民警和 3 名新闻记者受伤。

“我弟弟还没结婚呢，无缘无故眼睛被打瞎，以后怎么成家立业养活自己？”宗小冬的哥哥宗元红红着眼睛说。

“谁伤了谁都不好”

11月23日，一个阳光灿烂的日子，陇南市的街道逐渐恢复了往日的平静。市委往东一百米处，卖瓜子的妇女王小红支起炒锅，等着顾客光顾。

陇南是甘肃较贫困的一个地区，2007年全市农民人均纯收入只有1600元左右。在这个经济落后的小城市，就是卖瓜子竞争也很激烈。王小红说，她每天只能赚十几元钱。“前几天，（武都区东江镇）镇政府干部来家里通知，让我们尽量不要进城。这两天已经好了，大家还是不要闹了，老百姓是自己人，当兵的（指武警）也是爹妈生养的，谁伤了谁都不好。”王小红一边翻炒瓜子一边说。

虽然事态已经平息，但陇南市委门口还有武警在站岗。院子里的两栋楼房窗玻璃几乎被打碎，外墙上烟熏过的炭黑十分清晰，楼内黑漆漆一片。现场有工人已经开始准备对烧毁的房子进行翻修。

陇南市委大院共有3栋楼房，事件中只有最里面一栋未受冲击。17日冲突发生当天，市委书记王义就在这栋楼上。虽然是星期日，大多数办公室仍有工作人员加班。

据陇南市委副书记、纪委书记李学春介绍，这次事件中共砸、烧房屋110间、车辆22辆，市委大院各单位办公设施及其他损失共计503万元（不含房屋及车辆损失）。其中市纪委、市直机关工委、市档案局等办公设施及文件资料全部砸坏烧毁，已不具备办公条件。“比地震还糟糕！地震后我们的办公室都没有影响使用，这次事件让前面两栋楼没法用了。”三楼一间办公室内的一位工作人员说。

从三十多人上访到数千人聚集

武都区东江镇东江水村原来是一个城郊村，距市委所在的城中心有4公里远。虽然人均只有2分地，但因村里的土地在河谷地段，条件不错，一年两熟——一季水稻，一季油菜，村民过日子并没有太大压力。2006年，陇南市决定扩大城市骨架，在东江镇一带开发建设东江新区。

“东江镇8个村共有1260亩土地，这些土地全部被征走建新区了，有些到现在还荒着。”东江水村老人李树珍说，当时征地的价格是每亩9.5万元，分到人头上，每人1万至2万元。

为建设“东江新区”，除农田被征外，东江水村还有100余户人家拆除了原来的房子，统一住在山坡上的简易房里。

2007年，《陇南日报》以《武都区东江镇东江水村拆迁户顾全大局支持建设》为题，还表扬过这些拆迁户。

这篇报道写道：“10月15日，武都区东江镇东江水村拆迁户搬入临时过渡房一年之际……这里共有100余户居民，将近300间房屋，在这一年多时间里，拆迁户生活基本稳定，由于地方有限，多数大牲口已卖掉，但他们对早日离开过渡房住进明亮宽敞的新房和东江新区的开发还是充满了信心。拆迁户李某告诉记者，他家原本有一座三层小楼和一个大院，当时拆了挺心疼的，但现在他认为为了东江新区建设的大局牺牲个人利益是在所难免的，他对将来的美好生活充满希望。”

曾经“顾全大局”的农民

一位要求匿名的村民这样解释：“开始征地时，我们不愿意，上面的领导就说将来市上几套班子都要搬到这里来。我们心想，如果是这样，就是没地了，大家将来还可以做个小生意，出租个房子，就同意了。可是他们说话不算数，现在又说要把市委市政府搬到一百多公里外的成县去。”

听说陇南市行政中心又要迁到成县，11月17日上午，30余拆迁户到市委上访，要求对陇南市行政中心搬迁后可能导致他们的住房、土地以及今后生活方面的问题给予答复。“我们在市委门外等了一天，没有一个人正面回答我们的问题——政府究竟搬还是不搬。我们上访就是要见市上领导，想听到一个明确的意见。”

到当晚7时以后，市委门口聚集的群众越来越多，最终有数百人强行闯进市委大门，与维持秩序的公安民警、武警发生冲突，砖头、石头、啤酒瓶乱飞，办公大楼的窗玻璃、院子里停放的轿车被砸毁……

次日上午，市委大门口又陆续聚集数千人，冲突再次发生。

除了东江新区的拆迁户外，陇南“迁市”损失最大的要数一些房地产开发商了。在东江新区偌大一片空地上，有一栋叫“龙吟水郡”的楼盘，停工已近3月，拨打广告牌上的电话，提示的是停机。

开发商陇南市中环置业有限公司副总经理任红说：“如果市委、市政府不搬离武都，这个项目一定能挣钱；如果搬走了，项目肯定瘫痪。”“龙吟水郡”是当地为开发东江新区招商引进的项目，总投资7亿多元。任红称，停工前他们已经投入1.2亿元。

“这个项目一开工，就有人来问房子想买，突然听说陇南要迁到成县，现在房子连看都没人看了。”看守工地的老头摇摇头说。

迁市，迁与不迁是个问题

陇南历史悠久，汉代始设武都郡。

新中国成立后，这里设武都专区，后改为武都地区。1985年，成立陇南市人民政府，同时存在陇南地区，由陇南行署代管。2004年，甘肃省最后一个地区陇南撤地设市，其行政中心依旧在武都区。

“陇南市处理‘11·17’群体性事件群众工作组”提供的一分书面材料显示，陇南迁市一事，在1985年就提了出来。1984年，武都城区发生一场特大洪灾，第二年当地党政方面即提出将陇南行政中心搬离武都。当年，迁市的建议得到国务院批准。但由于当时国家压缩基本建设投资，甘肃地方财力严重不足，难以落实巨额搬迁资金，搬迁未能实现。

“5·12”地震发生后，迁市很快被提上议事日程。为此，甘肃省发改委还专门成立了一个临时机构——陇南市行政中心灾后迁建评估专家委员会，就陇南市级行政中心灾后异地迁建事宜，进行了实地调研与分析评估工作。

9月，陇南市级行政中心灾后异地迁建专家评估报告，上报国务院审批。

“11·17”事件发生后，陇南官方给出的迁市理由是，“陇南市城区由于地形的限制，随着这些年经济社会的发展，人口越来越密集，目前建成区的人口密度已经超过承载能力，必须要卸载。由于城市发展受到了限制，陇南的城市化率提高缓慢，比甘肃全省的平均水平要低十多个百分点”。

对于以上理由，有不少当地人认为“牵强”，因为陇南市区至今不足10万人，目前的房价每平方米仅2000元左右，低于好多县城。即便是这个理由，此前绝大多数陇南人并不知道。

“迁市这事，别说老百姓，就是机关里的普通工作人员也不知道。要不是这次出事，我还不知道迁市的报告已经上报国务院，这就是说市、省两级已经同意了，可见‘迁市’并不是谣言。”陇南市委一名干部说。

直到今天，陇南有关方面对于“迁市”的态度一直在回避。当地一份通报“11·17”事件的文件说：“‘5·12’地震后，在制定灾后重建规划时，专家提出搬迁的建议，现在正在讨论和酝酿过程中，还没有定论。从当前来看，我们不应该把主要精力放在这上面。”

忽视民意的警钟

“11·17”事件发生后，舆论普遍认为，陇南行政中心搬迁这样的大事，关系当地干部群众的切身利益，有关方面在决策前应当举行听证，而不是领导有了“定论”，再让老百姓被动接受一种不利于自己的变革。如果决策层考虑了民意，冲突也许不会发生。

事实上，舆论界所说的“听证”是有法可依的。

今年6月18日，国务院发布了《关于加强市县政府依法行政的决定》。《决定》第八条规定：推行重大行政决策听证制度。要扩大听证范围，涉及重大公共利益和群众切身利益的决策事项，都要进行听证。除涉及国家秘密、商业秘密和个人隐私的外，听证应当公开举行，确保听证参加人对有关事实和法律问题进行平等、充分的质证和辩论。对听证中提出的合理意见和建议要吸收采纳，意见采纳情况及其理由，要以书面形式告知听证代表，并以适当形式向社会公布。

应该说，这些规定与十七大报告中提出的要“保障人民的知情权、参与权、表达权、监督权”是一脉相承的。当前，我国正处在人均 GDP 达到 1000—3000 美元的“社会整体转型”时期，人民群众各种利益诉求不断在加大、增多和交叉。这就更加要求决策者尊重民意，决策透明，时时处处将百姓利益放于心头，遵从群众利益无小事的原则，来处理事关群众利益的事件，把矛盾化解在萌芽状态。

“政府机构要建设公共项目，不是自己设定一个公共利益的概念，而是要切实地进入到民间，倾听民意，这里才蕴藏着真正的百姓利益。”南昌大学公共管理系刘圣中博士说。

（原载《华商报》2008 年 11 月 26 日）

不合理的税费遇到一个耿直的农民，悲剧发生了——

农民张坎锁之死

1998年6月28日，西安市阎良区武屯乡仁官村农民张坎锁在乡村干部征收乡统筹村提留时，与村干部发生冲突，后张坎锁服毒自杀。

张坎锁今年35岁，平时村里谁家有困难他都热心相助，深受村民好评。

今年新麦刚打下来，张坎锁就于6月25日主动缴了农业税（实物税）245公斤小麦。

几天后的6月28日上午，乡、村两级干部前去张家收乡统筹、村提留，每人小麦75公斤。张坎锁家有4口人，老母亲去世了，地还种着，因此一共要交5口人的费用，共折合小麦375公斤。

张坎锁家今年种小麦不到5亩，由于收麦时倒伏严重，共打麦1250公斤左右，除去已缴农业税245公斤，大约还剩1000公斤。

记者7月28日在其家中看到，一个1米见方的木柜里贮着一柜麦子，地上另外摆放着3编织袋，张坎锁妻子李会玲说这3袋原打算缴乡、村统筹的，因为出了事，所以没有缴。

张坎锁家住的是6—7平方米的小茅屋，屋顶盖着茅草，李会玲说下雨时漏水，放着一台14英寸旧黑白电视机。张家的院子里，放着一蜂窝煤炉，记者去的时候已是上午10点半了，李会玲和她的孩子还没有吃饭。

当天上午，乡、村干部来张坎锁家收粮。张坎锁很不高兴，他对村干部说村上这么多人家，怎么第一个就来他家收？是图自己好说话？村干部解释说他是第二家。

干部给了张坎锁一张乡统筹、村提留“明细卡”（这个“明细卡”也没有加盖发证机关公章），上面一共有十几个项目，但只填了3个项目；承担费用总额466.30元；其中乡统筹436.30元；村提留30元，然后村干部撕给张坎锁一张印有“仁官村收费收据”字样的白头条子。

张坎锁问：“白条子收什么费？”村会计一听，赶忙回村取公章。

事后，记者采访仁官村委会主任王满来，他说，因为是给乡上收的钱，所以村里没有盖章。

张坎锁又与村干部说“明细卡”的事，他看到其中有一项“民兵训练费”，就问对方，好多年都没听到搞民兵训练，村里丢了猪、羊从没人管，收什么民兵训练费。

村治保主任高宗利回答说，他也不知道，反正是乡上让收的。

张坎锁说，你不知道你就出去，一边说一边把高宗利往自家门外推（据村民讲，两人平时关系不错）。

高宗利没有动，张坎锁就拿起地上的塑料洗衣板朝高宗利的肩上打了两下，老化的塑料洗衣板被打坏了。众人赶紧将张坎锁拉住，高宗利等人又就又到另外一家收粮去了。

张坎锁打了人，自己也觉得不对。中午想到高宗利家道歉，走到门口见停着两辆摩托车，他想是乡上来人了，没敢进去。

这期间，高宗利去武屯派出所报案，说他被张坎锁打伤了，自己没有还手。

下午，武屯派出所派民警传唤张坎锁，然后把他铐在院子里的一棵树上。后来，民警对张坎锁说，你回去向高宗利道个歉，明天交1000块钱给高宗利看病，罢了根据医院的实际花费算账，长退短补。张坎锁说行，回去凑吧。

张坎锁从派出所回家时，刚好遇到了骑摩托车的高宗利，张坎锁当面向高宗利承认了错误。高宗利要用摩托车带他回，他执意不肯。

当晚，张坎锁到郭家村的一个熟人刚建（音）家借钱，没有借到；又到另一家借，也只借到280块钱。

第二天上午，张坎锁没有去派出所交借来的 280 块钱，而是来到了阎良区大街上，他用借来的钱买了一身新衣、一双新鞋，快速照了一张单人相，在馆子里吃了一顿好饭。

下午 5 时许，他买了一瓶敌敌畏农药，从村口开始喝起。

村上人老远看着还以为张坎锁在喝啤酒，想着这人从来没这么喝过。没想，喝着喝着张坎锁就倒下了。

上前一看，才知张坎锁喝的是农药，赶忙把他送到附近的清河医院，后又在乡政府的帮助下转到阎良 141 医院，但抢救无效，当晚死亡。

庄户人死了男人，就是天塌下来了。张家有两个孩子，一上三年级，一个上一年级。张坎锁的妻子干农活不行，只好哭鼻子。

张生前赊账买了两头奶牛，张死后卖方怕还不上债就把牛牵走了。

张坎锁死后，乡政府按民政救济的渠道给张家 4000 元，村上又给了 2000 元丧葬费。乡上把张家列为特困户，决定民政救济每月 300 元，直到两个孩子长到 18 岁，若张妻改嫁则不再救济。

据村民讲，从前乡、村征收的各种“费”都搭“农业税”的车，农民糊里糊涂也就交了。今年，国务院要求把税和费分开。对于农业税，农民都自觉交了；但是对于越来越多的“费”，他们开始抵触。

张坎锁交了农业税 245 公斤小麦，又要交乡村收的乡统筹、村提留约 375 公斤小麦，也就是说费比税还大，是农业税的 1.5 倍。

有关收费标准，乡政府干部解释说他们收费没有超过国务院规定的农民负担占农民上年人均纯收的 5% 的标准，属“合理收费”。

统计资料显示，仁官村去年人均纯收入为 1800 元。

记者调查发现，张坎锁家当年共产小麦约 1250 公斤，上缴的税费分别是 245 公斤、375 公斤小麦，约占总收成的 50%。

（原载《各界导报》1998 年 7 月 31 日头版头条，《百花》杂志 1998 年第 9 期全文转载，李杰对此文亦有贡献）

律师李庄与“刑讯逼供”的爱恨情仇

【新闻背景】2009 年 6 月 3 日，重庆发生一起案件，两个枪手把一个叫李明航的人打死，制造了轰动一时的“重庆爱丁堡枪杀案”。案件侦查过程中，警方抓捕了重庆民营企业家龚刚模。6 月 27 日，龚刚模的哥哥龚刚华找到律师李庄，委托其为龚刚模辩护。之后，龚家与李庄正式签署委托协议，并将各项费用打入律师事务所的账号，共计 150 万元。

接受委托后，李庄律师一共会见龚刚模 3 次，每次因被要求在专案组人员陪同下才能会见，李庄与侦查人员多次发生争执。

2009 年 12 月 2 日，李庄回京后组织召开了法学专家论证会，得出的结论是：第一，龚不构成组织领导黑社会性质犯罪；第二，在“6·3”爱丁堡枪杀案中，不负主要刑事责任。

12 月 10 日，被羁押的嫌疑人龚刚模突然检举自己的辩护律师李庄，称李庄教唆自己编造“被刑讯逼供”的虚假口供。11 日，李庄被其所在的律师事务所紧急召回北京，决定终止为龚刚模进行辩护。

12 月 12 日，李庄被重庆警方抓捕，并于当晚押回重庆。

和其他北京知名刑辩律师一样，李庄习惯挖掘“刑讯逼供”疑点，以此为被告人辩护。在参与重庆打黑案件中，李庄如法炮制，不料自己先身陷囹圄。李庄辩护律师高子程认为，如果仅以将获死罪、努力求生的在押人员的自相矛盾的检举口供来定罪，可能使李庄案面临争议——

1. 伪证罪是非

2009 年 12 月 30 日，重庆市江北区法院。

虽然胳膊被两名警察架着，但李庄还是抬着头，大步流星走进了法庭。一进审判大厅的侧门，李庄向左侧转过头来，在旁听席上寻找什么。当看到亲友团后，李庄笑着向他们招手随即被警察制止。

18 天前，李庄还是一位刑事辩护律师，他服务的对象是重庆“涉黑老大”龚刚模。龚被指控涉嫌组织、领导、参加黑社会性质组织罪，涉嫌故意杀人罪等，这个黑社会组织共有 34 人。“如果司法机关指控的这些罪名成立，他就是有 3 个脑袋都难保。”曾担任过陈良宇案的辩护律师，这次为李庄辩护的高子程律师说。

李庄的出现，似乎让龚刚模的家人顿时看到了希望。公开资料显示，李庄今年 49 岁，法学硕士，曾在石家庄市做律师多年，后到北京康达律师事务所从业，法易网 2007 年全国百强律师排行榜第二位。

2007 年，李庄担任过辽宁涉黑案主犯朱立岩的辩护律师，曾以“离庭抗议”的方式，让朱立岩的生命“拖延”了一年多时间，但朱最终仍被判死刑。

接受龚刚模妻子的委托后，李庄三次到重庆市江北区看守所会见了龚刚模。“会见龚刚模时，老是有警察跟着我、监视我。这种行为违反了律师法，我呵斥他们，让他们出去，结果和一名姓张的民警发生了激烈争执。”庭审时，李庄说。

李庄律师“强势”或者说“张狂”的说法至此在重庆司法界传开。

回到北京后，李庄于 12 月 2 日邀请了包括中国刑事诉讼法权威学者陈光中、陈兴良教授以及中国政法大学刑事法学院院长曲新久、中国人民大学田宏杰等著名刑法学专家，召开了一个龚刚模案件研讨会，并形成了一份《专家论证意见书》。

陈光中、陈兴良两位学者都是编写刑法学教科书的专家，在刑法学界内的影响力不言而喻。

这份《专家论证意见书》称："根据法院提供的卷宗证据材料复印件，尚不能证明被告人龚刚模是黑社会性质组织的领导者；龚刚模在故意杀人案中，并没有起主要作用，不能由其承担故意杀人案的主要刑事责任。"

熟悉刑法的人都能看出，如果这份《专家论证意见书》被法庭采信，意味着龚刚模将免于一死。这也是重庆司法界称李庄张狂的依据之一。

10 天后，李庄在北京被重庆警方抓走，随即以涉嫌辩护人伪证罪被捕。

2009 年 12 月 30 日上午 9 时 10 分，李庄案在重庆市江北区法院公开审理。

李庄被带入法庭后，审判长开始核对被告人身份。当问到李庄的住址时，他大声回答了两个字："北京。"

"具体地址？"

"忘了。"

……

法庭宣读被告人权利，提示被告人有申请法官、检察官回避的权利。这时李庄举手说："申请回避。8 个人（包括两位书记员）都回避，我一个一个申请，要法院院长或检察长、检察委员会作出决定。"他同时称自己是"烫手山芋，希望重庆方面交出去"，让案件异地审判，以期公正。

法庭驳回李庄的申请。接下来，公诉人开始向李庄发问。

第一个问题连说两遍，李庄一言不发。

第二个问题，李庄还是沉默。这时，公诉人宣布不再发问。

审判长宣布休庭。10 分钟后，重新开庭，李庄不再沉默，而是经常举手，抢着发言，声音一贯洪亮，几乎每次都是一二三四五条，滔滔不绝。

刑法第 306 条规定，在刑事诉讼中，辩护人、诉讼代理人帮助当事人毁灭、伪造证据，威胁、引诱证人违背事实改变证言或者作伪证的，处3年以下有期徒刑或拘役；情节严重的，处3年以上7年以下有期徒刑。

2. 刑讯逼供之争

按照公诉人的说法，李庄的问题是由他为之辩护的“黑老大”嫌疑人龚刚模揭发的。“一般情况下，嫌疑人如果对律师不满，大不了辞退，不请他就是了，没必要检举揭发。所以我感到这个事情很蹊跷。”中国社科院法学所研究员刘仁文博士说。

庭审中，公诉人出具龚刚模证言指出，李庄在看守所三次会见龚刚模时，诱导、唆使龚刚模编造公安机关对其刑讯逼供，并向龚刚模宣读同案人樊奇杭等人的供述，指使龚刚模推脱罪责。

“李庄教我说自己被刑讯逼供，以前的都是乱说。”涉黑团伙头目龚刚模在看守所给警察作的证言中有这样一句。

李庄究竟如何诱导、唆使龚刚模编造公安机关对其刑讯逼供的？龚刚模在接受中央电视台采访时又提供了另外一个版本——李庄通过眨眼和肢体语言暗示他。“刑讯逼供是我编造的，那龚刚模左手腕色素弥漫，系钝物击打所致，这不正说明他遭到了刑讯逼供？我编造什么了？”李庄反问公诉人。

法庭上，李庄称自己在会见龚刚模时看到了他手上有伤，就问有没有被刑讯逼供，龚刚模向他讲述了被侦查人员吊起来的情况。

龚刚模案是重庆打黑的重点大案之一，原定于12月7日在重庆市第一中院公开审理。辩护律师李庄介入后，因为爆出所谓的“刑讯逼供”等问题，不得不延期审理。李庄没有料到，龚刚模新的开庭时间还没有确定，他自己却已经提前受审。

李庄一直认为，龚刚模是否受到刑讯逼供，可以通过法医鉴定。开庭前，江北区法院受理了李庄的辩护律师要求对龚刚模做伤情鉴定的申请。

鉴定结论显示，龚刚模左腕关节有两处色素沉着区。鉴定分析认为，该色素沉着为皮肤擦伤（为钝性物体所致，如手铐、钝性物体碰撞等）愈合后遗留。

我国《刑事诉讼法》第43条规定，侦查人员必须依照法定程序收集证据，严禁刑讯逼供和以威胁、引诱、欺骗以及其他非法的方法收集证据。

这意味着，侦查阶段一旦存在刑讯逼供，后果很严重——由此取得的证据即可能变成非法，从而不再有证明力，案子可能办不下去，而且还要追究侦查人员的法律责任。如此，抓住“刑讯逼供”辩护也就成为众多刑辩律师的一个撒手锏。

“李庄确有挖掘刑讯逼供的疑点，以使其委托人龚刚模减轻罪责和最终免除死刑的动机，这也是他独有的习惯和刑辩风格。但这不违法也不构成犯罪，甚至是一个良知深重的律师应有的道德操守。”李庄的辩护律师高子程说。

李庄的另一位辩护律师陈有西认为，李庄之所以遇到现在的麻烦，正是由于“他办案的认真、负责、敢于直面公权力，敢于直接挑战和指出侦查机关的违法现象，努力寻找证据证明这样的违法现象。”

3. 口供与口水

重庆当地对此次庭审早有准备，大批警力在江北区法院附近巡逻。庭审从30日上午一直持续到31日凌晨1时，历时16小时，被称为一次马拉松式审判。

坐在公诉人位置上的是两名年轻的女检察官，一名叫贺贝贝，另一名叫幺宁。幺宁曾参与重庆谢才萍案公诉，在当地大名鼎鼎。2006年，她本人还获得过“全国十佳公诉人”荣誉称号。

控辩双方争论的焦点是一个关键而敏感的问题——“黑老大”嫌疑人龚刚模是否遭到警方刑讯逼供。

举证阶段，公诉方宣读了李庄的助理律师马晓军的证言。因开庭前李庄和他的辩护人没有拿到马晓军的证言，他们要求当庭辨认，被检方当庭拒绝并表示“宣读”符合法律规定。

“那我现在宣读：最高人民法院裁定，立即释放李庄。你信吗？”李庄抢着说。

一直到下午 6 时前，贺贝贝和么宁都在宣读龚刚模等人的口供和证词，包括一批看守所民警、狱医证明龚刚模每天只接受 7 小时左右审问，能正常吃饭、睡觉，没有受到刑讯逼供，没有伤情。

“如果仅仅以将获死罪、努力求生的在押人员的自相矛盾的检举口供对辩护律师定罪，实际可能使李庄案再次面临争议。”律师高子程说。

频频举手的被告人李庄有点急不可耐，还没等审判长同意就抢着说：“龚刚模举报我，他可以而且应当出庭，这是刑事诉讼法规定的，必须的。我倒希望看到我伪造证据的一个物证，可是公诉人没有一个证据能证明我有罪，全是口供。”

当日的实际情况是，不仅龚刚模没有出庭，包括李庄的助理律师马晓军在内，所有证人均没有出庭作证。

“我们依法通知了证人出庭作证，但他们均表示不愿意出庭。”公诉方回应说。

“证人有出庭的义务，不能仅以‘不愿意’为理由拒绝到庭。从本案实际情况看来，这些证人中有的是国家工作人员，如看守所人员，还有医生及其他的同案犯，他们不到庭的理由是站不住脚的。”中国政法大学法学院何兵教授说。

我国刑事诉讼法规定：“对一切案件的判处都要重证据，不轻信口供。”过于依赖口供或证人证言的，法学界通常认为是侦查质量不高的表现。过分依赖口供，客观上还会催生刑讯逼供。

“公诉人提交的所谓证据，多数与本案无关。另外 8 个证人，有 7 个被关，1 个得了癌症在医院。证人不应该受到威胁，他们被关起来取证，证言还有多大证明力？”李庄的辩护律师陈有西说。

对于证据多来自被“关”人员的口供和证言，证明力无效或不足的问题，两名女检察官一再强调，上述证人证言都由两名侦查人员在场的情况下进行讯问的，证言经过了证人核对并签名捺指印，符合法律规定。

口水战持续多轮后，控辩双方终于按捺不住——辩方称控方只会背书本，控方则指出辩方坐姿不礼貌。此时旁听席上有人议论：“控方是‘大专辩论赛’高手，辩方的‘刑法学讲座’也蛮厉害。”

4. 审判与“道德审判”

李庄出庭受审成为众多媒体关注的焦点。重庆江北区法院的审判大厅能容纳 200 多人旁听。但据了解，旁听证早在开庭前一天下午即发放完毕，只有 30 多名记者拿到了旁听证。而开庭当日赶到的记者以及前来旁听的外地律师、公民，均未能进入法庭。有记者发现重庆当地的政法干部一次性就领走了 20 多张旁听证。

临近 2009 年 12 月 31 日凌晨 1 时，庭审进入尾声。公诉方一名女检察官在最后陈述时称，李庄一方面为龚刚模伪造证据，一方面又享受着龚家提供六七千元消费的四星级酒店甚至嫖宿，实乃律师行业中的害群之马。

此时的李庄已不顾法庭纪律，用他一贯的大嗓门质问对方自己嫖娼了什么人，“是你的朋友吗”，有什么证据，并表示这是对他个人的公然诽谤。辩护律师陈有西当庭对检方对李庄进行道德审判表示遗憾。

李庄案开庭前，有媒体曾高调宣传，李庄曾向北京同行打广告说——“够黑、人傻、钱多、速来”。事后，该媒体澄清报道信息源是重庆方面“通稿”。究竟是有关方面编造的谎言以抹黑李庄，还是真有其事？遗憾的是，整个庭审均未涉及此事。据李庄的律师高子程称，他会见李庄时提及这个问题，李庄予以否认。

公诉方提供的证据表明，李庄接受为龚刚模辩护后，共与龚刚模的亲属签订了两份合同，第一份是 20 万元费用，第二份合同把第一份作废，费用最终确定为150万元律师代理费。而重庆另一位叫吴家友的律师，共拿到了龚刚模亲属支付的75万元律师费。

“刑事辩护的收费标准一般不高于5万元，特殊疑难案件不超过15万元。不过即使超过这个数字，也只能是按纪律处分或行政处分，与犯罪无关。”李庄的第二辩护人陈有西律师解释说，李庄收取的150万元律师代理费还包括其他民事代理，因此并没有违规。

不过，如此高昂的律师代理费确实给李庄带来了“捞钱”的名声。有网友批评，正是因为李庄“捞钱”过多，才导致“捞人”过火，结果给自己带来了麻烦。

“被告人李庄在司法活动中，采用不顾案件真相，帮助当事人伪造对其有利的虚假证据，引诱证人作伪证等妨害刑事诉讼活动的手段，利用法律践踏法律，并以此作为自己的生财之道，走向了反面。对其查处，是国家维护法律尊严的具体体现。”最后陈述阶段，公诉人贺贝贝说。

李庄的辩护律师则表示：“李庄是军人出身，性格刚烈，无论其行事方式、工作风格有多大的缺陷或毛病，无论李庄事件给重庆的打黑或领导引发多大困扰、争议和麻烦，都不宜据此进行定罪。”

31日凌晨1时3分，审判长敲响法槌，宣布庭审结束，案件将择日宣判。

（原载《华商报》2010年1月2日，题为《“强人”律师李庄涉伪证罪案庭审纪实》）

附：

李庄重庆庭审发言

在12月30日开庭的“马拉松”审判中，李庄声音洪亮、抢着说话、滔滔不绝、针锋相对等个性表达方式备受关注，他在庭审过程中的发言也成为最具争议的网络话题。

有网友称，李庄的庭审时的表现显示了其敏锐的思辨和所谓的“强势”作风，也有网友认为李庄的“牛人牛言”证实他内心认为自己无罪的表现，也是他一贯的个性风格。

“我怎么想，全人类都不知道”

“我至今没有向刑事法庭提交过任何证言证据。我怎么想，全人类都不知道。关键看我有没有做。”

法庭上，李庄自我辩护，说明自己既没有“律师伪证罪”的行为，也没有结果，故不构成此罪。

有网友称，这段话表明了李庄的思辨能力和法理功底，也有网友认为李庄这样说话惹人反感，得不偿失。

“让公诉人一家去说”

“我提交5个申请，如果接受，我配合你们，否则我一个字不说，让我的辩护人也一个字不说，就让公诉人一家去说。”

“只要龚刚模出庭当面指证我教唆他作伪，我愿坐牢一万年。”

“如果8个证人1个都不出庭，特别是龚刚模不出庭，我基本上不准备说话。”

李庄向法庭提出对龚刚模伤情进行司法鉴定；龚刚模、马晓军等8

位关键证人出庭质证；调取李庄在会见龚刚模时的录像录音资料；延期审理其本人的案件；将案件移交重庆之外审理这5个申请时，附带了以上条件。

后，李庄又表示“算了，不要浪费法院资源”并开始配合法庭审理。

有网友认为李庄完全有权利提出以上申请，也有网友认为李庄有“威胁”法庭的意思。

“有什么责任我担着”

“这个案子是我办的，他（马晓军）是我助手，是我让他来的。他都是按我的意思办事，有什么责任我担着，希望你们尽快释放他。”

马晓军是李庄助手，龚刚模另一位的辩护人，目前在押。法庭上，当公诉人向李庄问马晓军是怎么参与到龚刚模的案子时，李庄如是说。

随后，公诉人宣读了马晓军证言，称李庄小声教龚刚模在庭审时说自己被警察刑讯逼供了，并让龚刚模假装演示被刑讯逼供的过程。

有网友称李庄是条“汉子”，也有网友认为李庄这是在“包庇”同伙。

“我宣布……李庄无罪”

“所有证据都应该当庭质证，公诉人刚才宣读的第二组证据没有给我看，我完全可以认为你是照着《大众电影》在读。那我现在宣布，经最高人民法院裁定，李庄无罪，建议立即释放。我不给你看，你信吗？”

公诉方以“只宣读不让看”的方式向法庭提交证据并称自己的做法符合法律规定，李庄以此回应。

有网友称，李庄的回应表现了他作为律师的敏捷，也有网友认为李庄搞这些名堂很不严肃。

“我嫖宿了谁？”

“我嫖宿了谁？是你的朋友吗？姓甚名谁？你把名字说出来。这是对我的公然诽谤。你这是什么意图？”

法庭陈述阶段，当一名公诉人指出李庄一方面为龚刚模伪造证据，一方面又享受着龚家提供六七千元消费的四星级酒店甚至嫖宿，实乃律师行业中的害群之马时，李庄抢话反驳。

有网友认为，这起公诉人与被告人之间相互侮辱的责任，应由公诉人承担，因为李庄是否“嫖娼”与当日法庭审理的“涉嫌律师伪证罪”无关。

也有网友认为，李庄这样说话是“流氓口吻”。

“翻供是中性词”

“翻供是中性词，对不对要看翻供是为了还原真相还是造假。”

“我教他（指龚刚模）如何展示（刑讯逼供留下的）伤情，是一个优秀律师应该做的。”

“没有禁止性条款，说（律师）不能（向当事人）宣读其他人的口供。”当公诉人指控李庄教唆龚刚模翻供、串供、编造受到刑讯逼供时，李庄说。网友认为，李庄这些观点在法学界有争议。

（原载《华商报》2010 年 1 月 9 日）

西安交大长江学者“科技成果”造假调查

西安交通大学长江学者李连生教授等人申报“教育部科技进步奖”进入公示阶段后，突然被81岁的本校“师爷”举报造假，该奖搁浅。

举报者还发现，李连生等人2005年获得“国家科技进步奖”的一项科研成果转化后，造成了3631.5万元的亏损，其“设计和生产工艺”价值最终被中介机构评估为零。

八旬退休教师举报“再传弟子”

81岁的陈永江副教授的左眼已经完全看不见了，却保持着天天上网的习惯。而今他上网最重要的一项内容是写博客，揭发自己的“再传弟子”李连生、弟子束鹏程申报科技成果时造假。

“我不能眼看着别人偷东西！科技、人才的摇篮都搞成这个样子，这个国家还有希望吗？”2009年7月25日，陈永江在西安交通大学二村家中接受《华商报》采访时说。

一篇千把字的文章，陈永江需要花一天或者更长的时间写完，主要困难是打字——即使看3号大字，他都很吃力。老伴主动做起了陈永江的助手，帮他打字，但南方人发音不准，用拼音输入还是困难重重。不过，老两口很快找到一种合作方式，陈永江念拼音，老伴在键盘上输入。

陈永江1956年随交通大学一起从上海迁至西安，毕生致力于压缩机研究和教学，曾担任全国55家化肥厂顾问，被原化工部化肥司邀请参加历届全国中型化肥厂技术会议长达40余年。即便到了耄耋之年，他还经常帮助国内一些化肥企业解决技术难题。

被陈永江等 6 人举报的李连生，是教育部长江学者特聘教授——“长江学者”奖励计划旨在造就一批具有国际领先水平的学术带头人。

李连生被举报的问题是，他在申报“教育部科技进步一等奖”和“国家科技进步二等奖”时造假。

李连生于 2005 年获得过由国务院颁发的国家科技进步二等奖。省部级以上的科技进步奖，通常是衡量一名教授、一所学校科研能力的重要指标。

另一位被举报者束鹏程教授今年已 69 岁，是陈永江的学生，李连生的老师。从西安交通大学副校长的岗位上退下来后，束鹏程一直担任流体机械及压缩机国家工程研究中心（以下简称国家工程中心）主任。在李连生（完成人）申报的 2007 年度教育部科技进步一等奖中，束鹏程是其中一名合作者。

“国家工程中心主任束鹏程当过西安交大副校长自不必说，副主任李连生也是大名鼎鼎，头上有六七顶帽子。国家给了他们那么多资金、那么多荣誉，为什么还要偷呢？只要我活着，就要举报他们！”说这话时，陈永江明显提高了声音。

“科技进步奖”露馅

2009 年 5 月 26 日，李连生、束鹏程以名誉侵权为由，分别起诉陈永江、郁永章、杨绍侃等 3 人，要求对方公开在媒体上赔礼道歉，并分别赔偿两原告精神抚慰金 15 万和 12 万元。

7 月 31 日，该案二次开庭，法庭认为双方争议的焦点涉及专业技术，审判长征求原被告双方意见，问是否申请委托专业机构鉴定。

原告代理律师叶子丰称，西安交大学术委员会对此事已有定性，请求法院调取该资料作为证据。

被告陈永江则认为，自己提供的证据足以证明原告造假。

审判长宣布休庭，第三次开庭时间待定。

需要说明的是，两次开庭，原告李连生、束鹏程均未到庭。

陈永江等6教授举报李连生说来有点偶然。

那是2007年底，西安交大校园有线电视播放了一条消息，说本校几项科研成果获教育部科技进步奖，现按规定进行公示，其中有一项获得一等奖的科技成果是："往复式压缩机及其系统的理论研究、关键技术及系列产品开发"。

该项目第一完成人为李连生教授。

压缩机与普通人生活密切，家用电器中如空调器、冰箱等离不开小型压缩机，大型压缩机则广泛用于化工、石化、空气分离装置等行业，而在化肥厂中大型、多级压缩、氮氢气压缩机则是制造合成氨（化肥的原材料）的心脏设备。

杨绍侃教授找来李连生申报该奖项的材料，复印后交给压缩机教研室的郁永章、陈永江、林梅、冯全科、屈宗长等几名教授。

当看到李连生报奖材料中第20页"针对（压缩机）机身分体铸造再组合的工艺常常出现的不同轴现象等，本成果研究了机身的特点，在设计优化的前提下，通过铸造工艺的改进，开发出机身整体铸造技术"一段时，6教授认为这是造假，他们很快向学校进行了口头举报。

为了证明李连生造假，陈永江拿出几家生产、使用压缩机的企业出具的书证。四川大川压缩机有限公司在一份附带图纸的证明上写道："'机身的整体铸造'技术我国(20世纪)60年代即已解决，国内并无'分体制造机身再螺栓连接'的这种相对落后的技术。"

石家庄金石化肥有限公司、新疆新化化肥有限公司也证明，"机身的整体铸造"的压缩机完成于20世纪60年代，且至今运行平稳。

在陈永江看来，李连生"造假"有一个套路："他们首先给我国压缩机铸造技术强加一个并不存在的缺陷，然后把自己的侵吞打扮成解民倒悬的英雄行为，并且冠以研究了什么，终于开发出新成果。"

在西安交大内部，也有学者认为陈永江等人举报的问题，反映出申报奖项者见识有限、申报成果不具备先进性等问题，有“业绩造假”嫌疑，但与学术造假并不完全相同。

净利润1100万还是亏损528万

陈永江等人的打假，从2007年度教育部科技进步一等奖入手，但很快又牵扯到李连生等人在2005年获得国家科技进步二等奖的一项科研成果——涡旋式空调压缩机及若干关键技术。

西安交大国家工程中心一份报告声称，涡旋式空调压缩机及若干关键技术投入企业，预计建成3年后，每年可为陕西省产生净利润1100万元。

1998年5月7日，一家专门为把“涡旋式空调压缩机”科技成果转化为生产力的企业——西安泰德压缩机有限责任公司成立。公司由陕西省政府组织陕西华山化工集团有限公司、陕西省高技术产业开发投资有限公司、陕西三金科工贸有限公司出资2800万元，其中西安交大国家工程中心技术成果折价400万元以无形资产入股。

2004年，相关部门再投入资金1700万元，泰德压缩机公司的资本金最终增加为4500万元。

据工商行政管理部门提供的档案资料显示，泰德压缩机公司成立后直至2000年，公司没有生产。2001年，泰德压缩机公司开始生产销售，当年实际产值468万元，亏损148万元。

从2002年到2005年，泰德压缩机公司连年亏损，最低年亏损273万元，最高年亏损528万元。

2005年年底泰德压缩机公司被迫改组。西安正衡资产评估有限公司提供的评估报告显示：2005年11月30日，泰德压缩机公司的净资产为868.50万元。其中属于无形资产的专有技术“涡旋式空调压缩机”和“旋叶式汽车空调压缩机”的设计和生产工艺，考虑到这两个产品“因技术设计和规模原因均已停产，故按零值评估”。

也就是这一年，“涡旋式空调压缩机”科研成果获得国家科技进步二等奖。

一名自称交大校友的网友在陈永江的博客上留言：“在学校时，就对他们搞的项目有所怀疑，李搞的涡旋压缩机就在我的实验室旁边，一开机就活蹦乱跳，还能获奖？”

2009 年 7 月 30 日，《华商报》就“涡旋式空调压缩机”设计和生产工艺在投入生产后的实际情况，采访了原泰德公司副总经理付德俊。

付德俊是出资人陕西华山化工集团有限公司派往泰德公司的管理者，他表示自己现已退休，不愿意多谈此事。

当问到涡旋式空调压缩机技术“是否先进、好不好”时，付德俊说：“肯定不好！如果好，不就继续生产了吗？”

造假嫌疑人被从轻发落？

“全国中型化肥厂的所有国产与进口的大型压缩机，我都像熟悉我的孩子般对它们了如指掌。因此，别人盗窃他人、他厂、他国大型往复式压缩机上的先进结构，我一眼就看出来了。”

从 2007 年 12 月开始，陈永江等 6 人开始举报，先后经历了向学校内部口头举报、应学校要求于 2008 年 1 月 2 日正式向学校递交书面举报材料、通过个人博客公开举报等几个阶段。

2008 年 2 月 26 日，陈永江等 6 人向学校递交书面举报材料 54 天后，由一名副校长牵头的校方代表正式与举报人见面。

据陈永江讲，校方谈话的内容大致包括 5 点：现在高校学术不端普遍；西安交大地处内地，2007 年科技排名在第 16 名来之不易，希望大家珍惜和爱护学校的声望和排名，不要给搅黄了；6 人举报的不是道德问题而是学术问题，双方可以相互探讨，学校可从中调解；可以考虑把李连生获奖的成果给 6 人分享一点；学校领导被 6 人搅得日夜不安，如果有人现在提出“退出”还为时未晚；建议 6 人好好学习法律，准备应对李连生起诉。

2008 年 3 月 17 日，陈永江等人向学校领导人呈递第一封举报信，并很快被多家网站转载。

陈永江接受《华商报》采访时说："网站公开我们的举报信后，有人在网上发动了匿名攻击谩骂。好在科学网同意我们以实名制开博客，我们才有阵地说明真相，澄清是非。"

从 2009 年 3 月 9 日开博到 7 月 27 日，陈永江一共写了 52 篇文章，有四十多篇在举报或评论李连生等人造假，博客访问量超过 11 万人次。

2009 年 3 月 27 日，西安交大学术委员会专门就陈永江等人举报的问题开会，让举报者与李连生背靠背向学校学术委员会做陈述。杨绍侃教授率先发言，他讲了 13 分钟后被主持人提示停止。此后，陈永江发言 17 分钟。举报一方讲完后全部退场，由李连生向学术委员会委员辩护，时间也是 30 分钟。

双方发言结束，学术委员会委员开始投票表决，但表决结果没有公开。

据举报人讲，当天学校科学研究院副院长贾玉华给他们电话通报，到场的投票人共有 20 位，其中 9 票弃权，6 票支持举报人，5 票支持李连生继续报奖。但李连生的一份书面材料则表示，是 5 票支持举报人，6 票支持他本人。

李连生等人申报的教育部科技进步一等奖至今没有下文。

2009 年 4 月 22 日，西安交大派出的代表再次与 6 名举报人见面。

《华商报》经多方了解得知，这次谈话主要围绕如何处理李连生的问题。此后，李连生不再担任国家工程中心副主任。

也有西安交大的同事、同学劝陈永江等人"得饶人处且饶人"，但均被回绝，他们给西安交大党委的公开信要求，应将李连生清除出教师队伍。

7 月 27 日，《华商报》就此事采访西安交通大学时，一名校长助理表示，李连生的问题已经处理过了。

"当前申报科技成果造假具有一定普遍性，一方面是因为一些奖项脱离实际为评奖而评奖，搞得像‘矮子里拔将军’；另外一个原因由官员或者外行评价科技成果，出现水分太大的问题也就不奇怪了！”西安交大一名要求匿名的教授说。

被举报者：我们对技术有改进

7月27日，西安交大宣传部办公室，当《华商报》记者拨通国家工程中心的电话预约采访被举报者束鹏程时，束称自己很忙，不能当面接受采访。

以下是电话采访内容：

记者：我们看到，李连生和您申报教育部科技进步一等奖时提到的那个大型“4M50、4M80型新氢气压缩机”，早在1998年、2001年已经开发成功并获奖，获奖人是沈阳气体压缩机厂的王瑞森。怎么看待你们2007年的申报？

束鹏程（以下简称束）：我们有改进，技术如果一直不动，怎么进步？国家也是鼓励（改进）的（李连生、束鹏程等人申报2007年度教育部科技进步一等奖的“往复式压缩机及其系统的理论研究、关键技术及系列产品开发”项目申报书中写道：“4M50、4M80系列氢气压缩机的开发成功，结束了我国大型氢气压缩机长期依赖进口的历史。”——《华商报》注）。

记者：你个人在这个项目中排名第几？

束：第三。这是一个集体项目，还有其他多人参与。

记者：陈永江说他是你的老师，当年你上他的《压缩机》课时，得过5分（满分），他一直把你当作楷模教育其他后学呢，真有此事？

束：他是教过我，其他无据可查。

记者：在你印象中，陈永江是一个什么样的人？

束：你在网上可以看到，他有很多官司。

记者：他在压缩机领域的学术水平如何？

束：他是在副教授岗位上退休的，是提前退休。

记者：你们的官司公开后，你有没有压力？

束：没有压力。报纸上说啥的都有，让法庭主持公道吧。

记者：你的同事、下属、亲戚、朋友怎么看待这件事？

束：有打电话问候的，有打抱不平的……

记者：李连生教授呢，他和您怎么说？

束：他出国了，到美国开一个学术会议……（电话突然中断，再打时无人接听）。

举报者：人格要靠自己维护

在西安交大采访时，不少老师称他们现在弄不清究竟是谁在告谁。有的老师反问记者，陈永江等 6 人是否与李连生之间存在利益纠葛。

以下是《华商报》和陈永江的对话：

记者：李连生在起诉状中说，你把他丑化为“硕鼠盗贼”“无所不偷”，你觉得这些语言，有没有可能让你们承担一些法律责任？

陈永江（以下简称陈）：我们认为人民法院不会让我们承担的。人格没有世袭制，要靠自己维护。如果自己行得端、走得正，任何人都无法诋毁这样的人。一个人弄虚作假欺骗国家，如果有侮辱，首先是他自己侮辱了自己。

记者：不用小偷、骗子这类词也能说清楚事情嘛。

陈：那就是说，我看见别人偷东西不能喊小偷，而只能说“你是个把别人的钱放进自己口袋里的人”。这样用词是不是过于迂腐了？我用的这些名词、形容词均属于规范的汉语文字，比较恰当地反映了客观事实，对造假者的评价没有超出其应有的社会评价。

记者：束鹏程说你们几人举报是因为利益，还称你给温州固耐压缩机公司（李连生合作单位）打电话，要和他们合作。有这事吗？

陈：郁永章老师帮助的浙江温州强盛化工公司的产品，是给出租车提供天然气的小型加气站用压缩机，功率为几百千瓦；温州固耐公司生产的，是较大型的工艺流程用压缩机，功率在2500千瓦以上。两家生产的产品类型不同，而且用于不同的用户，根本不存在竞争。

至于我自己40年来合作的对象，都是国内有名的、厂龄多在四五十年的大型压缩机制造厂，以及全国55家大型化肥企业，我根本不会和温州固耐公司合作！

现在，弄虚作假者以“利益之争”“别有用心”的说法，有意转移公众视线，企图混淆是非、逃脱责任，请大家一定擦亮眼睛。

（原载《华商报》2009年8月1日）

西安交大长江学者“造假”再调查——

科技成果鉴定只是走过场

西安交大6教授举报“长江学者”李连生造假又爆出猛料——李连生撰写的“国际上第一本《涡旋压缩机》专著”，被指剽窃日本学者著作。

与此同时，一位曾经参与李连生科技成果鉴定的工程师“良心发现”，称所谓鉴定只是“走过场”，结论都是提前打印好的——

李连生由行业专家变成公众人物，与一起正在审理中的因“举报造假”引发名誉侵权纠纷的案件有关。

李连生是这起案件的原告，被告是他的同事、老师和前辈。案由是3教授在自己的博客上揭发、批评李连生等人“造假”，原告认为这些文章侵犯了自己的名誉权。

事实上，揭发李连生造假的共有6名教授，除3被告陈永江、郁永章、杨绍侃教授外，还有冯全科、屈宗长和林梅教授。他们都是西安交大长期从事压缩机相关领域教学和研究的专家，其中4人已退休。

6人发现，李连生除了涉嫌“科技成果造假”外，还存在“剽窃”他人著作的学术不端行为。

“国际上第一”专著被指剽窃

“李连生剽窃的问题，就是把别人的基本理论搬到自己的书里却不注明出处。”8月11日，在西安交通大学工程馆办公室，冯全科教授指着一本名为《涡旋压缩机》的书说。

换一种较温和的说法，“剽窃”也叫“抄袭”。美国现代语言联合会《论文作者手册》对剽窃（或抄袭）的定义是：“在你的写作中使用他人的观点或表述而没有恰当地注明出处……这包括逐字复述、复制他人的写作，或使用不属于你自己的观点而没有给出恰当的引用。”

今年以来，高校学术不端行为被曝光现象呈井喷态势，他们中既有院士候选人、武汉理工大学校长周祖德这样集行政权力与学术光环于一身的大人物，也涉及像北京大学、浙江大学这样的名校。

香港一家媒体发表评论称：“内地学术腐败愈来愈严重，被揭露的沽名钓誉之徒层次亦愈来愈高。”

署名“李连生”著的《涡旋压缩机》一书，由机械工业出版社出版，出版时间是 1998 年 3 月。

陈永江等 6 教授举报称，李连生的《涡旋压缩机》一书共有 40 处涉嫌抄袭，其基本原理、公式、图表甚至文字表述，主要来自日本学者森下悦生此前发表的一篇论文。

郁永章所说的森下悦生等人的论文题为《涡旋压缩机的几何理论》，其汉译文发表于《流体机械》（后改名为《流体工程》）1985 年第 10 期，译者是邓立文。

涡旋压缩机在 20 世纪初由法国科学家发明，因其具有效率高、运转平稳等优势，目前广泛应用于柜式空调、汽车空调等领域。

型线研究被认为是涡旋压缩机的核心技术。所谓“型线”，是指压缩机的关键部件造成什么样的“型”才能正常工作，这样的研究以几何学为基础，涉及大量图表和数学公式。

日本学者森下悦生给出了涡旋压缩机的主要参数，在这一领域属于原创性研究，代表作即《涡旋压缩机的几何理论》。

“李连生攫取日本学者的核心成果而不注明是引用，却在无关紧要的地方列出一大堆参考文献，以此说明自己的研究成果为原创且意义重大，很容易蒙蔽没有从事过压缩机研究的人。”郁永章说。

但李连生认为，自己所著《涡旋压缩机》，“按照当时机械工业出版社的要求进行了引用和标注，符合当时出版规范”，故不构成抄袭。

“引用别人的研究成果不是不可以，但必须注明出处。李连生所著《涡旋压缩机》一书，无论在脚注、尾注还是文末的参考文献中，均未列出森下悦生的《涡旋压缩机的几何理论》，明显是抄袭。”郁永章反驳说。

《涡旋压缩机》出版3年后，李连生申请长江学者。西安交大学术委员会在评价该书时称：“他（李连生）撰写的国际上第一本《涡旋压缩机》专著，成为研究此类问题的主要参考资料。”

举报李连生的6位教授认为，西安交大学术委员会的评价显然是受到了李连生影响——李连生在《涡旋压缩机》一书前言中写道：“到目前为止，国际上还没有一本专门论述涡旋压缩机基本原理及其专门技术的书籍。”

8月18日，机械工业出版社机械分社社长季顺利认为，按照出版界通常规则，作者对作品“文责自负”。他表示，出版社将和李连生联系，如果确实存在剽窃，作者应该道歉，必要时还需承担相应法律责任。

“编”与“著”的玄机

被指“抄袭”的李连生教授出生于1962年，1998年被西安交大破格评为教授，2001年入选长江学者特聘教授，每年获专项奖金10万元。

“长江学者奖励计划”，由教育部与香港爱国实业家李嘉诚先生共同筹资设立。长江学者特聘教授是学术界公认的顶尖人才，声誉仅次于院士。

不知是否巧合，西安交大另一本关于涡旋压缩机的书，与李连生的书同年同月（1998年3月）出版——这本书叫《涡旋压缩机及其他涡旋机械》，作者是顾兆林、郁永章、冯诗愚等教授，出版单位为陕西科技出版社。

“我们的书也参考了日本学者森下悦生等人的论文，但我们如实在参考文献中列出。署名的时候，考虑到不完全属于自己的独创，所以在作者姓名后面既没有用‘著’，也没有用‘编’。李连生胆子大，他的署名是‘李连生著’！” 8月8日，郁永章接受采访时说。

李连生则认为，自己不存在造假。对于自己被冠以“硕鼠”“盗贼”等称呼，他表示有些“想不通”。

现行的作品署名方式通常有3种，即著、编和编著。一般认为，“著”的独创性最高，产生的是绝对的原始作品；“编”产生的是演绎作品，独创性相对要低一些；编著则处于二者之间。很多教科书署名“编著”，即是为了避免误会。

署名不同，学术价值评价自然也就不同。据介绍，高校在职称、奖项评定时，参编的作品和学术专著所占权重比例大不相同。特别是二级以上科研型和教学科研型教授，没有专著是很难评上的。

在郁永章看来，中国的涡旋压缩机研究处在世界第三梯队，他参与编著的《涡旋压缩机及其他涡旋机械》那本书，也只是退休前的一个总结，自己并不觉得有特别尖端的独创性研究。

学术界认为，“引用不当”很容易造成“剽窃”，二者均属于学术不端，区别仅在于引用的数量以及是否涉及关键内容。

教育部社会科学委员会2004年6月通过的《高等学校人文社会科学研究学术规范（试行）》明确规定：“不得以任何方式抄袭、剽窃或侵吞他人学术成果”，“凡引用他人观点、方案、资料、数据等，无论曾否发表，无论是纸质或电子版，均应详加注释。”

西安交大6教授认为，《涡旋压缩机》是李连生当选长江学者的主要成果之一。如果这本书是抄袭，那么他成为长江学者就有“欺世盗名”之嫌，有关部门应该重新评价李连生的学术成就。

专家自揭“鉴定”内幕

“看到报纸上披露长江学者‘科技成果造假’的事，我很痛苦。良心告诉我，我应该说真话。”8月8日，曾经参与李连生科技成果鉴定的一名高级工程师在他的办公室接受采访时，明确要求匿名。

“科技成果造假”是指故意夸大科技成果的价值（如虚报经济效益）或把他人的研究成果说成是自己的成果。

用这名工程师的话说，他自己“一生没有离开过压缩机行业”。2001年和2005年，他应陕西省科技厅邀请，对西安交大李连生、束鹏程等人负责的涡旋压缩机进行了鉴定。他认为，现在的鉴定基本上是走过场，无法保证科技成果质量，应以实践的检验为最终结论。

“9点到会，等领导讲完话，真正留给我们的时间只有两个多小时，那么厚的材料根本来不及仔细阅读、考察。大家都是熟人，最后就只有签字了——也不是明知虚假故意签字，当时主要是出于对交大这个牌子的信任、出于对教授的信任。”

据这名工程师回忆，2005年的那一次鉴定，他和其他评委专门去过李连生以技术入股的泰德压缩机公司。当时，公司尽管不红火，但机器还在运转，在生产。当看到2005年泰德压缩机公司最终以亏损3631.5万元被迫改组的消息后，他称自己“难以入睡”。

“压缩机不可能没有市场，我相信泰德公司负责人的话，这个项目搞不下去，说明有问题，几位教授批得太好了！”他认为，造假者最终给国家造成巨大损失，自己的“鉴定”起了促成作用。

“经济效益是评价科研成果最重要的指标，鉴定不是考察科研成果的唯一方法，具体的科研成果还是要靠生产实践检验。”这名工程师说。

据介绍，现行科研成果鉴定，一般由研究者列出鉴定人名单，主要是本领域专家教授，组织鉴定的机构从这些名单中选出其中几人参加鉴定。这种“熟人鉴定”，必然导致鉴定结果公信力不高。

“现在社会风气坏了。以前的鉴定会一般是3到7天，而且都要亲自调试机器。现在的主办方故意把会期压到半天，就是要走过场的，鉴定失去了真正意义。”他停顿了一下说，“鉴定结果都是事先打印好的。再说，人家把你请来，你说人家的东西不行，面子搁不住。”

一名网友在科学网陈永江的博客上留言称：“过去，高校争取经费、奖项、荣誉时爱‘哭穷’，现在则主要靠‘显摆’和‘蒙骗’。”

这里所说的“显摆”，就是靠学校的声誉和教授本人的名头影响官员决策；“蒙骗”，主要是通过吹嘘或夸大研究成果的价值引起官员或外行的重视。

对于长江学者被指“造假”一事，西安交大校方出言谨慎。

“在关心和维护学校声誉问题上，校方与举报者是一致的。问题在于怎样‘爱校’？是以诚信为本、实事求是维护‘学校声誉’，还是处处考虑小我——学校（甚至只关心自己的政绩）利益？对那些明显造假等学术不端行为是坚决处理，还是采取捂、盖、瞒、大化小、小化了等手法？如果是后者，结果只能是让学校信誉丧尽，贻害无穷。”学者李章铎认为，西安交大校方的立场，反映出如何爱校的问题。

今年3月，教育部部长周济在加强高等学校学风建设座谈会上指出，“高校学风建设方面也面临着严峻的挑战，出现了一些严重的问题”，他要求“对学术不端行为要像体育界反兴奋剂一样，像对待假冒伪劣产品一样‘零容忍’，实行‘一票否决’”。

学术批评网主编杨玉圣教授认为，在惩处学术不端问题上，教育部应该有所作为。他说：“中国的公办大学是纳税人养的，教育部有权力、有责任、也有义务采取果断处置措施，把对学术不端‘零容忍’落到实处。”

对“剽窃”的定义和处罚

国际电气和电子工程师协会（IEEE）的文件把论文剽窃分为5个层次，根据其情节轻重给予相应的惩罚：

一、未注明出处全文复制一篇论文，将导致在该文章记录中注明违规，并吊销违规者在 IEEE 刊物上的发表权利达 5 年。

二、未注明出处大量复制（达一半的篇幅）一篇论文，处罚同上。

三、未注明出处照搬句子、段落或插图，可能导致在该文章记录中注明违规，并且必须提交向原始作者的书面道歉以避免被吊销发表权利达 3 年。

四、未注明出处不恰当地复述整页或整段内容（通过改变个别单词、词组或重排句子顺序），要求做出书面道歉以避免被吊销发表权利和可能在该文章记录中注明违规。

五、注明出处复制一篇论文的很大一部分而没有清楚地表明谁做了或写了什么，要求书面道歉，并且必须修改论文以避免被吊销发表权利。

美国政府机构对学术造假的处理

在美国，有专门的政府机构对学术造假进行调查，一旦认定有学术不端行为，会指名道姓地公布结果，由学校、科研机构做出行政处理，如降级、开除等，政府部门会禁止其几年内申请政府资金或在政府委员会任职。严重的还会被追究法律责任。

2005 年，美国原佛蒙特大学医学院教授波尔曼被发现在 1992 年到 2002 年期间，捏造数据申请获得 290 万美元资金。美国政府为此终身禁止他申请联邦政府科研基金和参与联邦政府项目，并提起刑事诉讼，波尔曼被判入狱 1 年零 1 天。

最近，美国卫生与公共服务部科研诚信办公室宣布，阿拉巴马大学助理教授 Juan Luis Contreras 的 7 篇论文伪造实验结果，禁止其在 3 年内申请政府科研资金和在政府委员会任职。

（原载《华商报》2009 年 8 月 9 日）

附：

科技部撤销一国家科技进步二等奖 因存严重抄袭

因存在严重学术不端行为，2005年国家科学技术进步奖二等奖获奖项目“涡旋压缩机设计制造关键技术研究及系列产品开发”，被科技部公开撤销了其昔日获得的国家科技奖项。

科技部在通告中称，经调查核实，2005年国家科学技术进步奖二等奖获奖项目“涡旋压缩机设计制造关键技术研究及系列产品开发”的推荐材料中存在代表著作严重抄袭和经济效益数据不实等问题。根据《国家科学技术奖励条例》第二十一条及《国家科学技术奖励条例实施细则》第九十二条的规定，经国家科学技术奖励委员会审核同意，并经国务院批准，决定撤销“涡旋压缩机设计制造关键技术研究及系列产品开发”项目所获2005年国家科学技术进步奖二等奖，收回奖励证书，追回奖金。

西安交大能动学院原教授、博士生导师李连生，为该科技进步奖项目的主要负责人之一。早在2007年底，西安交大6名老教授就李连生获奖项目中存在造假、侵占他人学术成果进行拼凑和包装等严重学术不端问题，联名进行实名举报。如今，经过两年多的法庭交锋，在众多造假事实面前，李连生已被西安交大解除教师聘用合同。

（原载《北京日报》2011年2月10日）

陕西定边11名“留守儿童”的求学路

2008年12月2日凌晨，陕西定边县堆子梁学校发生因燃煤炉取暖造成一氧化碳中毒事故，11名小学四年级女生不幸死亡，另一名幸存者至今仍未苏醒。

这12名女生都是“留守儿童”。和许多“留守儿童”一样，因为父母外出打工，和她们相伴的，只有爷爷奶奶或者小伙伴，她们孤独而缺乏亲情的温暖。

此外，由于当地撤并学校，她们不得不到离家十几公里的地方上学，小小年纪便离开家在学校寄宿……

“留守儿童”的家

12月3日，雪后的定边县庙湾村冷风飕飕。已经中午，王万乐家门外的雪地上依然没有一个行人踪迹，门上是一把冰凉的锁。看到有陌生人过来，一只叫金瓜的小狗“吱吱”地发出一声警告后，再也没有力气吠叫。很明显，寒冷和饥饿已经让这只小狗失去基本的防范，它用无力的眼神向来人乞求一点食物。

和金瓜的遭遇相同，王万乐家门口的那头黑猪也在哼哼地拱窝，现在它们共同面对的是饥饿和寒冷。它们的主人，53岁的王万乐12月2日上午听说孙女在学校煤烟中毒后，忙着孙女王帆的后事，无暇去顾及它们。

9年前，也就是王帆两岁的时候，父母离异，她和爷爷奶奶在一起生活。王帆的爸爸常年在400多公里外的内蒙古鄂尔多斯市当厨师，这让王帆成了典型的留守儿童。

6岁那年，王帆开始上小学，那时学校就在村里，离她家只有几分钟的路程。放学回家后，有爷爷奶奶疼爱，也有村里的小伙伴玩耍，过得很开心。念完二年级后，正赶上大规模撤并学校，庙湾小学也在其中。从2006年下学期，王帆转到离家4公里远的堆子梁学校，开始了寄宿生活。

“孩子太可怜了，8岁就出门到镇上上学，一直住校。出事那周的星期天，她回到家里见奶奶没在家，就直喊孤独得不行，晚上硬要挤进爷爷被窝里。”王帆的叔叔王光鑫说，“毕竟老师的关心和亲人不一样，要是住在家里就好了。”

王帆出事后，爷爷奶奶经受不住打击，至今还在住院。

在这次煤气中毒死亡的11名女学生中，仅庙湾村就有5人，她们是姚婷、刘莉、武苗苗、王莹、王帆。而她们的伙伴蔡毛毛幸运地活了下来，但至今仍未苏醒。

“村里经济条件好一点的，孩子都随外出打工的父母转到县城和镇上上学了，剩下的留守儿童多是家境一般的。”村会计万义有说。

12个空缺的座位

12月3日，堆子梁学校的院子里，一群孩子在丢沙包。他们叫喊着、蹦跳着，全然不觉凌厉的寒风。

他们都是留守儿童。

11岁的王强飞跑到教室后面的宿舍。这是一间不到20平方米的房子，门窗遮盖得很严，暖融融的空气里弥漫着一股陈旧的脚汗味。房间内两层架子床紧挨着，共住着12名男生，他们都是四年级学生，年龄在10到11岁之间。

王强拉开铁制的煤炉盖子，看看炉子里还有没有煤。对于记者的来访，他有点紧张。

“晚上，你们怎么处理炉子里的火？”

“把火捅下去，用铁簸箕倒到外面。”

“晚上，老师来检查火炉不？”

“天天都来检查。”

假如在城里，像王强这么大的孩子可能还要家长天天接送。每天回家后，他们会向父母撒娇或倾诉一天的快乐与烦恼。他们会睡在装有暖气的房间里，晚上睡觉时，妈妈可能还会给他掖被角……

但是，这里的孩子只能寄宿在离家几十公里远的学校，他们只有周末才能和父母团聚——如果父亲或父母外出打工，他们就只能和爷爷奶奶团聚。平时，陪伴他们的除了小伙伴，最多的也就是班主任宋晓燕老师。当然了，宋晓燕要同时照顾几十名学生，而且她还有自己的家，刚结婚不久的她还怀有身孕。

14 时 30 分，上课铃响了，王强和别的同学一样冲进一楼西侧四年级(一)班教室。教室中间，一个煤炉和烟筒连接的缝隙露出熠熠的火焰。

学生都已到齐，但教室右前方有三分之一的座位空着。老师还没有来，教室里鸦雀无声。

2 分钟后，一位身着红色衣服的女老师走进教室。这一节是科技课，内容是教孩子们“如何搜集信息”。同学们翻开课本朗读起来，只有那 12 个空缺的座位死一般的沉寂。

求学之路

庙湾村位于定边县东北侧，距县城 83 公里，与内蒙古相邻。这里属白于山区，气候特点以干旱、高寒、高海拔著称。白于山区也是陕西五大贫困人口集中分布区之一，另外 4 个贫困地区是同样位于陕北的黄河沿岸土石山区、位于陕南的秦巴中高山区、秦岭北麓和渭北旱腰带。这五大贫困地区集中了全省 90% 的贫困人口。

“春天的时候风沙特别大，有时庄稼刚露头就被埋了。即便躲过风沙，也是十年九旱。今年猪肉贵，村民想养猪，没想到一个猪娃子就要600块钱，买不起啊！”万义有说。

为了耕作和放牧方便，白于山区的村民住得比较分散，一个村到镇上有几十里路的十分普遍。因为干旱，收成不好，这里的农民过去一直靠广种薄收和放牧生存。近年来，国家禁牧，多数年轻人转移到城里打工去了。庙湾村党支部书记赵美东介绍，全村户籍在册人口1750人，但全年居住在村里的人口仅有1100人。

庙湾小学的大门紧锁着，门口的墙上贴着几张村委会选举的通告，显然这所学校早已被挪作他用。透过学校大门的铁栏杆望去，能看到一排贴着瓷砖的教室。

“新教室是1996年建成的，当时花了近24万元，是全村最好的建筑，可惜废弃了。”万义有说。

据介绍，庙湾村一直有学校。20世纪80年代，这里的学生还很多，最高的纪录是278人。但到2006年撤校的时候，这里只有26名学生，从学前班到3年级，其中3年级一个班只有2人。

撤校的，不仅仅是庙湾一个村。撤校前，堆子梁大一点的村子都有小学，撤校后全镇11个建制村只剩下4所小学，包括实行9年一贯制的堆子梁学校。

关于撤校的原因，镇政府解释主要有两条：一是农村生源不断减少（计划生育让村里学龄儿童总量减少，此外，随着城镇化水平提高，一些孩子随外出务工的父母转移到县城条件较好的学校）；二是学校合并后有利于集中力量办学，提高教学质量。

和堆子梁镇其他村子相比，庙湾村离镇上的学校还算近的，最远的村子离镇上超过15公里。每逢周末，低年级学生的家长都要来学校接送孩子，有用摩托车的，有用三轮车的，还有用驴车接送的。

“学校合并后有利有弊，问题是所有的孩子只能住校，包括学前班、一二年级的小娃娃。”赵美东说，“现在30岁以下的年轻人就不敢住在村里，最大的困难是娃娃没地方上学。”

操不完的心

煤烟中毒事件发生后，堆子梁学校四年级班主任宋晓燕因惊吓和悲伤，几近精神崩溃，住进医院。几天后，她被当地公安机关宣布刑拘，和她一同走进看守所的还有堆子梁学校校长赵秉宏、副校长韩惠龙。

按照老师和同学们的说法，宋晓燕老师每天睡前都来检查学生宿舍的火炉安全问题。可是，不幸还是发生了。

“当晚，出事女生宿舍炉子里的火肯定是倒了，隔壁宿舍的同学都知道。从事发现场的情况看，应该是洒出火炉外的煤块燃着了煤堆，才酿成大祸的。”堆子梁学校后勤老师梁满仓边说边脱下手套擦眼泪。

梁满仓从事教育40年，一直在农村学校工作。按他的分析，学校用的是无烟煤，燃着的煤块跌落在煤堆上，因为有灰烬包裹着不容易被发现。在梁满仓看来，煤炉取暖并不是酿成此次事件的直接原因。

事实上，在北方，无论居民家里还是机关团体、企事业单位，用煤炉取暖比较普遍。如果天气特别寒冷，火炉是彻夜不熄的。一般而言，普通人家的安全防范措施包括：火炉一定要安装烟筒，烟筒的灰烬要经常清理。如果再小心一点，那就是不要让房间过于密闭，以防万一。最后一条，房子要不要密闭，是一件矛盾的事，因为如果密闭性不好，那就意味着房间温度会降低，那么生火炉也就没有了意义。

无论是出事的堆子梁学校，还是其他使用煤炉取暖的学校，共同的安全措施是，睡前务必熄灭宿舍内的火炉。学校规定，下午4时后不再给炉子加煤。如有个别宿舍未遵守规定，则在睡前一定要把炉子里尚未燃烧完的煤块倒往室外。为防万一，学校一般要有班主任、值周老师分两次检查把关。

在责怪学校的同时，也有家长为宋晓燕说话。遇难女生姚婷的叔父姚军说："按说，她平时对娃娃们照顾得还是不错，孩子们打开水时她总是守在跟前，生怕烫伤，学生回家后经常说宋老师的好话。"

"这件事上，宋老师肯定有责任，但这毕竟是一个意外事件。把这么小的孩子都交给学校，我们有操不完的心，压力太大了。"堆子梁学校一位女老师这样解释。

这位女教师所说的"压力"并不是随便说说，据了解，在这次煤烟中毒事件前，堆子梁学校至少发生过 3 次大小不等的安全事故，其中比较严重的一起是 8 月 23 日发生的 11 岁的小学生从床上跌落的事件。

8 月 23 日夜，堆子梁学校五年级学生张帅从两层高的架子床上摔下来，被西安唐都医院确诊为"左侧脑室占位性病变"，至今经常感到头疼，不能上学。谈到跌落的原因时，张帅称，是因为学校的架子床"床板厚，护栏低"。

上学之难

煤烟中毒事件发生后，省上就低龄学生住校问题做出安排，要求"一至三年级学生原则上不安排集体寄宿"，如需安排，必须配备生活教师，有专人负责学生宿舍夜间管理和安保工作。

"村里学校撤并后，学生不住在学校肯定是不行的。现在的关键还是要找出隐患，以后不要再发生安全事故。"赵美东说。

在庙湾村，也有不少学生家长批评政府，认为撤销像庙湾这类村级学校的决策脱离了实际，没有把老百姓的利益放在首位。他们认为，孩子过小离开父母，生活不能自理，交给学校监护容易出现疏漏，即便杜绝了煤烟中毒隐患，还可能发生其他问题；另外，孩子过早住校会产生情感孤独，长期缺乏亲子交流，不利于健康成长。从经济方面看，孩子住校还增加了家长的负担。

一名学生家长算了一笔账："住校学生一般每人每天的伙食费大概是 5 到 7 元，一年下来大约是 1200 元。这对于贫困家庭而言，是不小的开支。如果孩子吃住在家里，粮食、蔬菜都是自己种，费用要小得多。”

按说，每日5—7元的伙食费并不算高，但家长们更担心的是孩子们的营养问题。平常，这些寄宿的孩子们的菜单是这样的：早上素包子（粉条、豆腐、韭菜馅）、稀饭或油饼、稀饭；中午大米饭，炒土豆丝或土豆烩卷心菜，有时有一点点豆腐，有肉的时候是极个别的；晚饭和午饭基本相同。

对于部分村民要求恢复农村小学的想法，当地官员多持反对意见。“现在在编老师多是女的，一个女老师在学校都不敢住，根本分不下去。”定边县委宣传部一名副部长说。

当过14年代课教师的郭辉也认为，恢复农村学校有困难。“现在的正式教师根本不愿意留在村里教书，他们心理期望值很高，一毕业就想方设法，找各种关系留在县城，其次选大一点的乡镇，即便分到村里的小学，也只是当作一个跳板，一有机会，他们就会想办法调动到条件更好的学校去。”

农村学校撤并后，郭辉“下岗”，从此开始在堆子梁镇的建筑工地上当小工。他说，自己现在每天可以挣60元钱，比当代课教师时的不足10元钱的收入多多了。

矛盾是尖锐的——孩子过早住校，就意味学校和老师可能承担无法承受之重；如果恢复部分农村学校，也面临不少困难。有人提出，像定边这样财政状况较好、交通条件尚可的地区，中心学校可以考虑配置接送学生车，专门接送3年级以下的小学生。

“不管有多少困难，娃娃总不能不念书！”赵美东说。

（原载《华商报》2008年12月8日，郭魂强对此文亦有贡献）

福建南平医患"肉搏"，谁之过

被打的医生倍感屈辱和压抑，死者家属虽然拿到21万元补偿却有5人被刑拘——福建南平一场医患纠纷引发的肉搏，其结局无疑是两败俱伤。剥开"医闹"升级的表象，不难发现卫生行政部门自己制定的"游戏规则"得不到患方的信任和遵守，正是医患纠纷处理与法治渐行渐远的深层原因。

83岁的杨纯生老人颤颤巍巍地走到记者面前，揉揉浑浊的眼睛，张了几次嘴，最后沙哑低沉地吐出几个字："人都死了，我们要公道啊。"

杨纯生是南平医患冲突中，死在医院的患者杨俊斌的父亲。6月18日，杨俊斌以"双输尿管结石伴双肾积水、右肾多发结石"入南平市第一医院治疗。6月20日手术后，杨俊斌剧烈疼痛，经抢救无效死亡。

这场医患纠纷最终发展成肉搏，后经当地政府出面调解，医院出21万元摆平。患者一方总算平息，不料医护人员却不干，他们集体打着条幅到市政府示威，要求打击所谓的"医闹"……

两个男人的烦躁

从南平市中心通往杨厝村，路过一个废弃的收费站。出租车司机小王介绍，以前过往司机要么强闯这个收费站，要么和收费人员打架，收费员打不过，最后只好拆了收费站。

“我们老百姓都是讲道理的，国务院要求二级公路收费站停止收费，可他们就是不愿意放弃吃到嘴里的肥肉，那咱们就干。”小王的家乡与杨厝村相邻，他承认这里的人“强悍”，但同时强调“大家不会无理取闹”。

杨厝村属南平市延平区太平镇，距市中心大约40公里，这里大多数人家都养猪，村民的房子表明他们日子过得不错。

7月4日，杨俊斌的家属还在忙着筹办丧事，几名妇女正按当地风俗给死者做纸鞋。见有人来访，一家人顿时警觉起来——杨俊斌的儿子杨义钦说，这几天不断有警察找上门，已有5名亲属被带走。

“现在丧事还没办完，他们为什么来打扰我们？”杨义钦显得有些烦躁，他拿出一份协议书说，“你医院都在上面盖了章的！”

与杨义钦一样烦躁的是余修会。他南平市第一医院重症监护室医生，冲突当天他被患方家属打伤，至今还在住院。

南平市第一医院普外科9床、10床的房门紧锁着，门上的玻璃用报纸遮盖着，看不到里面的病人，只听到有低低的说话声。通常情况下，护士并不允许患者或家属遮挡病房门上的玻璃，因为那样不利于他们监护病人。

敲门许久后，一个女孩从门缝上探出头来，有点不情愿地把记者让进去。10床躺着一位穿格子衬衫的男子，9床则空着。男子“睡”了一两分钟后，终于睁开眼睛，焦躁地称自己不愿意接受任何采访。

女孩证实，男子就是余修会，她是余修会的女友。

“余修会本来和这件事没有任何关系，是被家属当成人质打伤的。我能理解他的委屈和压抑，我开导他时，他都哭了。”南平市第一医院医务科主任邱磷安说。

据介绍，9床的患者叫蔡剑锋，本院医生。余修会和蔡剑锋是这次医患冲突中，经过法医鉴定构成轻伤的两人。

一场肉搏

7月6日，南平市公安局召开新闻发布会，称“6·21”医患纠纷群体性治安事件中，双方共有 12 人受伤，其中患方 7 人被鉴定为轻微伤，院方 2 人被鉴定为轻伤、3 人轻微伤。目前，来自患方的 5 名犯罪嫌疑人被刑拘，另有 3 人取保候审。

“我至今忘不了这件事，他们像发疯了一样，见到穿白大褂的就打。我脱掉衣服(指工作服)去给病人换药，他们抓着我的胳膊问是不是护士，我说我是家属才躲过一劫。”南平市第一医院泌尿外科护士长陈乐娥接受本报记者采访时说。

6 月 21 日凌晨，医院宣布杨俊斌死亡后，家属立即和医生对立起来。院方要求封存病历，患方认为医院拿走病历可能会偷改。双方协商，上午 8 时由院领导出面解决纠纷。

天刚亮，医院门诊大厅门前已经摆着 10 个花圈，还挂着“还我爸爸”等两条白布条幅，十几名死者亲属在烧香、烧纸钱。

在尸体停留的 14 楼病房里，死者的直系亲属正在等医院领导谈判。等到上午 9 时许，患方家属不见医院领导出面，就把泌尿外科主任、也是给死者手术的主刀胡言语叫到病房，要求解释死亡原因，结果发生争吵。胡言语、值班医生张旭被家属扣押。

院方认为，期间家属存在侮辱医生，非法限制人身自由的违法行为。但家属认为，自己的人死了，医生有义务说清楚死因。9 时过后，双方开始第一轮谈判，死者家属开出 30 万元的要价，医院没有还价。

这次谈崩后，暴力上演。医院的监控录像显示，9 时 20 分，两名穿短袖的长发中年妇女，冲进 14 楼泌尿科护理站，举起椅子、电话机、花盆等物品，砸向工作台内的空地上，一边砸一边大骂，护理台四周围站满了人。

“我们的过激的行为在所难免，那是在被打时候的还击，医院现在提供的录像都是对他们有利的。”据杨义钦讲，当天 11 时许，有 30 多名医生组织起来攻击家属，他们用玻璃杯、药瓶、椅子砸人。

杨俊斌的哥哥杨俊仕当时也在现场。他的头上现在还有一条 4 厘米长的伤痕，能看到明显的血肿。他自己说，伤是被一名护士用垃圾桶砸的。眼看冲突升级，现场民警喷了随身携带的辣椒水，这才将冲突双方隔离开来。

“医生打人”的消息传到死者村子，引来一批增援人员，他们开始拿木棍追打医生。余修会就是在这次冲突中被打伤的。警方事后通报称，6 月 21 日的医患冲突事件中，患方分乘 5 辆中巴，共来了 180 人左右。

据延平公安分局办公室主任谢宏向介绍，经法医鉴定，医患双方目前共有 12 人员伤，其中患方 7 人鉴定为轻微伤，院方 5 人中有 2 人鉴定为轻伤，3 人轻微伤。

死因之谜

杨俊斌的妻子刘珠莲介绍说，当天 8 时 20 分，丈夫自己走着进了手术室，12 时 24 分从手术室推出来。

“当时，人很清醒，医生还给我们说他的手术是从 10 点开始的，手术很成功，我们家属一下就感觉放心了。”

下午 2 时许，杨俊斌感觉肚子胀，医生王波检查后认为是尿不出来的缘故。杨俊斌手术后已经插了导尿管，护士怀疑导尿管太细，准备换一根粗点的。

杨俊斌一听要换导尿管，吓得直反对。有过导尿经验的人都知道，男性插导尿管的疼痛完全可以用“难以忍受”4 个字形容。

刘珠莲说导尿管没有换，医生用针管从杨俊斌下腹部吸出一些淡红色的液体。下午 5 时许，术后的 5 瓶药（500 毫升 2 瓶，250 毫升 3 瓶）全部输完，杨俊斌开始喊痛。

家属找来医生后，医生看其心电图、血压正常，解释说这是麻药散了，疼属正常反应。医生问杨俊斌，肚子还胀不胀了。杨俊斌说不胀了，医生说不胀就没事。

大约 6 点的时候，杨俊斌感觉疼得实在受不了，这时医生嘱值班护士给他打了一针。从病历看，这针属于止疼的常规药——安痛定（阿尼利定）。

“这针打完，一点作用也没有，他说疼得越来越厉害了，还骂我们连个医生都找不来。我就再去找医生，医生说过一会给他打一针比较好的（指杜冷丁）。第二针打后，他不喊痛，也不说话了，我还以为这下好睡了。细看时，发现他双手攥紧拳头放在心窝，浑身出汗，脸色苍白……”

值班医生一看，火速给主任报告。几分钟后，各科室医生、泌尿外科胡言语主任陆续赶来，大家轮番给杨俊斌按压胸部进行心肺复苏，可惜杨俊斌的心脏再也没能跳动起来。

杨俊斌死后，医生们一开始怀疑杨俊斌的死因可能与杜冷丁有关。杜冷丁是一种人工合成的麻醉药，临床常用于术后止疼。说明书指出，该药不良反应有头昏、头痛、出汗、口干、恶心、呕吐等。过量可致瞳孔散大、惊厥、幻觉、心动过速、血压下降、呼吸抑制、昏迷等。

因为杨俊斌的家属拒绝接受尸体解剖，所以关于杜冷丁的问题仅仅是推测。南平市第一医院是事后才获悉，杨俊斌在来他们医院前曾到当地一家部队医院治疗过心脏病。现在他们更相信，杨俊斌可能死于心脏问题。

“常规的心电图做过。发现有点问题，但患者及其家属明确否认有心脏病。像他这种情况，应该是先看心脏病，待心脏问题解决后再进行手术。”邱磷安说。

杨俊斌的妻子刘珠莲接受《华商报》采访时也承认，丈夫出事前曾在南平一家部队医院求诊过，因为这家医院要3万元的费用，所以没有在这家医院看。这意味着，如果杨俊斌确实死于心脏病，那么家属故意隐瞒病史，也是要承担一定责任的。

据了解，“621事件”发生后，南平市第一医院泌尿外科主任胡言语在内部的总结会上提出，术前如果能对心脏问题更加重视，增加心脏彩超检查诊断，也许麻烦可以避免。

“患者家属隐瞒心脏病史，说到底还是怕花钱，因为他们在另一家医院遇到过类似的问题。”邱磷安说。没有死因鉴定之前，一切都是推测。6月26日，英国《太阳报》报道，美国传奇巨星迈克尔·杰克逊，怀疑是由于杜冷丁注射引发心脏病死亡。

杜冷丁使用说明书上同时注明：“未明确诊断的疼痛，尽可能不用本品，以免掩盖病情贻误诊治。”

有网友认为，医生给杨俊斌使用杜冷丁与该条不符，因此应该对其死亡承担一定的责任。但也有医生反对，他们认为杜冷丁用于术后止痛是符合医疗规范的，如果用量合理，即便是杜冷丁造成的死亡，也只能属于意外事件，不构成医疗事故。

“本来，出现医疗事故，首要的问题是弄清死亡原因，这既是给家属的一个交代，也有利于医生、医院、医学总结提高。但现实是，家属想的是赔偿，政府想的是稳定，真相已经变得无足轻重，纠纷的解决完全偏离法治轨道。”中国卫生法学会会员、西安某医院外科副主任医师尚进说。

信任危机

杨俊斌的儿子杨义钦至今坚持认为，他们一家人都是受害者、维权者，而不是所谓的“医闹”，“我们的人是走着进了手术室，活活被医生治死，这不是医疗事故是什么？”

杨义钦对医疗事故的朴素理解，最能代表普通老百姓的想法，但却不一定正确。《医疗事故处理条例》第二条专门对医疗事故定义：“医疗机构及其医务人员在医疗活动中，违反医疗卫生管理法律、行政法规、部门规章和诊疗护理规范、常规，过失造成患者人身损害的事故。”

“实践中，医疗事故的发生既有违背诊疗常规的错误，也有专业水平不够、技术不熟练、经验不足的过失，而且往往这两者是结合在一起，是很难截然分开的。所以是否构成医疗事故的认定，只有相关专业的医学专业人士，通过分析讨论研究才能完成。”尚进分析说。

由此能看出，构成医疗事故的前提是医院或医生有违反规范和常规的行为。对于普通人而言，自然不具备对医生行医过程是否违反规范和常规进行甄别和监督的能力，所以一旦产生医患纠纷，就需要专业的机构和专业的人员来鉴定。

我国现行的医学鉴定机构有地级市、省、全国三级医学会，但全国医学会只参与极少数影响重大、疑难病例鉴定。医学会受同级卫生行政部门领导，好多地方的医学会会长由卫生局领导兼任。有人形象地把这种同行之间、熟人之间的鉴定比为“兄弟姐妹间相互鉴定”，鉴定者会自觉不自觉站在医方。以南平市为例，医学会专家库名单中，南平市第一医院占了很大部分，如果再细分到泌尿外科，可供选择的院外专家就更少了。

“鉴定都是卫生系统的人在搞，他们和医院是一伙的。我们家属什么权利也没有，最终还不是由他们胡说？”这是杨义钦拒绝为父亲进行死亡原因鉴定的理由。虽然不一定客观，但目前的医学鉴定公信力不高，结论经常不利于患方的问题，却是社会公认的。

死者杨俊斌的妹妹杨福妹接受采访时，也表露了他们被逼而“闹”的心理。“谁不愿意好好协商，可医院根本没有诚意，他们不承认自己有问题，只会拖延时间把家属拖垮。要不是我们全村去了那么多人，我们的人不就白白死了吗？”杨福妹的这句话印证了社会上流传的“不闹不解决”。

“按说，鉴定申请一方需向医学会交纳几千元的费用，现在好多医院都愿意主动出这笔钱，把纠纷的处理纳入法治轨道，可一些患者还是不配合，他们就是不相信鉴定结论。”尚进说。

患方不愿通过法律途径解决医患纠纷的另外一个原因是，即便鉴定结论对患方有利，接下来的赔偿还会遇到很多麻烦。以患者死亡为例，按照民法相关规定，死亡赔偿金按上一年度城镇居民人均可支配收入或者农村居民人均纯收入标准，按20年计算，大多地区在20万左右。但如果按照《医疗事故处理条例》处理，患方只能获得象征性的精神损害抚慰金，一般不会超过6万元。

尚进认为，《医疗事故处理条例》在赔偿问题上，与现行民法相比存在着赔偿项目少、赔偿数额偏低等问题，这也是患方绕开合法程序而选择“医闹”的一个重要原因。

不被信仰的规则

“从杨俊斌之死可以看出，所谓的‘医闹’，既有老百姓对医学缺乏了解的问题，也有医患沟通不够的问题，但仅仅看到这些还远远不够。”有20年临床经验、代理过近百起医疗纠纷案件的尚进，一直在关注着南平事件。在他看来，“医闹”的升级，有着更深刻的原因。

“法律必须被信仰，否则它将形同虚设。”这是被法学界广为传播的美国法学家伯尔曼的一句名言。亚里士多德也说过类似的话——在法治社会，已获得普遍遵守的法律“应该本身是制定的良好的法律”。

与上述思想接近的法律专业术语是“恶法不是法（恶法非法）”。恶法是指那些不顾多数人利益，背离主流价值观和道德观的法律、法规。恶法，一定是大多数人都不愿意遵守的法律。

目前我国共有10部卫生法律、20多部卫生法规和400余部卫生行政部门规章。这些广义的法律，大多出自卫生部门，法学界把这种现象称为“部门立法”。

与“部门立法”相对应的是“开门立法”“民主立法”，就是立法过程中通过各种渠道，广泛征求民众意见，特别是要吸收利害相关人、专家学者的意见。

中国政法大学教授蔡定剑指出：“部门立法模式很容易造成‘立法自肥’现象，使得部门在法律中‘夹带私货’，以维护自己的利益和权力。”

目前，南平方面还在调查这起医患纠纷。但当地警方也有人担心，过于严苛地打击“医闹”，不但不能从根本上消除医患纠纷，还可能引发新的社会矛盾。

“从根本上治理医闹，首先要提高鉴定的公信力；另一方面医院、患方、政府，包括警方，必须强化法律意识，努力把医患纠纷的处理，回归到法治轨道上来。”尚进说。

曾经做过临床医生的北京市鼎钟律师事务所的孙万军律师，这些年一直致力于医疗事故鉴定体制研究。他认为我国现行医疗事故鉴定体制在合法性方面存在严重问题，已引起公众的强烈不满。他建议改革现行医疗事故鉴定体制，以实现社会公平正义，减少医患关系方面恶性事件的发生。

（原载《华商报》2009年7月14日，原题《医患大打出手，谁之过》）

小康乡农民为何负债累累?

【原编者按】近两年，党的农村基层组织整建工作在各级党委的重视下取得了很大的成绩，多数农村选配了一批群众基础较好能带领村民脱贫致富奔小康的好班子；去年，中央13号文件下发后，各级党委、政府普遍比较重视，农民负担有所减轻，但是时至今日仍有一些地方村干部严重脱离群众、税负层层加码，农民负担严重超过其承受能力，一些虚报的“小康村”农民不是户户有存款，而是负债累累。

1998年3月20日，记者接到来自陕西礼泉县北牌乡农民的9份情况反映材料，称他们卖苹果的钱不够交税，然后“被贷款”，日子过不下去了。

从公开的报道看，北牌乡于1996年被咸阳市授予“小康乡”荣誉称号，当年的统计的数据显示，全乡农民人均纯收入1602元，全乡完成各种税费280万元，人均向国家纳税（费）331元。

实际收入与实际税费

在北牌乡伍家庄一个自然村，记者见到的是这样一幕：一间墙根已被风雨侵蚀的土坯房，屋内放着火盆，里面燃烧着一棵苹果树根，整个屋子熏得像烟一样黑，爷孙俩围在火盆旁，爷爷的蓝色上衣又窄又旧，小孙女的上衣是红是黑分不清；地面是黄土的，坑坑洼洼，屋内无任何家具。

另一间是正房，稍微好一些，两床又薄又旧的被子在土炕上蒙着。男主人姓胡，30 多岁，身体健康。

记者问他家年产多少苹果，他指了指院子里一棵胳膊粗细已枯死的苹果树说，树根全给耗子咬断了，没有苹果。

“家里去年产多少麦子？”

“不到 2000 斤。”

“够不够吃？”

“再买点玉米，吃饭问题不大。”

“你家去年还有什么收入？”

“有啥收入，一年打几天工，给人家挖果园（松土），能赚两三百块钱。”

“家里养猪没有？”

“没粮拿啥养猪。”

“那还有没有别的收入？”

“没有。”

看来，这个自然村条件太差，也许代表不了北牌乡。

巩小泥在东牌村该算中等偏上的户子了，他家自有苹果园 1.14 亩，又承包了 2.13 亩，去年共产苹果 380 袋（其中小苹果 60 袋），每袋约 15 公斤，共 5700 公斤，苹果至今还在果窖里。

据说今年来村里买苹果的不多，啥时能卖出去还是未知数。去年冬天，苹果批发价是每公斤 0.94 元，现在按每公斤 1.40 元估价，320 袋大苹果大约能卖 6720 元钱，小苹果（8 个重 1 公斤）用来榨果汁，按每公斤 0.40 元算，能卖 360 元钱。两项合计 7080 元钱。

去年，巩小泥家共产小麦 550 公斤，每公斤按 1.52 元的市场价（以下小麦统按这个价格算）计算，折价 836 元。这样巩小泥一家去年全部收入为 7916 元。扣除承包费 1000 元，林业特产税 2900 元，化肥 800

元，农药200元以及上一年度用来交税的贷款4922.30元产生的利息878.40元，全家实际收入为2137.60元，3口人平均712.50元，林业特产税税率为48%。

南牌村的H（本人一再声明千万不能写他的真实姓名）是一个刚刚结婚的两口之家，家有苹果园2.4亩，去年收苹果300袋，约4880公斤，苹果现已卖完，每公斤售价0.84元，共卖4100元。

去年，H家产小麦225公斤，折价约342元。这样算下来，他们家的全年全部收入为4442元。扣除林业特产税1495元、买化肥400元、农药200元以及15000元贷款年利息1756.80元，全家实际收入590.20元，人均295.10元。林业特产税税率36.5%。

记者还在“小康乡”北牌公路沿线随机采访了罗家村一姓陈的农民，3口人，家里有7分果园，去年产苹果110袋（其中20袋小苹果），每袋约16.5公斤。90袋大苹果按每公斤1.80元折价（罗家村的苹果比东牌村的品质好），20袋小苹果按每公斤1.00元算，共折价3003元。去年家里卖两口生猪收入300元，小麦550公斤折价836元，这样这一家全年总收入为5139元。

扣除林业特产税1370元，化肥390元、农药70元以及3000元贷款年利息520元，这家去年的实际收入为2789元，3口人平均929元。林业特产税税率45.6%。

这样一组数字与陕西省小康村农民人均纯收入1100元（1990年不变价，约相当于现价1800元）的标准有多远？“小康乡”的农民怎么大部分有几千元不等的贷款（借款）呢？

人均纯收入的虚报浮夸，直接带来的是农民负担过重问题。记者在东牌村巩险峰家的一张农民负担明白卡上看到：1996年该户人均纯收入为1642元，人均承担村提留乡统费75.52元，占人均纯收入的4.6%。4.6%显然符合中央规定的5%以内的允许范围，问题就出在这个虚报的人均纯收入上。

这位农民说："要是给我们报上 5000 元的人均纯收入别说负担 5%，就是 3% 我们也受不了。"

白条子收费，谁要税票谁就是"抗税"

在北牌乡，家家户户都有一大堆白条子，其中收林业特产税的居多。

这些白条子一类叫"收条"，白纸上写着"收到 × 人 × 年林特产税 ×× 元，收款人 ×××（村干部），× 年 × 月 × 日"。

第二类叫"×× 村收入凭证"，表格形式，内容与第一类相似，落款是"×× 村民委员会（公章）"。

第三类是统一税票，为数很少，村民们说是最近听说上级来查账时临时补的。

1997 年农历九月初八，东牌村村民巩小泥带着 2800 元钱到本村村委会副主任巩交运家交林业特产税。巩小泥说，钱带来了，但我这回要正式税票，不要白条子。

巩交运说没有税票。

"没有税票凭什么跟我要税？"巩小泥开始反抗。

巩交运头一次遇到这样"不配合"的人，非常气恼。

走出巩交运家院子的巩小泥被一声喝住："今天治不了你的病才怪呢！"

巩交运一伙人扑上来拳打脚踢，直打得巩小泥满头满脸都是血，此后，村干部又用三轮车把巩小泥拉到乡上，还说巩小泥抗税打人。

巩小泥在乡政府被关了 7 个小时，被手枪、手铐威胁之后又坐上乡治安办的"警车"拉到村里游行示众，乡长王某坐在后面的轿车上，大喇叭里通报着巩小泥"抗税打人"的事件。

然而事情还未了结，巩小泥又被承认"打人"并给村委会副主任巩交运赔了 100 的医疗费事情才算了结。

时间已经过去半年多了，身材矮小的小巩谈起此事就全身颤抖，眼里噙满了泪水。

村医巩小荣对记者说："娃当时脸上、耳朵上有两条口子，腿一瘸一拐怪可怜的，我给他敷了药，又开了些消炎的。"

在伍家庄村民巩彦昌家里，记者见到10张欠条，其中3张是欠村支书李文秀的，共5750元，还有一张信用社的贷款凭证，数额是9000元。

这些贷款、借款的利率分别为4%、3%、2%、16.08‰不等。贷款的用途一栏分别写着"果园""买化肥""买牲口"，10张欠条总额是14600元。

"你贷这么多款都干啥事了？"

"大多是交不起林业特产税和修路摊派款被村里转到信用社的。"

"这么说不是你主动、自愿贷的款？"

"人家给我把税缴了，把贷款条子交给我。"

巩彦昌介绍说，伍家庄是北牌乡"小康示范村"，现全村欠信用社贷款16万元，加上私人高利贷不下40万元，大多是"被贷款"，就是交不起林业特产税和集资款由收款方（村委会）替他们贷的。

据巩彦昌讲，他这14600块钱的欠款很多是利滚利吃下的，有一笔837块钱的欠款，巩彦昌至今不认账。这笔钱是村支书李文秀为了给巩彦昌找贷款抵押请客吃饭花费的。

巩彦昌说："我从未让支书给我找贷款抵押，再说他请客花了837块钱让我付，要是花上8300块钱我也认这个账吗？"

不管巩彦目认不认，反正这笔款已经写进了巩彦昌贷款的凭证。

55岁入党的村支书

在北牌乡，要找哪个村的支书、主任，不用打听，只要找村里最好的房子，准没错。

记者在北牌乡南牌村采访结束准备返回时，一位妇女突然慌慌张张地挡住了我们的车，再三叮咛，千万不要写她的姓名，让村主任知道她就没法过了。

此前，西安一家报社的记者郭某回北牌乡新坡村探亲，乡亲们一听说他回来，纷纷拿着反映材料找郭某，希望他能为家乡父老乡亲说句公道话，不料郭某回城第二天，新坡村支书郑世芳和他手持斧头、菜刀的两个子气势汹汹地闯进郭某家里，威吓他的父亲："你这个外来户，你有几个记者儿子？我把他杀掉看你还有没有了？"

说着，郑支书的二儿子用斧头在郭家的柜子上砸开拳大小两个洞。

1996 年 3 月 18 日，郑世芳借口说乡政府征收修路款，向村民每人强行征收 379 元，全村共收 15 万元。

事实上，这笔款乡政府是在同年 7 月才征收的，且每人征收额是 160 元。

事情暴露后，村民到乡上反映情况，乡上要求村里退还多征的部分，可至今分文未退。村民们质问，这些钱（约 10 万元）哪里去了？

新坡村是一个仅有 400 口人的小山村，郑世芳当支书期间，仅 1996 年张榜公布的账目中，一年的招待费就达 28000 元，还有管饭费 8000 元，车费 6000 元，3 项总计 42000 元。也就是说新坡村农民平均每人每年要拿出 100 元供村干部郑世芳等人使用。

郑世芳何许人也？他的入党介绍人说：1994 年 7 月，55 岁的郑世芳申请入党，第二年预备期满转正后即任新坡村支书。

记者问这位入党介绍人："既然你了解他的底细，为何介绍他入党？"

"他找我介绍，我不敢惹他。"

"那你认为乡上为什么要让他当支书？"

"人厉害，村里人都怕他，别人要不下的钱，他能要下。跟人家一比，我就想退党。"

这位老党员的一句话道出了用人的秘诀。

在东牌村，群众讲了这样一件事：村主任巩乃岗的麦草着火（不排除有人放火），村集体财产给他赔偿了500元；巩乃岗家里的一条大狼狗死了，巩乃岗说是给人毒死的，村集体财产给他赔偿300元。

巩乃岗的解释是，他做工作得罪了人，村民报复他，当然得村上赔。

在北牌乡采访完之后后，记者看到了本省其他媒体的两篇文章。其中《陕西 ×× 报》用一个整版的篇幅刊登了题目为《礼泉县北牌乡致富奔小康纪实》的文章，现将该文最后两段转载如下：

是啊，为了北牌人的富裕，为了北牌人的幸福，乡全体干部把青春年华倾注在北牌这块热土上。就在告别北牌乡时，乡长王光年悄悄告诉我："县上推荐韩 ×× 书记到省党校学习，可他硬是让给了别人……"

多好的干部，真是人民的公仆。难怪北牌群众说："没有这些好干部北牌人民不会有今天的好日子！"

另一篇是去年10月份《成阳 × 报》题为《严格执行税法全面落实政策——礼泉县征收农业特产税落实政策》的一条消息，全文如下：

礼泉县在农业特产税征收过程中，严格执行税收征管法，全面落实中央政策规定，农业特产税征收工作进展顺利。目前，全县已征收农业特产税1000多万元。

礼泉县农业特产税收入占全县财政收入的78%以上，今年，在果品生产遭受严重旱灾的情况下，为了确保财政收入的完成，这个县首先抓了有关政策的学习宣传和落实工作，正确处理了减轻农民负担与征收农业特产税的关系。县政府常务会议决定，将全县农业特产税征收任务调减500万元，以其他收入弥补农业特产税的减收。同时，县、乡、村三级组织召开了农业特产税征收动员会。县上还规定，乡镇分配各村的任务须报经县政府审批，村上分配各户的税额要报乡政府批准，并要求在征收中做到"三公开、三不准"，即税收任务公开，挂果面积公开、亩均税负公开；不准层层加大税收任务，不准打骂群众，不准派出所、综合治理办参与收税。要坚决做到依法治税，依率计征，不征过头税，不收人情税。

据悉，县委、县政府决心奋战两个月，赶在11月底全面完成4207万元的农业特产税征收任务。

（原载《各界导报》1998年3月27日，本文获1998年度“陕西新闻奖”二等奖，葛华蓉对本文亦有贡献）

附：

《小康乡农民为何负债累累？》一文引起强烈反响 礼泉县北牌乡书记乡长被免职

本报讯 3月27日，本报头版头条刊发《小康乡农民为何负债累累？》之后，引起社会各界强烈反响，在陕西省、咸阳市、礼泉县三级领导的重视下，北牌乡党委书记韩某、乡长王某已被免职。目前，当地纪检、审计等有关部门正在进一步调查此事。

（原载《各界导报》1998年4月5日）

第五部分

众　生

京城流浪女李丽云的非正常死亡

眼睁睁看着即将分娩的女友李丽云倒在病床上，只念过一年初中的肖志军坚持要求“药物治疗”而拒不同意手术。

李丽云最终没有走出医院。面对一条生命的逝去，人们不惮恶意猜测这个男子的蠢笨和责任心缺失，有人甚至认为他是过失“杀人”。可是当我们把审视的目光移开那所出事的医院，去洞察草根阶层的爱情婚姻和生存梦想时，则完全是另外一种感受——

40 岁出头得李旭光已经当了 20 多年民办教师。虽然他的工资很低，不过有妻子在广西柳州经营的小餐馆补贴，日子还算能过得下去。最让他自豪的是，他的两个孩子进了当地重点中学，他觉得这与自己教育有方分不开。

当然，李旭光也有烦恼的时候，那就是他的大女儿李丽云——李旭光有 4 个孩子。

3 年前的一天，19 岁的李丽云被父亲训斥一顿后离家出走，至今没有回家。这还不说，最近几个月，这个出走的女儿不停地向家里要钱。

“一定要把坏人抓住”

“呜——呜呜——你是李旭光吗？”11 月 22 日黄昏时分，刚刚从湖南省邵阳县黄莉乡一所小学回到家里的李晓光突然接到一个陌生男子带着抽泣的电话。

“你是谁？”

“你女儿死在北京一家医院了！呜——呜——”边哭边喊叫着说完这几个字后，这名陌生男子挂了电话。

李旭光顿时感到不安。但他首先想到的是自己女儿被人挟持了，对方是一个骗子。至于死，李旭光不相信，因为前一天女儿还给家里打电话要钱，说自己有点感冒要钱看病。

很快，李旭光远在柳州的妻子李小娥也接到了同样的电话。夫妻俩商量后决定，由李小娥先去北京探探情况。定下自己要到北京见女儿后，李小娥又专门去商店给女儿买了两条牛仔裤，她心想女儿一定会很喜欢这些漂亮的新衣服。

“到北京，你先报警，一定要把坏人抓住。”临走前，李旭光再次叮咛妻子。

上了柳州开往北京的 K158 次列车，李小娥越想那个陌生男子的电话越感到害怕，就自个哭起来。想到 3 年来没有见到女儿，想到女儿几个月前寄回来的一张衣衫破旧的照片，她越哭越伤心。

车厢内发生的这一幕，被巡逻的乘警发现了。乘警走到李小娥跟前，问她遇到了什么事。李小娥把接到陌生男子电话的事向乘警叙述了一遍。

“要么遇到了坏人，要么女儿真的死了。”说到这里，李小娥又一次泣不成声。

乘警劝她先不哭，他可以帮她抓坏人。

23 日凌晨，列车驶入河北境内，再有几个小时就到要北京了。

李小娥按照乘警的安排主动打通了那名陌生男子的手机，报了自己到站的时间并提出要对方来北京西站接她。因为双方没有见过面，李小娥告诉对方，自己带了一个橘红色的提包。

23日早6时10分，K158次列车准时停在北京西客站。火车站出口处，一个胡子拉碴、看上去有三四十岁的男子朝李小娥走过来。这时，紧随李小娥身后的身着便衣的乘警一个箭步冲上去扭住这个的男子的胳膊。

“不许动！我是警察。”

“老天啊！是医院害了我的老婆——”惊惧瞬间后，男子大哭起来。

“走，到派出所去！”

李小娥一边哭一边走路，一边用自己提包不停地摔打着这名已被警察控制的男子。到北京西站派出所后，警察先制止了李小娥，问她怎么回事。

就在这时，李小娥听到另一名正在看报的警察说：“这个人上报纸了。”

李小娥斜过眼睛想看看报上登的究竟是什么，结果对方故意把报纸往回收了一些，并用一种异样的眼光看着她。

对方越是不想让李小娥看到什么，李小娥越想看。她索性凑到那人跟前，眼前两个大黑字瞬间让他感到天昏地暗——“死亡”。

“女儿啊，一个多好的女儿啊，你好可怜啊！你怎么会跟一个叫花子呢？”李小娥一遍一遍地哭。

原来，眼前这个“叫花子”就是自己的“准女婿”，他叫肖志军。因为肖志军拒绝同意剖宫产手术，李小娥的女儿李丽云活生生地死在病床上，还带走了一个尚未出世的孩子。

李小娥不知道自己是怎么走出派出所的，她也不知道自己要到哪里，只是本能地跟着那位陌生男子往前走，朝着出事的医院。

“你这个叫花子，告诉我，你是怎么骗走我女儿的……”一路上，李小娥边哭边追打着这个他根本看不上眼的“女婿”。

肖志军不回答“岳母”的问题。面对“岳母”的追打，他也不躲闪，只是抱着头，偶尔咧着嘴哭喊两声：“老天啊，是医院害了我的老婆，我真不该去这个医院……”

流浪女看病

肖志军是11月21日下午带李丽云到北京朝阳医院京西院区看病的。

3天前，李丽云自觉患了感冒，咳嗽得很厉害。因为当时两人手里没有一分钱，未及时看。

20日晚，李丽云给远在柳州的母亲打电话，说自己得了感冒没钱看，要妈妈寄200块钱过来。

事后，李小娥说自己手头也没钱，就借了100元钱于21日上午及时汇出。李丽云收到这笔钱后还专门给母亲回了电话，并称自己马上就去医院。

取了这100元钱，肖志军带着李丽云来到北京市济润中西医诊所。诊所医生一看李丽云咳嗽严重且怀有身孕，建议他到呼吸科比较有名的北京朝阳医院京西院区看。这是一家三级甲等综合性医院，属北京市卫生局管辖，其前身是中国铁道建筑总公司所属中铁建总医院。

到了医院，肖志军花4元钱挂了一个呼吸科的号。呼吸科的医生检查后把她推到妇产科。

“我就是来给她看感冒的，为什么要到妇产科？咳嗽治好了，孩子自己会生。”见到所有记者，肖志军都要重复这句话。

医生说，李丽云已经临产，且感染了严重的肺炎，伴有心肺功能衰竭，要立即施剖宫产手术。

准备好了手术同意书，主治医生让肖志军签字。肖志军还是那句话：“我是来看感冒的。”

肖志军一再强调自己不签字是因为医生“治病的方法不对”。他说，李丽云一进去妇产科，医生不给打吊针输液治咳嗽，大冬天却要脱光她的衣服，连胸罩、内裤都脱光了，让她在床上发抖，还不让她盖被子；李丽云要喝开水，医生不让她喝……

“我是来看感冒的，可医院硬说我是来生孩子的，还是难产，道理说不过去。那么冷的天，她是一个感冒的人被脱光衣服，哪有这么治病的？”

肖志军说，他发现医院治疗方法不对后，还和李丽云商量。他不签字，既是自己的意思，也是李丽云的意思。

“当时李丽云还清醒，她对我说，要是医生治疗的方法是对的，就应该让她减轻病情，可她感觉越来越不好了。”

李丽云本人也不同意手术的说法得到了京西院区副院长赵立强的证实。赵立强称当时院方在征求李丽云的意见时，李丽云看了看肖志军摇头了。

“他们要谋杀我老婆，我就是不签字。如果签了，他们就可以名正言顺把我老婆整死。我想，只要我不签字，他们应该不敢往死里整。”

肖志军坚信，医院一直在谋杀自己的女友李丽云。支撑他这一观点的还有，医生多次压按李丽云的肚子。

“他们一直在她肚子上按，老婆被按得嘴里吐血，这是我亲眼看到的。她怀孕了，能受得了那样按？这不是谋害是什么？”

关于压肚子，院方事后解释说那是因为李丽云呼吸衰竭，医生在做心肺复苏抢救。

京西院区产科保洁员詹女士回忆说，当天下午 4 时 30 分左右，李丽云在产科病房内不停呻吟。她问李丽云，你丈夫为什么不签字，她说，他没钱。

究竟为何不签字同意手术，肖志军自己的说法也有很多。在病房里，他还向医生说过自己顾虑之一，害怕老婆剖宫产后不能生二胎。当“岳母”在北京西客站质问他为什么不签字救人的时候，他说他当时以为只是感冒，没有到死的程度，也不需要手术，因为头一天李丽云还跟他一起给饭店洗碗。他想，医生说不做手术会死人是吓唬他的，现在也很后悔。

李丽云的状况不断恶化，同室的病友们实在不忍心看下去。住同一病室的《检察日报》记者吕卫红称，21 日下午 5 时 30 分许，她坐到肖志军旁边，拍着肩膀对他说，如果李丽云不马上做手术，就活不成了。肖志军听后无动于衷，没有说话。为了让肖志军同意签字，她和其他病人家属向肖志军承诺，如果他签字同意李丽云做手术，就给他 1 万元钱。肖志军还是不同意，他一再强调妻子只是感冒，好了后就会自己生孩子了。

此时，李丽云出现昏迷。院方怀疑肖志军是不是李丽云的丈夫，在抢救的同时，向警方报了案。派出所民警赶来核对肖志军和李丽云的身份后，认为双方存在夫妻关系。

医院还怀疑肖志军是不是有精神障碍，当即请来本院的精神科医生对肖志军进行简单测试，结果表明正常。

6 时许，肖志军在手术同意书上写上了："坚持用药治疗，坚持不做剖腹手术，后果自负。" 7 时 20 分许，医院宣布李丽云死亡。

"你不签字与自己没钱有关系吗？"

"有的。"李丽云死后，肖志军在接受《华商报》采访时说。

"不是有人说只要你签字同意手术就给你 1 万元钱吗？"

"我以为他们是开玩笑的。人家凭什么给我 1 万块钱。"

当时因陪护妻子吕卫红和李丽云在同一病室的律师贺维彤亲眼见证了当日经过。

"医生劝她，病友也劝他赶快签字救人，可他面无表情，多数情况下一言不发。没钱肯定是他不签字的一个因素，感觉他有点小聪明。"贺维彤说。

李丽云死后，医院一直强调他们是依法行医，没有任何责任。"患者家属签字拒绝手术，我们是没有任何权利强制治疗的。"医院法律顾问胡文中说。

肖志军表示，他要告这家医院，因为他签字要求"坚持用药治疗"，可是医院从李丽云入院到昏迷前，根本就没有针对肺炎进行药物治疗，只是催着说要做手术。

在 11 月 26 日院方公开与媒体记者的见面会上，当问到李丽云的死与没钱有无关系时，副院长赵立强说："她办的是欠费入院手续，当时只要他签字同意手术，一分钱不交。我当了 20 多年医生，从没遇到过这样的事情。”

赵立强强调这是一个特例，与医疗制度无关，其背景是医患关系不和谐。

“你是怎么骗走我女儿的”

李丽云死后，母亲李小娥向院方提出的第一个质疑是，医生决定手术前为何不与李丽云的父母联系，而要由肖志军这个“外人”做主。她一直不承认有肖志军这个“女婿”，多次质问肖志军，“你是怎么把我女儿骗走的”。不过肖志军在提到李丽云时，总要加上“我老婆”这个称呼。

肖志军说他和李丽云认识是一种缘分，而且是他给了李丽云活下去的理由。

“她认识我以前人生没有一个方向，经常想到死。遇到我以后，再大的困难面前，她也不会死了。她死了后，我不是去死，就是到深山老林做隐士。”

那是2004年8月的一天，19岁的李丽云因扫地扫得不干净被父亲训斥，一气之下她离家出走，带着12元钱只身一人来到湖南郴州。李丽云的父亲不承认女儿是“出走”，因为他觉得女儿和自己发生的只是一个小矛盾。

不过妻子李小娥眼里，父女两人的矛盾由来已久。“她从小爱唱歌跳舞，大家都夸她，说长大了要当演员。”李小娥说。

初中毕业时，李旭光希望自己的女儿考师范学校，将来在村里当个教师。在他看来，一个女孩子当老师是不错的职业。可是李丽云偏偏不听，那时她一心想当演员，所以上了电影学校。父女俩从此有了结怨。

在电影学校读了一年后，李丽云听老师说，电影学校培养的是初级人才，要想当演员必须到北京的大学里学习几年，费用是十几万。

李丽云知道自己的家底，感觉这条路已经没有希望，就退学了。此后，她又上了一个模具学校，结业后到广东找工作，但没有找到。

李丽云上学花了几万元钱却找不到工作，这让父亲更埋怨她当初不听自己选择师范学校。而这时的李丽云也感觉事事不顺，特郁闷。有扫地扫不干净这根导火索，李丽云出走了。

流浪不到两天时间，身上所带的12元钱花完。李丽云开始饿肚子，这时她想到了死。

站在郴州一座公路铁路立交桥上，她越哭越伤心……就在她一步步向桥边缘走去的时候，一个过路的男子从后面衣襟上拉住她，这个男子就是肖志军。

“千万不敢胡来，生命最重要。”听说李丽云身上没有一分钱，肖志军安慰一番后，还从口袋里掏出几百元钱塞给李丽云，就走了。

“我往前走了几步后回头看她，结果发现她追了上来。她说给她那些钱会用完，她还是活不下去，我说那你就跟着大哥吧。”

肖志军称当时她和李丽云以兄妹相称，住店也是开两间房子。后来，考虑到节约就住一个房子，各自睡各自的床，正式做夫妻是从2005年初开始的。

从2004年8月到2006年11月，肖志军带着李丽云先后在湖南郴州、资兴、邵阳、长沙，广西柳州、湖北武汉等城市漂泊。有时，他也找工作干干，像搬运，挣几个饭钱。这期间，肖志军更多的是吃老本——工厂买断工龄发给他的一笔钱。

肖志军上到初二的时候辍学，顶替父亲在资兴一家刨花板厂当了工人。干了十多年后，刨花板厂倒闭，肖志军买断工龄，工厂付给他16000元。

肖志军的父亲肖家善说，拿到这笔钱的时候，家里希望他能交一点，但肖志军不同意，他说要用这些钱买个官做，实现自己的理想。

也许是跟着肖志军漂泊两年的日子有点腻烦，李丽云提议两人到北京去闯一闯。她认为，在大城市，工作好找。还有，她也很想去看看天安门。

初到北京，肖志军和李丽云租住在丰台区一个叫辛庄的村子。那是一间不到 10 平方米的民房，房租每月 70 元。在辛庄大约住了 4 个月，肖志军和李丽云一直没有找到工作。肖志军买断工龄那笔钱已经花完，吃饭成了最大的问题。

肖志军想如果和自己家里要，父母肯定是不给的。再说，李丽云的家庭条件要比自己强，所以他想让李丽云和家里要。

李丽云给家里打通电话后说，自己在北京被一个好心人收留了，现在这个好心人出学费供自己上学，家里如果能给她寄些生活费，她就能把学上完。

李丽云的母亲李小娥对这个“好心人”有点不放心，可女儿在电话里说自己现在上学上得很好，父母不要操心，只要给生活费就行。

李小娥最终还是给女儿寄出了生活费。不过她预算得很严格，每月 400 元，分 4 次寄出。

“我们也不想让她父母养着，可是我们找不到工作，有时是干了活，老板不给钱。”肖志军说。

流浪女不归路

2007 年 4 月，肖志军搬了一次家，从丰台区的辛庄搬到石景山区的衙门口。这里的房租要比辛庄贵一些，每月房租 160 元，另加水电费 6 元。但他想这里比辛庄繁华，找工作应该能容易些。

不多久，肖志军找到一份保安的工作。可上岗后他才发现，保安是要 24 小时轮流值班的，这意味着他要把李丽云一个人留在家里。他不忍心这样做，李丽云也不同意，这份工作就黄了。

见肖志军找工作难，李丽云主动提出自己去找工作，因为自己的文化程度比肖志军强，再说搞服务业女的有优势。李丽云找到一份收货员的工作，她也没干多久就辞了。

肖志军说，那时老婆已经怀孕了，他怕影响了孩子。

李丽云的肚子一天天长大，房租也增加了，可两人工作找不到，岳母寄来的钱还是每周 100 元，日子似乎越过越难，最重要的是生孩子的费用哪里来。

肖志军也想到回湖南老家，可是他当时拿着 16000 元买断工龄的钱离家的时候是有雄心壮志，要实现理想的，现在以一个穷光蛋的身份回家，他不甘心。

他先给家里打电话，说自己的老婆要生孩子了，给寄点钱吧。结果这条路没有走通。

事后，肖志军的父亲肖家善接受采访时说："我们在山区，哪里有钱啊。"这时肖志军的母亲抢过电话说："他结婚也不打个电话。他说他老婆怀孕了，我让他老婆打过电话来，也没打，谁知道他说的是真是假。"

父母拒绝后，肖志军又想到他的姐夫。他打电话说要借 3000 元钱生孩子，结果又被姐夫拒绝了。

亲人不给借，肖志军也想到银行。他拨通北京一家银行的电话，说自己想贷款。对方问他有没有房产证抵押，他说没有。对方又问他有没有人担保，他说没有。银行告诉他，像他这样的情况，不能贷款。

一天，肖志军在报纸上看到一个市长热线，他打过去说自己老婆怀孕了，没钱生孩子，希望市长帮助他。市长热线告诉他，到所在地居委会求助。

11 月 2 日，肖志军来到附近一个居委会，说明来意。居委会一个领导问他，有没有结婚证？他说没有。有没有准生证？没有。领导说，这个条件不符合要求。

居委会叫来石景山公安分局鲁谷派出所民警。民警把肖志军和李丽云送到石景山区社会救助管理站。

在救助站住了一夜，肖志军说自己要回老家，没钱，希望救助站能给他买张车票。救助站说饭可以给他吃，买票不符合条件。肖志军说，那把媳妇留在这里，他自己出去打工挣钱行不行？救助站告诉他，他要走必须把媳妇带走。

石景山区社会救助管理站救助登记表上“流浪乞讨时间、原因及经过”一栏记录显示肖志军和李丽云：“来京打工，因妻子怀孕无分娩条件，自身无力解决食宿，由民警护送来救助站”；离站去向是“经核实，原籍家庭有经济条件，站内拒绝提供车票。自行要求离站打工返回原籍”。

“像他这种不病不傻，自身完全有行为能力，家庭也有经济条件帮助的，却平白无故向国家伸手，我们是很反感的。”石景山区社会救助管理站站长李新说。

李新表示，救助站发放车票是比较严格的，因为以前媒体曝光有人利用救助站提供的车票旅游，还有人拿着救助站给的车票倒卖。

从救助站出来后，肖志军带着李丽云在街头过了两夜。在北京，肖志军和李丽云睡了多少次马路，肖志军说已经记不清了。只是这次北京已进入冬季，两人为了避风，没有直接睡在草坪上，所以跑到北京朝阳医院京西院区的走廊里相拥而泣——只有这个陌生人多的地方才不会被人撵走。李丽云大概不会想到，半个多月后，这里居然成了她生命的终点。

“我们边哭边说，我恨有千里马没有伯乐，她恨父母寄的钱少。但是我们都不后悔走到一起，有时我们连续饿几天肚子也不会想到死，我们有精神食粮，我们有理想。”

肖志军说的这个理想很大，他一直认为自己熟读孔孟，水平相当于教授，有治国安邦的大才。

“孔子主要讲什么呢？”记者问。

“坐了天下要为老百姓着想，仁字摆在第一。”

“你老婆支持你吗？”

“她说我想的不是个人，而是天下老百姓。她愿意辅佐我实现理想。”

天亮了。肖志军夫妇不得不把远大理想先放在一边，现在他们身上只有10元钱了。

肖志军发誓要找到一份工作，哪怕做牛做马都行。

他决定去饭店当洗碗工，一来那里可以提供食宿，免得让身怀六甲的女友跟着自己睡马路；二来这样的工作只要肯吃苦，他能胜任。

“你就说你当过村长，这样容易被看上。”在北京朝阳医院京西院区的走廊里，李丽云给肖志军出点子。

“那说假话不是不对吗？”

“保住命才是对的。”说完这句话后，李丽云又一次哭了。

肖志军带着李丽云来到一家名叫伍福家和的小饭店。他问老板这里要不要洗碗工。老板说不要。肖志军说自己当过村长，字也写得好，只要饭店肯要他俩，包吃住不挣钱也行。

老板问他，女的和他什么关系。肖志军说，兄妹关系，同父异母。肖志军知道如果说夫妻关系，人家可能不会用他，因为饭店的员工都住集体宿舍。

老板问李丽云是不是怀孕了。李丽云说没有，自己一直就这么胖。

肖志军顺便要了一碗 6 块钱的清汤面。这份面基本上是给李丽云吃的，他只喝了两口汤。

“他们当时把葱花都吃了，一看就是处于饥饿状态的人。我当时有点动了恻隐之心，就对他们说，明天再说吧。”伍福家和女老板杨海宏说。

第二天，肖志军和李丽云拎着两个包径自来到这家饭店。老板杨海宏一看两人这么执着，相信他们一定会珍惜这份工作，就答应录用了他俩，工资第一个月每人 700 元，以后 800 元。

“活干得没得说。后来出事后，我们才知道他们是夫妻。回过头来看，他对老婆挺照顾，李丽云的碗都是他洗，每天晚上还给李丽云端洗脚水。”杨海宏说。

干了十几天后，李丽云不幸患了感冒，不停地咳嗽。

“出事前一天晚上，她几乎整夜咳，搞得我们也不能睡。当时我们劝她赶紧去医院吧，她说明天就去。”和李丽云同住一宿舍的伍福家和一名服务员说。

11 月 21 日下午，李丽云在肖志军的陪同下，拿着家里寄来的 100 元钱走进北京朝阳医院京西院区。在这里，李丽云走完了自己 22 岁的人生。

（原载《华商报》2007 年 11 月 28 日）

杀人女外逃嫁给警察，落网后自称被“命运榨成空壳”

索小利，一个杀人女逃犯，一位监狱警察之妻。

4 岁那年，疼爱她的父亲上吊死亡，母亲再婚，她渴望爱却不得不忍受家庭暴力。

17 岁时，她在舞厅当“小姐”，亲手勒死了同居男友，虽然她曾梦想和他有个家。

24 岁，逃避追捕的索小利找到真爱，嫁给一位警察，生平第一次感受到“一切都美好”的生活。

归案后，她用一句“我已是空壳，没有过去也没有未来”概括自己一生。

坐落在华阴市西郊的看守所静谧、森严。天气突然转冷，给在押人员送衣服的人陡然增多。高墙内，散见几个在院内活动的在押人员。被钢筋网罩住的牢狱内，大多数人还在休息。

索小利在狱警的陪同下从监舍里走了出来。她身着淡粉色绒睡衣、大红色棉拖鞋，个头不高、剪着短发，身材有点消瘦，看上去小巧而清秀。“我刚在休息，没来得及换衣服！”她解释。

虽然记者一再强调想与其进行一次平等的、无任何强迫意味的交流，可进入审讯室后，她还是主动拉开那个由铁栅栏围成的“在押人员专座”，一脚迈了进去。

“我们只想和你交流一下，不是审讯！你不用坐那里。”记者提醒她。

“不是礼貌，毕竟我现在是这个身份！”她腼腆地笑了笑，从栅栏里退了出来，随后双手合抱胸前，依着墙站在门口。

那些岁月不堪回首。可讲述中的索小利，却十分放松，有时还会开玩笑。她说，落网后，丈夫的承诺、多年未曾联系的妹妹的关心让她感到了爱。而爱，于她而言，却是个太沉重的字眼。

“游戏人间”

1995年夏，台湾残疾歌手郑智化的一首《游戏人间》一夜之间在潼关县城大街小巷传唱起来。音像店的“大喇叭”里整天放着：“世界太啰唆不分对和错，像我这样的老百姓谁会在乎我，有钱的当老大，没钱的难过活，就算是看不惯我又能如何……”

索小利也喜欢这首歌，并记得每句歌词。

17岁的索小利彼时在潼关县一歌舞厅当“小姐”。那时，潼关的金矿开采正值黄金期，全国各地的淘金者纷纷涌到这个小县城。但无论是从事体力劳动的淘金工人，还是从事黄金交易的商人，基本上都是男性，因此那时潼关的服务行业十分火爆。

就像歌词里所唱的：“日子怎么过快乐不快乐，像这种无聊的问题你不要问我，该来的会来该走的会走，反正都是没把握。”除了在歌舞厅当“小姐”这点不能公开的秘密，索小利的日子过得和其他女孩没什么两样。她有喜欢的男人，并梦想有个安稳的家。

那个比她大六七岁的男人姓陈，无业，偶尔给别人开车。他们在舞厅里认识不久后，便在潼关县租了一间民房同居。两人的开支基本上靠索小利供给，她将自己的戒指、耳环等全变卖了，补贴“家用”。

虽然同居，又过早地为生活疲于奔命，但17岁的索小利对爱却懵懵懂懂。她不知道什么是谈恋爱，只感觉喜欢一个人，就要对他好。“他确实对我很好，我挺感动的，我也对他很好！”虽然母亲反对，打她，骂她，可索小利依然坚持和陈某在一起。她当时并不知道他已订婚。

“我经常给他买衣服，可他什么也没给我买过。”许多年后，索小利还会抱怨。谈到和陈某同居的理由，索小利回想：“我本来就没有家嘛，想有个归宿！”

后来的一幕不堪回首。1995年8月7日晚，索小利和陈某租住的屋内，陈某喝了很多啤酒，醉酒后突然向她提出性要求，“怀孕”（索小利自称）的索小利当场拒绝，争执中，索小利拿绳子将陈某勒死。

“我也不知道当时怎么了……这么多年，我一直在想。”

一周后，陈某的母亲寻找“失踪”多日的儿子，站在儿子租住屋外，却被一股腐烂的臭味熏得心烦。撬开房门后，她惊呆了，儿子躺在床下，尸体已腐臭。

而此时，索小利已逃到了西安。“我真的没想到是那样一个结果，也不知道当时自己是怎么想的，也许是命吧。”多年以后，索小利将这一切归结为“命”。

唯一的温暖过早失去了

索小利对“命”的理解有很多巧合的东西——4岁时，她的父亲在大山里用绳子结束了自己的生命；17岁时，她用绳子结束了一个与她同居的男人的性命。

索小利老家在丹凤县土门镇祖师沟村。祖师沟位于秦岭深处的大山里，这是一个很小的村子，全村只有110口人，村里至今没有通公路。

索小利姐妹3人，她排行老二。出生后，父母希望今后再生孩子时能改变性别，所以给她取了“改洋”这个名字。

5岁以前，残留在她记忆里的东西少得可怜，几乎是从别人那里听来的只言片语。“我妈妈会裁缝，村里人的衣服都是我妈妈做的；父亲也有一技之长，村里我们家最早盖起了瓦房，墙壁刷得白白的。”

关于生父，索小利只记得温暖的一幕。

那年她 4 岁，在院子里玩。顽皮的孩子趁大人不备，扶着一堆砖头往上爬。突然，砖头哗啦一声塌了下来，砸在了她的手上，顿时血流不止。父亲闻声后立即跑了过来，没有骂她，赶紧把她的小手包扎好。

父亲当时说了什么，她已记不起来了，但那种眼神让她觉得好温暖。此后的岁月里，她记了很多年，感动了很多年。

但疼爱她的父亲后来却上吊了。

那年冬天，山里特别冷，她已经有一个多月没有见父亲了。一日，村里一个大叔跑到她家，冲着母亲便喊："×× 上吊了，在山里！"

年幼的索小利并不知道上吊是什么，死是什么，只是从那时开始，她再也没见过父亲。很多年后，她回到村子，才听人议论说，父亲死在深山里，那年山里已经下了雪，父亲用绳子吊死在一棵树上，被人发现的时候，已经过去了一个多月。

索小利的父亲去世后，母女 4 人艰难维持了几年生活，随后母亲带着 3 个女儿改嫁到山那边的另一个村里——山阳县王闫乡冷水川下村。此后 20 年，老家的村民再没有见到她们母女 4 人。

索小利出生后，从丹凤到山阳一直没有申报户口，因此她的真实年龄只能靠村民记忆。"改洋和村里另外一个孩子同年出生，她应该属马。"按照村民刘永堂的说法，索小利今年应为 28 岁。也就是说，她用绳子勒死陈某时只有 17 岁，还是一个未成年人。这一点警方也已确认。

继父与暴力

冷水川下村与祖师沟村分别属于两个不同的县，中间只隔了一座大山，山路不到 5 公里。但两村所在的乡镇公路里程则要超过百里。与祖师沟村一样，冷水川下村也是一个小山村，全村还不到 100 口人。索小利和母亲来到冷水川下村时，村里人要把养肥的猪变卖成钱，必须要 6 个小伙子抬下山。这几年，村民在陡峭的山腰上开辟了一条弯弯曲曲的小道，勉强能通过一辆农用三轮车，但胆小的司机都不敢开。

索小利的继父姓许，今年 50 多岁。邻居介绍，已过成婚年龄，老许因家贫等原因没找到媳妇，一直到 30 多岁时才遇到山那边一个姓李的寡妇（索小利的母亲）——两人很快就组合成一个新的家庭。

老许由原来 1 个人的家庭一下变成了 5 口人，日子过得紧巴，家庭矛盾自然也不少。

索小利开始目睹无休止的家庭暴力。继父打断了母亲的腿，用碗割破了母亲脚上的血管，鲜血喷出的场面吓得她不敢吱声；就连年幼的她也难逃此劫，至今，索小利的头上还留有一条很深的伤疤。

她惧怕暴力。一次放学回家，还没进家门，她便听见屋里很大的嘈杂声。她一口气跑到村子后面的山上，找来一根藤条，爬到一棵树上，把自己绑在树枝上，睡了一夜。

夜不归宿，母亲和继父居然没有找她。

审讯室的谈话突然陷入了沉重和压抑。索小利低着头，讲话虽然滔滔不绝，但似乎若有所思。

“说实话，以前我对妈妈一点都不同情，她从小就没管过我，从内心讲我有点恨她，但是后来当我有了孩子的时候，我才理解我妈妈为了我们姐妹 3 个所吃的那种苦。”

13 岁时，虽然内心很不情愿，索小利还是和村里一个男子订婚了。此后不久，她们姐妹三人就跟着母亲离开了冷水川下村，过上另外一种生活，就连继父也不知道她们去了哪里。对于索小利的印象，村民们停留在“爱穿花花绿绿的衣服，爱打扮，和别的女孩子没什么不同”的印象上。

逃亡中的快乐

叙述突然停了下来。索小利不愿提及母女 4 人来潼关以后如何生活。她说，就像歌词里所写，“酸甜苦辣尝过，人间冷暖看过，江湖的路上身不由己。”

而这些，对于只有十四五岁的索小利来说来得过早了些，在同龄的孩子还在学校读书时，她已成了一名舞厅“小姐”。在索小利眼里，周围的世界早已变成“有钱的当老大，没钱的难过活，就算是看不惯我又能如何”的惨淡境地。

但她还是觉得日子挺快乐，至少不用面对继父的暴力了。她说，能吃饱肚子就好。

杀死同居男友后，索小利逃到西安。在那里，她开过餐馆、美容院，卖过服装、开过出租车，有当小老板的经历，更多的时候是给别人打工，但都不怎么顺利。

“要说那时，心里没事是骗人的。”索小利说。她喜欢开出租车，只有开车的时候最快乐，但她开出租车的经历也只持续了两个月，原因是出过两次事故。医生查出，她的大脑先天性缺氧，会突然间脑子一片空白，失去意识，不适合开车。

逃亡的日子，索小利交了几个知心的朋友。她觉得，有些话即使是家人也不能说的，但可以告诉朋友。时常，她拨通朋友的电话，聊上一个多小时，排遣心中的郁闷。

但是，杀人的那个场面还是时常出现在她的脑海里，她拼命地看小说。她最喜欢看武侠小说，尤其是金庸的，几乎全看了，“每次看的时候，我好像完全投入进去了，是书中的一个人物，体会到他们的悲欢离合，喜怒哀乐……”

在西安躲避了一年多，索小利改名换姓又回到了潼关。

“最幸福的时候 想到离婚”

还是在潼关，她结识了现在的丈夫赵某。赵某是湖南某监狱的一名狱警。那年头，公务员流行“下海”，赵某向单位请了长假，来潼关做生意，主要是收购“金渣”（纯度较低的黄金）。

实际上，赵某在湖南已有妻室，还生养了一个女儿，后来两人离了婚。大约1999年底，索小利被赵某带回湖南同居。2002年4月，索小利怀有身孕，随后他们结婚，不久便生下一男孩。结婚时，索小利并没考虑到自己还有案在身，婚后生活也幸福；而赵某也未曾想到，自己从外地带回的媳妇是一个身负命案的在逃犯罪嫌疑人。

“赵某和前妻离婚，与你的出现有没有关系？”

“没有，他是那种传统男人。”

“和你丈夫的前妻比，你俩谁更漂亮？”

停顿了半天后，索小利说：“她挺漂亮的，个头比我高，皮肤也白白的。”

“她恨你不？”

“可能恨吧，他们离婚后，我去见过她；也可能不恨吧……”

婚后，索小利的心里并不轻松，她似乎在担心，幸福的日子过得太久，如果有一天真相大白、不得不分开的时候，给丈夫的打击和伤痛会愈深，她不愿意这样。

她向丈夫提出了离婚，但丈夫问理由时，她却难以启齿，只好作罢。面对仅有3岁的儿子，她心软了。

而警方在网上的追捕并没有因为时间的消磨而减弱，索小利感觉“累了”。而她忍耐了很多年，终于和妹妹通了一次电话，那个电话也给警方追查留下了线索。

2006年，警方的追查一步步逼近索小利。潼关警方突然得知，“索小利逃至湖南，并嫁给当地一个姓赵的民警”。

警察从湖南调集足足半尺厚的可疑通讯记录，从中又发现一个可疑电话号码——这个号码多次拨打位于湖南某监狱的一部电话，登记机主正好姓赵。

而此时，索小利早已闻风逃到了西安。一周后，觉得“累了”的她终于向警方屈服。

“我太累了，想静静死去”

2006年7月下旬的一天，潼关县一宾馆客房内。索小利洗过澡，洗了换下来的内衣，换上新衣服；确认写给丈夫的长信已寄出，那封信里，她吐露真情，诉说了自己当初隐瞒“逃犯”身份的实情，希望丈夫原谅。

而后，她将一瓶280克的“3911”（农药）喝下，并拨通了警方的电话，气息微弱，“我杀了人，我要自首！”随即挂断了电话。

警察到时索小利已昏迷。

喝药那一刻，她啥也没想，只觉得太累了，想静静地死去，她也不想逃避。

“如果我要是想逃避的话，我可以把手机扔掉，不和任何人联系，用个假名，你们（指警察）还是找不到我的。但是我没有这样做，我是觉得累了……”

索小利没有死。住院抢救期间，身为狱警的丈夫赵某来到她的病床前，当着民警的面对她说：“不要做傻事，我等你出来……”

事后，想起这些话，索小利流露出难以言表的感动。此后，她和丈夫通过一次电话：“对不起，这么多年没坦白实情。”藏在心里多年的一句话终于说了出来，她突然觉得如释重负。

“开庭审判那一天，你希望丈夫来吗？”

“我很矛盾，还是不希望让他来，毕竟这个事情跟他没关系，我不想因为这事情给他带来麻烦。”

“他不是说要等你吗？”

“我现在没有权利说人家怎么怎么的，毕竟我跟他结婚的时候，他不知道这些事。”

看得出，她对丈夫满怀爱意。

“我已经上报纸了，我觉得你们的一句话两句话对我来说很重要……他不知情，而我欠他的太多了，也许将来我还可以弥补，但是，我怕再报道后，我连弥补的机会都没有了。”

在看守所，潼关县居住的妹妹每周过来看索小利一次，她觉得心里暖暖的，“小时候没觉得，这么多年没联系，她突然对我这么好，真的很难受。”也许是亲人们迟到的爱在温暖着她，索小利开始悔过。

可一切已太迟了。

（原载《华商报》2006 年 11 月 29 日）

附：

“坐台小姐”身负命案嫁警察　逃窜 11 年后落法网

本报渭南讯　潼关县破获一起 11 年前的命案——一名“坐台小姐”将同居的男友杀害后与一位湖南籍司法警察组成家庭，没想到逃窜 11 年后最终还是落入法网。

“坐台小姐”杀人后“人间蒸发”

1995 年 8 月，潼关县一青年男子陈某被人用绳子勒死在家中，与其同居的在潼关县“坐台”的索小利有重大嫌疑。

索小利原名索改洋，陕西丹凤县人。幼年丧父后，索小利随改嫁的母亲来到山阳县一个邻村。从出生到事发前，索小利一直没有登记户籍，属于“黑户”。长大后，她以外出打工的名义来到潼关县金矿区内当“坐台小姐”。案发后的十多年里，潼关县公安局组织警力多次赴陕西山阳、丹凤、西安以及湖北、河南等地追捕，但索小利却如同“人间蒸发”。

群众举报“坐台小姐”逃至湖南

今年7月上旬，潼关县公安局接到一条重要线索，称“杀人疑犯索小利可能逃至湖南，并嫁给当地一个民警”。7月11日，民警赶往湖南，经多方调查，找到一名与索小利的照片“貌似一人”、即将临产的女子。该女子自称叫“李小红”，说自己有一个妹妹“李小侠”嫁到潼关县。后被证实，此人是索小红，索小利的姐姐。民警从索小红那里得到线索后，直奔湖南湘南监狱找到了索小利的丈夫赵某。

赵某现在湖南某监狱工作，身份为司法民警。他对办案民警讲，他和索小利结婚时并不知道她有命案在身。

女疑犯与司法警察结婚生子

据介绍，1998年前后，赵某在监狱请了假，来到潼关县太要镇做生意——主要是收购“金渣”。索小利有一个姐姐，丈夫是湖南人，也在潼关县做生意。赵某说，他是通过老乡（索小利的姐夫）介绍认识索小利的。认识索小利前，赵某在湖南已有妻室，但赵某觉得他和索小利很谈得来，两人经常用传呼机联系。1999年6月，赵某与妻子离了婚。1999年底，索小利被赵某带回湖南，两人同居。到2002年4月，因为索小利已经怀有身孕，赵某与索小利匆匆结婚，不久生下一男孩。

办案民警说明情况后，赵某十分配合办案，主动向民警提供了索小利的联系方式，但称其自7月12日离家后已经不知去向。根据索小利打电话的记录，民警分析索小利于7月12日可能逃往西安，并与以前认识的一个男性“朋友”在一起。在省公安厅的大力支持协助下，办案民警很快找到了“朋友”为索小利在西安租住的民房，但没有发现索小利本人。

服毒后，她主动给警察打电话

7月19日，潼关县公安局一位民警突然接到一名陌生女子的电话，说她喝农药了。民警根据电话找到该女子住宿的宾馆。

“一到门口，我们就闻到一股强烈的农药味。当时，政委朱勇自己用车把犯罪嫌疑人索小利拉到医院进行紧急抢救。”办案民警说。

索小利在强大的追捕压力下，于当日下午5时左右来到潼关，用名叫“徐小利”的驾照登记住进一家宾馆。

民警从现场分析，索小利服毒前先洗了澡，还洗了内衣。她服的是剧毒农药“3911”（甲伴磷乳油），一瓶280克的农药全部被她喝完。民警还在她的包里发现10包名叫“鼠克”的毒药。

服下农药后，索小利通过114查到了潼关县公安局的电话。由于抢救及时，索小利现已脱离生命危险。

目前，审讯工作还在进行中。

（原载《华商报》2006年8月2日）

"昝老师"的狱中日记

"花罪"是什么罪？你从没听过吧？在法学书里肯定也找不到。

记者在陕西一所监狱采访时，遇到一位年过七旬的老头，问他犯的是什么罪，他捂着脸支支吾吾说是"花罪。"

老头姓昝，今年74岁。入狱前已从工厂退休，被临时聘用，在渭南一家单位家属区看门。

1993年，68岁的老昝因犯强奸幼女罪被判有期徒刑10年。

老昝属于那种一失足而犯罪的人。因为年龄最大，而且在监狱里每天坚持学习，监室里的服刑人员都称他"昝老师"。

"昝老师"的另外一个特别之处是，他写下了33本（约50万字）日记。日记本是孙子用过的作业本，他翻过来在背面写。

老昝还在日记中写英文单词。因为改造得好，老昝已于去年被减刑两年，预计将于2001年刑满回家。

老伴、儿子经常来看他，这使老昝稍感欣慰。

老昝说，他写日记是为了鞭策自己、充实自己。看老昝在狱中写的日记，一方面能使我们了解监狱里的真实情况，同时也能从另一个角度了解囚徒的心理活动、生存状态。

其实，有些犯人并不像一般人想象中那么不可思议，他们也有善良、甚至崇高的一面。

下面是从老昝厚厚的33本日记中摘录出来的片段（括号内文字为记者评注或勘误）。

1994年元月20日，晴

（回忆）1993年3月20日9点，我一个人在饭前正集中精力书写毛主席的诗词，这时忽然来了两位公安人员将我拷（铐）走，在（渭南市公安局）杜桥派出所审理后，就我一个人关在房子里。

22日11点到住处取了被子、大衣等就被送到渭南市看守所一排二号。4月20日被依法逮捕；6月28日起诉，7月13日渭南市法院不公开审理。7月22日，被判有期徒刑十年，一直未见回执。

1994年元月13日突然被送到监狱，经学习后于元月19日分配到农付（副）业第九中队第五组，在组上我年令（龄）最大。

1994年元月31日，阴

上午出工在农付（副）工地打牛粪，中午收工回中队，正要开饭的时候，忽然有人说有人接见我，由刘指导引我到大门口接见。

这时正是干部下班的时，我老远就看见老伴在门卫室和我们的干部说话，她给干部留了伍拾元上了账。我觉着她老多了。她虽然自由但不比我好受，她太苦了，是我害了她。我流着眼泪接住了她送给我的棉鞋、棉帽、食品、饭盆，她对我说：叫我把心放宽，好好劳动，少说话，就谈了这么一点话就走了（看来，老爸还想多听几句）。

太阳快要下山了，她是否能坐上车？她走路有些蹒跚，一个从不出门的老妪，真叫人不放心，晚上起我一整夜都放心不下，也是我有生以来最难受的一天。

8月12日，Fine，Friday

从我的大便上看色太黄，可能有干（肝）病黄旦（疸），所以我已分开和人吃饭。伙吃（一块儿吃）的坏处太多了，不卫生，容易得传染病等。今后我自己应该做到不用自己的筷子夹吃别人的饭菜，这是道德的。

队上的葡萄看来是熟了，一个人摘，二个人、三个人……嘴上吃了，心里并不那么坦然，甚至是提心掉（吊）胆。给自己心灵上找不愉快，我看还是不吃的好。

1997 年 2 月 14 日，星期五，阴

华州的熏鸡是监狱给每人发的，一个人一只，早饭后我开始吃，虽然比不上三原的熏鸡好，但这是党对我们犯人的生活关怀，我也吃得香。

1997 年 2 月 20 日，星期四，晴

今天早晨突然传来了一个令人十分悲痛的消息，从广播里听到我国伟大的改革开放家、引导我们走有中国特色的社会主义（道路），要在中国实行（现）“四化”的伟人邓小平他老人家不幸逝世了。

我含着悲痛的泪水在默默地追悼他老人家。

1997 年 3 月 17 日，星期一，晴

（老昝得了气管炎）这几天喝的药不顶事（不奏效），改喝“咳特灵”，这是一种治疗咳嗽的新药，A new drug incough cure（老昝的洋文是从药品说明书上抄来的，incough 拼写错了。病情有了好转，他心里很高兴连药品的英文说明书也要多看几遍）。

1999 年 4 月 26 日，星期一，多云，距澳门回归 237 天

人们把自己的生日看得很重，尤其是老年人。今天，是我的生日。总算机会好，由于昨午、晚饭都是肉菜花卷馍，这给我增加了不少的风采，再说我早有准备趁这个生日的机会用省下来的荤菜汤给我做了一碗丰盛的肉汤面条（迟志强那首歌说犯人们“菜里没有一点油”，看来是有出入的）。

关于我的生日，我没有告诉别人，但我只是默默地送给相处较近的同犯们抽几支香烟而了事。

1999年5月10日，星期一，距澳门回归223天

……

夜来香花苗能栽了，我上午给厕所栽了7株，什么时候能开花，日下还不知道。

1999年6月10日，星期四，晴

……由于来了两位记者，大家都集中在舞台上坐着。有位30岁左右的人系《各界导报》记者。

这是我第一次和记者交谈，他很客气，在谈话中看了我从1994年到1999年所有的33本日记。

1999年7月5日，星期一，阴

从襁褓的遗弃、灾童教养院生活、童年的流浪奔走、抗日战争的战火生活等等，给我在人生的几十年中受尽了数不尽的颠沛流离生活。我有时也想，我为什么总不能和别人一样，为什么所有的苦难都加在我的头上？难道上帝是有意给我的惩罚。

虽然我作（做）了侵害人权（不知老明是在什么地方学到“人权”这个词的）的违法行为，但也做了不少好事。

我常常在想，人活着能看到社会发展，能为人类多做些有利的事，使别人能够满意，自己才会快乐。

（原载《各界导报》1998年8月6日）

起步堪比王宝强，小学毕业生白浪的电影梦

从中国传媒大学南广学院学习三个多月后，白浪这个曾经的“问题孩子”似乎一下子变“乖”了，他一本正经地说：“不是说我没上学就很牛，不学东西是不行的。小孩子一定要听父母的话，至少在18岁之前，因为父母永远不会害你。”

7年前，13岁的白浪，在家乡陕西城固县小学毕业辍学后就一头钻进网吧，直到几个月前他导演的电影《红裹肚》被中国传媒大学南广学院一名老师看上。随后，白浪被安排到南广学院免费学习电影导演，创下了当代教育史上从小学直接跨入大学校门的奇迹。

一个“问题孩子”

白浪刚刚辍学的时候，家人为他操碎了心。此后在自家网吧当网管

白浪刚刚辍学的时候，家人简直为他操碎了心——父亲不仅考虑他谋生的能力，更担心的是这个颈戴项链、穿着故意剪出破洞的半截牛仔裤的孩子，明天会干出什么事来。

父亲在劝说无效后，决定发动所有的亲戚朋友对白浪进行攻心战。“白浪，你上学吧，你是个聪明的孩子。”类似表扬的、激励的话白浪不知听了多少遍，但是所有这一切都没能改变他。“我知道自己不是上学的料，我不想去影响别人。”

白浪说，关于上学的记忆印象最深的是一次挨打。那年白浪上5年级，他因为欺负女生被告发，班主任老师把他拉到讲台上，脱掉裤子用

教鞭抽。“疼倒在其次，我半个屁股蛋都露出来，下面还有好多女生呢。”不过，白浪在对老师表示不满的同时，也承认自己那时候“很坏，该打”。

穿奇装异服、打架、欺负女生，白浪的这些毛病几乎让班主任老师忍无可忍。一次，他在班上公开对白浪说：“你看你这个名字，白浪白浪，白白浪费！”

小学毕业时，班主任给其他同学的操行评语都写了很长一段，唯独给白浪只有一句，准确地说是几个字——“浪子回头金不换”。

白浪说，那时自己还是一个孩子，根本不在乎老师的评语，也不知道什么是“浪子”。他只是坚定地认为，自己不适合上学。13岁的白浪也并非没有理想，他的理想是以电脑为生，最低限度是“不要干体力活”。

那些年，白浪家在城固县城开了一家网吧，他自己当网管，除了收钱和必要的维护，他的大半时间都趴在电脑上，聊天、打游戏这些自然少不了，但他不局限于这些，更多的时间在琢磨网页设计，甚至还编一些简单的软件。

白浪这个小小的网管吸引了不少顾客，让他们家的网吧一度生意兴隆。但问题很快就出来了，随着白浪的哥们弟兄的队伍越来越壮大，免费上网的人越来越多。到第4年的时候，网吧因亏损开不下去了。

就在这个时候，白浪的哥哥白冰从艺校毕业，张罗着开了一家广告牌匾店铺。直到今年5月到中国传媒大学南广学院上学前，白浪一直在哥哥开的这家名为“像形广告”的店里做事，既干广告设计这样的技术活，也干安装、运输广告牌这样的体力活。不同的是，随着白浪导演的电影《红裹肚》的热播，“像形广告”也成了城固县城最知名的广告店铺。

一个婚庆摄像师

白浪拍的MTV让他很快成为城固县城里的名人，找他拍摄的人排起了队

“像形广告”店除了制作广告牌匾外，还兼营婚庆录像。这项业务主要由白浪去发展。城固县城拍摄婚庆录像的并非只有“像形广告”一家，但白浪很快就脱颖而出，成了当地知名 DV 摄像师。

“别人拍婚庆录像都是从头到尾记录呢，白浪不同，他要设计一下双方恋爱的过程，然后带到外景去拍，画面好看了，内容也丰富了，客户对他的创意都很满意。”谈到白浪以前的表现时，哥哥白冰这么说。

在家人眼里，白浪一直是一个爱玩的人。除了给别人拍摄婚庆录像和帮哥哥在广告店里做些事外，闲着的时候，白浪喜欢扛着店里的 DV 摄像机上街，“见啥拍啥”。

因为他使用电脑非常熟练，每每拍到自己满意的画面，就发到网上去。结果这些 DV 画面吸引了一大批网友，大家纷纷跟帖，点击率也一路上升。

“我和大家一样不能免俗，人家一夸，我就继续拍，继续往网上发，就这么一发不可收。”白浪自己如是说。

2006 年初，“恶搞”短剧《一个馒头引发的血案》（以下简称《馒头》）在网上迅速走红，吸引了像白浪这样的网友。《馒头》源自电影《无极》，但这部“剧情特别简单”的恶搞之作让胡戈找到了练手的机会。很快，《馒头》在网上搜索排名就超过《无极》，媒体也开始轮番追逐胡戈。

“原来这个东西也可以走红！”今天回忆起来，白浪依然十分感慨。

那段时间，白浪连续拍摄制作了几部 MTV，其中自己比较满意的一部叫《那些花儿》。《那些花儿》贴在网上后，同样得到网友的热捧。白浪自然很得意，就郑重邀请父母欣赏他的作品。白浪的父母虽然是农民，但他们长期生活在县城，又开过网吧，多多少少知道一点网络上的事情。看完儿子制作的 MTV 后，他们有点不相信那是白浪干的——平日调皮贪玩的儿子，竟然就一下子学会了这样时尚的本事？

“我觉得这个孩子身上毛病很多，问题也很多，但我突然发现他的这个方面，还是有他一定的灵性，有一些潜力。”白浪的父亲说。

白浪的MTV让他很快成为县城里的名人，找他拍摄MTV的人排起了队，片酬自然也在节节攀升。就在这时，白浪又不安分了，他向家人提出，他想拍一部电影。

拍电影？白浪的这个想法让父母吓了一跳。且不说全家人都没见过拍电影，即便就是白浪会拍，钱从哪里来？

就在白浪的父母极力反对的时候，白浪的哥哥白冰站出来支持弟弟。“我也有一样的梦想，但是以前家里条件比较差，所以自己的一些梦想都没办法实现。现在白浪有了这么好的条件，帮他搞等于说是帮我自己，把自己从来没有实现的梦想变成现实。”白冰说。

白浪和哥哥白冰结成同盟后，父亲也被吸引过来，这时候只有母亲一人依然坚决反对。白浪的母亲主要是从经济角度考虑的，她觉得儿子拍电影是自不量力。

僵持了一段时间，白浪把自己拍好的MTV送给汉中电视台，随后他和妈妈商量：如果电视台能播出，说明他有影视创作的天分；而如果石沉大海，说明他志大才疏，以后绝不再提拍电影的事。这个方案被母亲接受了。

不多久，白浪的MTV真的在汉中电视台播出了。妈妈一看儿子这么执着，也同意了。

一个农民导演

全家上阵拍电影《红裹肚》，父亲是编剧，哥哥当制片人，白浪是导演加摄影，母亲是剧务

“白浪太幸运了，他有一个有文化的爸爸，他爸爸有一个现成的剧本，剧情、矛盾冲突很不错。”发现白浪的中国传媒大学副教授史博公说。

原来白浪的父亲年轻的时候就是一个文艺爱好者，曾当过兵，在报纸上发表过文章，还写过一个剧本，叫《红裹肚》。

《红裹肚》以20世纪二三十年代秦巴山区农民积极投身革命为线索，

穿插了主人公的爱情抉择、命运沉浮。

白浪说："那个时候，我其实根本顾不上考虑会不会火，只要能拍，不管什么内容都行。一开始，实际上我根本不理解《红裹肚》讲的那些故事。"

因为要拍《红裹肚》，父亲天天给白浪讲历史课，讲当地人的革命事迹，同时一家人开始不断地看电影。

"那段时间电视上刚好放《乌龙山剿匪记》，这部电视剧让我找到一点感觉，它的服饰、道具也给我们提供了很多借鉴。"白浪说。

《红裹肚》讲述的是革命斗争的故事，演戏自然离不了刀枪。可是，在城固县城乃至汉中市，这些道具买不来、租不来。无奈，白浪的父亲就找来一些废旧的铁皮，自己打磨大刀。至于枪，就用木头来做。

"像形广告"店紧临街道，白浪的父亲制作刀枪时吸引了过往行人的好奇，也把当地的警察给吸引过来了。说明原因后，白浪的父亲到公安局备了案，总算通过。这期间，白浪的母亲也在家里踩缝纫机赶做了一件件旧式服装。

道具、服装解决后，接下来就是选择演员了。专业的演员是不敢想的，且不说人家愿不愿意和一个从没有拍过电影的一家农民合作，即便对方只要求一般片酬的十分之一，也足以把白浪一家人吓倒。"那些天，我和白浪天天上街，看到一个感觉不错的人就去和人家谈，问想不想拍电影。"白冰说。

拍摄开始了。一家人进行了简单分工：父亲自然是编剧，哥哥白冰当制片人，白浪是导演加摄影，他母亲是剧务。这个由一家 4 口人组成的剧组带着一批从未拍过电影的演员，来到山里。"刚开始拍的时候，镜头还没过去，演员的脸都红了。我就一个劲激励他们，不厌其烦地拍。大概是被我的认真感染了，很快就有人进入了角色。"白浪说。

不多久，编剧和导演发生了争执，是关于剧中一个叫王县长的角色。

白冰说："在王县长的造型上，我爸强调的是历史感，而白浪喜欢一些现代的元素，要求造型一看就要像那个角色，剧情改动还是比较大的。”

“我是导演，我说了算。”

“我还是编剧呢！”

白浪和父亲的这次争执，最后以父亲让步结束。

接下来，白浪又遇到一件哭笑不得的事。一场外景戏拍完后，白浪发现破绽，去找演员重拍，结果发现那个演员上午拍完戏下午就出去打工了。这场戏用了大量的群众演员，如果换演员，意味着就得重新找群众演员。

拍摄《红裹肚》的所有演员，不管是主角还是群众演员，白浪支付给他们的片酬都是每天一包价值5元钱的香烟。即便这样，拍摄这部电影的总费用已经超过7万。

对于白浪他们这样的普通家庭来说，7万元已经是一个非常大的数字了——开机3个月后，白浪的父亲发现前期投入的5万元钱已经花得一分不剩，为了接着拍下去，他只能东拼西凑，甚至借遍了所有的亲朋好友。

“拍完以后，我感到很开心、很轻松，但马上又担心起来——电影到哪里放？”和当地电影院商量，好不容易用1000元钱租下场地，这时县文化局的人出面阻拦：《红裹肚》没有任何手续，不能放映。

“我当时心想，我的影片是革命题材，心想办个手续应该不难。把电话打到广播电影电视总局后，人家说你们农民就不能拍电影，如果要拍必须挂靠一个影视公司。”

虽然在广电总局碰了钉子，但白浪一家人并没有放弃争取。“我们的片子是革命题材，我们免费给乡亲们放。”在各级领导面前，白浪总要强调这两句。

城固县电影院首映式那天，人太多，武警都出来维持秩序，这是城固电影院十几年没有的热闹了。目前，《红裹肚》已经在汉中各县演出了 70 多场，保守估计看过电影的人超过 10 万人次。

一名大学生

与电影有关的课白浪兴趣很高，但理论性强的课他就走神

“史老师是我遇到的‘贵人’，是他圆了我上学的梦。”

“贵人”在民间是指有超乎寻常的能力又乐于助人的人，"出门遇贵人"一直是传说中最美好的事情。

白浪所说的这位“贵人”叫史博公，电影学博士，现为中国传媒大学影视艺术学院导演表演系副教授。

据史博公讲，他发现白浪纯属偶然。今年“五一”期间，史博公和中国传媒大学南广学院的师生到汉中采风。来到城固县的时候，他看到街头一个宣传条幅上写着“热烈祝贺城固首部本土电影隆重上演”。出于职业敏感，史博公当时就打听电影的创作人员，但没有打听到。又过了几天，他看到一个《红裹肚》的宣传车，就叫住三轮车夫，说自己想和导演联系。

接到史博公的电话，白浪十分兴奋，当晚就见到了史博公。从电影本身到白浪的家庭出身、受教育情况，两人一直谈到凌晨 4 时。因为当天史博公就要离开城固，只好带着电影《红裹肚》的碟片回去再看。

“白浪，你赶紧收拾东西过来吧，学校同意你到南广学习导演，一切费用全免。”两天后，白浪又接到了史博公的电话。

白浪说：“我当时太高兴了！我原来给自己设计的方向，是通过自学再考入大学，没想到这一天来得这么快。”

5 月 21 日，白浪来到了中国传媒大学南广学院，被安排和 2006 级导演专业的同学同吃同住同上课。

“并不是说只有上大学才能成才，但不读书肯定难成大器。把故事用朦朦胧胧的视听语言搞得那么流畅，就是我们导演系毕业的学生，也不见得能达到这个水平。我发现了这个孩子的才气和艺术潜力，希望给

他提供一个机会，让他听听教授讲课，增加一些对大学、学术、文化的积累，这些对他的成才肯定有帮助。”史博公说。

史博公在城固和白浪谈完后，与随行的另外一位叫张慧林的老师商量，两人的意见是一致的——应该帮帮这个孩子。回到南广学院后，史博公把自己的想法和导演系主任施旭升进行了交流，最后决定让白浪来南广免费学习交流。

白浪来到南广后，史博公向他提供了南广所有的课表，并表示所有的课，只要感兴趣他都可以去听。为了督促白浪学习，他还给白浪提出一个要求，每天写一篇日记，记录自己的学习心得。

“‘我让你来，不是让你待在城固当一个婚庆摄影师，是想让你走得更远’，我将终身铭记史老师对我讲的这句话。”白浪说。

白浪已经十几年没有上学了，他来南广后能不能适应？

“与拍电影有关、能立竿见影的课，他兴趣很高，领悟能力也很强。但理论性强的课如西方美学，他就容易走神，毕竟‘野路子出身’和‘科班’的不一样。”史博公如此评价他的这个编外学生。

白浪说，同学中不少人有私家车，而他自己不仅家境一般，而且只念过小学，但同学们有的给他打饭，有的主动向他要电话交流，感觉大家还是挺看重他的。当然，也不排除个别同学看不上他的文化底子。

“有一个成语是‘如诉如泣’，在白浪口里就变成了‘如歌如哭’。剧本里有些常见的字，他都不认识，大家觉得挺搞笑。”白浪的一个同学说。

白浪也承认，他与同学最大的差距在于，自己编剧的能力差一些。

未来三种可能

“导演的成功率极低。白浪的毅力和灵气，是我看到的闪光点，但能做多大事，关键看他被舆论追逐后会不会迷失方向。我对白浪说，今后你就是没有成为导演，我还是你的老师、朋友，不会因此不理你。”史博公在接受《华商报》采访时说。

对于白浪的前途，史博公给出三种预测：第一种是白浪坚持自己的创作实践，同时提高文化素养，结果比温室里长大的那些导演成长得更茁壮；第二种可能是，白浪没有成为导演，回到普通人中间阳光、健康地生活；第三种情况是白浪在名利的簇拥下把持不住自己，最后走偏了方向……

农民拍电影、小学毕业上大学，这些传奇的经历让白浪迅速成为网络名人。对此，史博公副教授表示出自己的担忧，他告诫那些打算仿效白浪的孩子：“白浪没有可复制性，首先是他有一个有文化的爹，有一个好的剧本，有一个会挣钱的哥哥，如果没有这些，仅靠白浪的灵气和毅力，同样不会有《红裹肚》。”

（原载《华商报》2007 年 9 月 25 日，原题《农民小学毕业上大学学导演 全家上阵拍电影》）

胡万林是华佗再世吗？

芒硝是《神农本草经》泻下药中唯一的“上品”，有“主百病”之说，化学名“十水硫酸钠”，分子式 $Na_2SO_4 \cdot 10H_2O$，该药对于实证患者能“涤肠中宿垢”，治疗严重便秘效果明显（患者服后无腹痛症状）。中医对芒硝用量有明确限制（张仲景常用量是“半两”，约12–13克），过量使用会造成电解质紊乱，直至死亡。

被有人捧为“华佗”再世的民间游医胡万林，几秒钟诊断一个病人，一次超常规30倍用剧泻中药芒硝1斤，1000多种药一锅煮，几百名病人一锅药的独特疗法，吸引了大半个中国的癌症等疑难病患者——

从西安南门坐中巴，驶出城区后，车上剩下的十几位乘客就全是去太乙宫找“神医”胡万林的。

一进胡万林所在的“医院”，病人和家属在院子里排了两条长蛇阵，约20米长，各类小轿车停了20多辆，架子车、三轮车、轮椅也不在少数。

患者有来自上海、天津、河南、四川、内蒙古、甘肃的，几乎遍及大半个中国。医院门诊部东侧的一个棚子里，安置着4口直径约2米的大铁锅，整个院子里弥漫着一股中草药味，棚子旁边停放着一辆粘满药渣的架子车，显然是专门推药材的。

门诊室外的墙壁上贴着一张香港出版的《中华医药保健报》，头版用大篇幅刊登了一条特大新闻：《著名作家柯云路新著：发现华佗》。

紧挨报纸有两张胡万林的告示。

我的治愈率在百分之五十，请各方人士检验这个数据！

胡万林

1998 年 1 月 6 日

另一篇告示中有这样一段——

“因为运动疗法只限于创立阶段，我主张医学界的人士相互揭短（‘揭短’两个字改过），给运动疗法提宝贵意见！”

目击“胡大师”看病

一般的中医，看着患者在自己诊室外排着的那两条长龙（四五百人），肯定会吓坏的。望闻问切、辨证施治、遣药组方、就算你是名老中医，一天接待百十名患者，很了不起了吧。胡万林一上午能接待几百名患者。

临时诊室里的胡万林五短身材，既不正襟危坐，也没有苦思冥想，患者进来，打躬作揖，然后报上姓名——不允许自报病名，个别患者问到时方可回答。胡万林抬头看看病人，然后飞快地用他自己称为的“洛文”写下处方——那“洛文”有点像道士画的符，反正没有哪个患者能看懂。

头天晚上，院子里那 4 口大铁锅里的药（胡本人说有 1000 多种中药）已经煎好，并被装进几百个罐头瓶内。第二天下午，胡万林本人再亲手拿着他的“洛文”处方把一把把芒硝（胡本人说常用量一斤，大量有用 3 斤的）放入瓶内。这些就是胡万林用来治病的主药。

除了服这种药外，患者每天中午还要到胡万林的门诊室里领取装在大塑料壳里的“全阴水”和“仙汤”。“全阴水”看似凉水，患者说有点咸味；“仙汤”呈棕红色，酒精气味明显，像是药酒，里边到底溶有什么药，不得而知。

胡万林之玄奥

第一次和胡万林对话是在中午的餐桌上。红光满面的胡在十几位“追仙族”的簇拥下显出一股子王者之气。他边吃边发议论，精力充沛过人，根本不像忙了一个上午。他听说我是要采访他的记者后，首先是大骂新闻界，点名道姓，语言粗俗不堪，并说如果见到 × × 记者非当面打翻不可。紧接着老子自称，骂在某报发表对胡万林行医持不同意见的一位著名教授不要脸。

这一骂，让记者想到胡万林贴在门前的那张欢迎“揭短”的告示，不知他这是在捉弄谁。

谈到中医，胡万林根本不屑一顾，一般以“狗屁”两个字概括。他说中医专家从书本到书本再到教授，中医学就成了一种保养医学，你藏一秘方，他拿一偏方，能治大病吗？中医院的药房里只有五六百种药，我的药房里有 1600 多种。哪里有个神农氏？只有老百姓，我就是一个，我的药都是我一口口尝出来的。西医吗，也屁不顶，最多是个维修医学。

“那你给病人治病用什么药？”

“多着哩，1600 多种，有芒硝、冰片（都是中药）……”

记者此前在门诊部的院子里捡来一块煎过的药渣，发现是大黄。就问胡万林，他的药方里是否有大黄，他说“多着哩”。

记者亲眼看到胡万林把一些中成药、西药的片、胶囊加入患者装满汤药的罐头瓶里，只是药瓶上的商标给撕了。据《三秦都市报》的一篇报道说，胡万林曾在一杯药中加入过河南新乡市常乐制药厂生产的“感冒通”。《华商报》记者在胡所在医院的药渣里发现了大量的头孢青霉素等西药瓶。

在胡万林的门诊室外，还有一张“喝药须知”的通知，上面写着：“发给患者的药剂已经胡医师发功，‘并’在发功之后 10 小时内喝完……”但当记者问胡万林是否用气功治疗时，他说“谁说气功我打谁”！

谈兴正浓时，胡万林信手拿来一支毛笔，写下一个斗大的“鹤”字。胡万林身边的一位工作人员解释说胡练的是“自然功”。

“运动疗法”之谜

胡万林提出“运动疗法”，有人把他和汉代名医华佗联系在一起，因为华佗发明了“五禽戏”，大体是强调运动的。

不过，在胡万林的所谓“运动疗法”里，更强调一些微观的运动，如他所指的“血液运动、气的运动、经络运动”等。就此，记者采访了陕西省中医管理局局长苏荣彪，他说：“胡万林这些东西没办法说。”

也有一些中医人士认为，胡万林重用大黄这样的泻药，他之所谓“血液运动”大概与中医学中的“活血化瘀”有关，因为大黄具有明显的活血化瘀功用。

患者眼中的胡万林

高某是来自西安临潼的一位胡万林的患者，他说自己来之前吃不下一点饭，站不起来，整天靠输液维持生命，大医院的权威说最多活 10 天。他找到胡万林以后，从西安跟到太原，又从太原跟到西安共 4 个月，从没输过液，可现在每天能吃六七两饭，还经常上街买菜。

直观看起来，高某气色还算不错，真不像癌症晚期的病人。高某还告诉记者，前天跟他同室的一个癌症患者痊愈出院了，片子都拍了，没问题，可惜记者没有采访到其人。

记者问高某连续 4 个月服用大量的芒硝，有无中毒反应，他说反正每次喝过后都是上吐下泻，完了倒觉得浑身轻松，没啥不舒服的感觉。

兰州通用机器厂的王某带着她的女儿来看耳鸣（因链霉素中毒引起），12 月 30 日入院，现已喝了 38 服药，他女儿说明显减轻了，但还没有彻底治好。问她服药后有何反应？说快要渴死了，一天得喝两桶凉水，真想一下子把一桶水喝进去。

一位上海来的牛皮癣患者说，自己总结了一下胡万林的治法，好像以“通”为主线，有点道理。问及疗效时，他说已喝了20多服了，但目前还没有明显好转的样子，再观察一段时间吧。

采访中，也有人提到对待胡万林的“功”。在诊室，记者曾看到一位青年男子来诊时，胡万林眼睛一睁，说：“你的脾怎这么大？”又一位中年女性进来时，胡万林说：“你的下身有血。”那女患者很不好意思地点了点头。

记者追访那位“脾大”的男士时，他说自己真的脾大，有片子，此前他并没有告诉胡万林。

谁给胡万林披上神医的外衣？

胡万林的经历、胡万林的诊断、胡万林的“洛文”药方、胡万林用的药以及他所谓的“运动疗法”，全都披着一层神秘的外衣，让人听起来玄而又玄，与本记者一同采访的香港《文汇报》同行就说，“谁知道胡万林说的是些什么东西”。

胡万林的年龄就是个谜。他身边的工作人员说他一百多岁，而在香港的《中华医药保健》报上却说，据97岁的养母介绍，胡万林今年72岁。记者发现，胡万林精力旺盛，走起路来是“踢”步子而不是迈，推断他的年龄在60岁以下。但胡一直回避这个问题，从不正面回答自己的年龄。

胡万林的诊断方法，他的“洛文”处方、他的那些“全阴水”“仙汤”以及不公开的方药（包括感冒通和青霉素）、他所谓的运动疗法，他有时承认有时否认的“功”，是否有人幕后包装策划？

（原载《各界导报》1998年2月27日头版，本文收入中国社会科学出版社出版的《太乙宫黑幕》一书）

附：

胡万林非法行医两次被判刑

1999 年 1 月，胡万林以非法行医罪被逮捕，后被河南省商丘市中级人民法院判处有期徒刑 15 年。法庭查明，胡万林，原名胡震杰，四川省绵阳人，1949 年 12 月 12 日出生，先后从一个放牛娃、乞丐、囚徒变成受万人追捧的“神医”。

2013 年 10 月，胡万林刑满出狱后，重操旧业，22 岁大学生云旭阳服用由胡万林开出的芒硝类“药物”之后死亡。2014 年 11 月 19 日，胡万林再次以非法行医罪被判处有期徒刑 15 年。

（摘自新华网 2012 年 10 月 7 日、2013 年 10 月 23 日，《河南商报》2015 年 2 月 11 日）

第六部分

论　文

特稿记者如何报道犯罪？

《南方周末》刊发的《与自己的战争，复旦研究生为何毒杀室友》这篇报道，对凶手人性的展示，正是新闻区别于法院判决书的魅力。

为何业界认定的优秀作品，在一些新闻学界人眼里却发现有“重大问题”？

法学领域的“程序正义”“有罪推定”自然有特定的语境和研究对象。如果把这些概念直接照搬过来批判新闻作品，必然水土不服。

《南方周末》2013年4月25日刊发的《与自己的战争，复旦研究生为何毒杀室友》（作者：叶飙、范承刚、郭琛、张雪彦，详见：http：//www.infzm.com/content/89908，以下简称“南文”）这篇深度报道，无论故事本身还是从选题、切入角度、最终呈现出来的新闻信息量等方面看，均有可圈可点之处，可以说是目前报道复旦大学生投毒案中最优秀的一篇。如果要打分，我给90分。

因为对南文的关注，我留意到网上一篇题为《警惕叙述的陷阱：评复旦大学学生被毒杀事件的两篇报道》（详见：http：//blog.sina.com.cn/s/blog_65ff65b70101avit.html，以下简称“陷阱”）的文章，作者是北京大学新闻与传播学院副教授王辰瑶。王对南文的“报道时机”和“报道主题”提出疑问，认为这“两个重大问题”直接影响“报道究竟是优秀的报道，还是失范的报道，关系到我们对于新闻伦理和新闻规范的基本判定”。

为何业界认定的优秀作品，在学界眼里会有“重大问题”？下文专门围绕“报道时机”和“报道主题”等要点探讨是否存在所谓“陷阱”，相信道理会越辩越明的。

（一）

先说报道时机，“陷进”一文认为报纸抢在“法庭审判之前，将犯罪嫌疑人变成罪犯了”，这个案子还在警方查案阶段……“程序正义”很重要很必要。

“水门事件”是在法庭审判之后报道出来的吗？刑事犯罪发生后，法院判决少说也要几个月，多则要数年，甚至数十年都没结果，而新闻最重要的一个属性是新鲜性。

纵观国内外业界的新闻实践，正常的报道时机，只要消息来源确实可靠（记者直接观察、目击者可靠地还原，刑侦、公诉及审判机关发布），即可以第一时间报道刑事犯罪新闻。

我们平常所说的“程序正义”是一个法律术语。因为司法是一种以国家机器为后盾的强制力，为规范其行使，保证严肃性和结果的确定性，以事前制订的严苛的所谓“程序”限制滥权、保障人权就显得十分必要。

至于“有罪推定”，更是刑法领域独有的概念。与“有罪推定”对立的“无罪推定”，是刑事审判原则，却不是社会舆论和言论的标准，否则言论自由将不复存在。

把法学领域的“程序正义”“有罪推定”直接照搬到新闻采写上来，必然水土不服。一是因为新闻形成的舆论不具强制力，即使这种舆论有明确的指向性，却不妨碍对方同样的言论辩护权利；二是因为新闻作为“第四权力”，其本身担负着监督司法公权的义务；三是新闻的时效性要求记者不能坐等判决书。

司法和新闻有一个共同的属性，都强调独立性，谁对谁的依附都是违背自身规律的。司法重视证据，新闻报道强调“消息来源”， 可谓车走车路、马走马路。

像王辰瑶女士所说的媒体“应该做的是密切关注警方信息以及紧接其后的司法程序”，实际上是主动自我矮化，让媒体自觉充当公权力机构的传声筒。

（二）

再说报道主题。开场前必须说明，南文是一篇特稿，与经典新闻文体消息不同。

《新闻学大辞典》对特稿的定义是：“运用解释、分析、预测等方法，从历史渊源、因果关系、矛盾演变、影响作用、发展趋势等方面报道新闻的形式。”

美国哥伦比亚大学新闻学院研究生院终身教授梅尔文·门彻（Melvin Mencher）认为：“特稿旨在娱乐或以侧重讲故事来提供信息。”

普利策新闻奖评价特稿的条件是：“除了具有独家新闻、调查性报道和现场报道的共有特质外，特稿主要是考虑高度的文学品质和原创性。”

我以为特稿之特，在于它不仅具有一般新闻所具有的认知价值，同时更强调审美、娱乐与消遣功能。

特稿是基于新闻真实性基础上的“创作”，它不止于简单告诉读者发生了什么事、为什么会发生，正如曾获美国报纸协会颁发的无期限特稿作品杰出写作奖、《华尔街日报》资深撰稿人威廉·E. 布隆代尔（William E. Blundell）所言：“所有被称为伟大的故事，都来自伟大的创意，几乎在所有伟大的故事创意中，都有一种人性的展现。”

人性的展示，总是如雨露润物般滋养着人类的灵魂，潜移默化中调适着心灵自我修正、自我净化的自觉性。这种超越功利的价值审美，才具有更高的价值。

人的内心十分复杂，世上最难莫过于洞悉人的心事。正是人性的这种复杂性，构成了读者的兴趣。

对于特稿而言，读者的兴趣对判断稿件优劣具有一票否决的价值，因为它直接关乎新闻的有效传播。

具体到南文，凶手的心路历程对于矫正和防范心理问题有借鉴参考价值，其报道的内容和公共利益有关。当然，报道同时还具有上文提到的特稿的其他功能。

有人可能会问，南文的“推论”靠得住吗？这里先不直接回答。一般认为，新闻的真实性或者公信力，主要是通过“消息来源”判断的。

如果记者引用的消息来源都是可靠的，相信读者对于“推论”会有自己的判断。

王辰瑶女士所谓的“叙述陷阱”，意思是记者先认定林默的“恶”的果，然后去找“恶”的因，结果陷入了主观主义。

实际情况，林默的“恶”是权威消息来源上海警方认定的。顺着这个结果，追溯上游，还原背景，讲述一个人的故事，正是特稿的使命和存在理由。

又一个问题出来了——是否还存在“误导”一说？我以为，读者对新闻信息（特别是特稿）的识读，必然定位为“人文”信息——它不像科学推理、科学实验那样毫厘不差、唯一不二，也不像法官判案那样追求逻辑第一。

以南文为例，记者揭示的林默人性中的某种恶，既不是林默投毒杀害室友的充分条件，也不是必要条件，但报道讲述的故事与林默的作案二者之间一定存在的某种关联。

弄清这一逻辑，就能理解和林默同样遭遇贫困、敏感、人际焦虑、理想与现实矛盾的青年，为什么绝大多数能正常地活着。

对待特稿中的“人文”信息，读者可以见仁见智，甚至大相径庭，正所谓一千个读者心中有一千个哈姆雷特。这也是新闻作品区别于判决书的魅力！

上文所述的这种“人文解读”新闻主角人性中的某种“恶”，与刑事司法中要弄明白的“犯罪动机”并非同一概念。

犯罪动机通常通过“作案行为”反证，证人证言及嫌疑人供述都可以丰富完善这一环节的证据链。新闻的“人文解读”则通常建立于消息来源。以上解释还可以帮助我们区分人文学科（新闻学）和社会科学（法学）的不同。

在刑事审判中，法官只要查明嫌疑人出于不满、仇恨、报复等主要原因，“蓄谋”杀人并且已实施，结果既遂，即构成“故意杀人罪”。

至于其他更琐碎的细节——是因为 1 桶水的费用分摊不均问题，还是话不投机或者受了外界刺激，都不影响他的“主观恶性”，当然也不会影响“故意杀人罪”的成立，其对量刑（判决结果）的影响也可以忽略不计。

当然了，法官们也很聪明，他们会在判决书上写“因……琐事（一种高度抽象，外延无限的表达）”，实现逻辑上的严密。

（三）

在强调特稿的审美、娱乐与消遣功能后，我们自然不能绕过新闻的本质属性——真实客观性问题。

“陷阱”一文特意把南文与《博客天下》文中一个细节进行了对比：林默认为自己平时喝水少，不应该与寝室其他两名同学均摊水费进而发生争执，南周报道中写道：

“争执以林退出平摊、自己买水喝告终，林的同学向南方周末记者回忆，3 月 31 日前后，林开始出入隔壁寝室借水。”这里“林出入隔壁寝室借水”是争执的结果。

而《博客天下》的报道同样采用了这一细节，但写的是“林默的同学注意到，黄洋中毒前后，林默开始出入隔壁寝室借水，他不喝自己寝室的水”。

应该说，两篇报道在叙事的着力点上确有不同，但在一个基本事实上却是一致的——林默在投毒案发前后到隔壁寝室借水喝。

说到这里，有必要厘清新闻真实的概念。真实、客观是新闻的最基本属性，但新闻真实与客观事实却并不是一回事。

客观事实稍纵即逝，很多情况下是无法还原的，记者能做的是借助更多的、更权威的消息来源最大限度地接近事实。

从这个意义上说，新闻真实可以理解为一种“拟态真实”。按照沃尔特·李普曼（Walter Lippmann）“拟态环境”理论，拟态真实可理解为记者经过选择、再选择、重构的虚拟环境下再现的真实。

法律上认定的事实也是“拟态真实”。打个比方，张三借了李四1万元钱但没有写借条，李四要不回钱后起诉，张三不承认，法院判决驳回李四起诉。

张三借钱是客观事实，法院的判决也是“以事实为根据，以法律为准绳”的。这个例子可以帮助理解拟态真实和客观事实的区别。

除了上文论及的新闻真实与客观事实之间距离外，受众对于同一新闻信息的解读也经常存在差异。

正如“陷阱”一文中提道：“一个让我很不舒服的细节，他们都提到了医学院学生做实验要处死小白鼠的残忍，我相信很多人都会从中读出某种暗示的意味。”

有屠夫杀人的案例，但并不影响屠宰仍是一个正当职业。我以为，南文只是客观描述林默在小白鼠实验前后对待生命的内心体验。

这种描述，本人看不出“暗示”对医生这个职业和对待小白鼠实验有任何不敬。

我们所说的人文、人道主义，都是以人为中心的，但不能排除这种对动物的恶在一定条件下会转移到对族类的恶。

当然，如果站在一位普通读者的角度，王辰瑶女士感觉这段描写有某种“暗示”，也是完全能理解的。

说到底，记者编码和读者解码之间的信息差是永恒的。作为新闻专业的研究，减少这种信息差强调的一定是记者编码的问题。

如是，“陷阱”一文提出的警惕先入为主、“奔着答案找线索”也不是没有意义。

（原载《南方周末·马后炮》2013年5月）

什么样的新闻才值得印在纸上

互联网时代，深度报道才值得印在纸上。

这里说的深度报道不在于体裁上的分类，更强调的是一种报道追求深刻性的理念、方法以及立体的思维方式和旨趣。从这个意义上说，我们的每一名记者都应该是“深度记者”。

“内容为王”几乎是传媒行业最没有争议的论调。而深度报道又被认为是媒体“内容”中的重型武器，也是报纸与新媒体竞争的优势所在。

但是，从近几年的实践看，机构媒体深度报道有边缘化倾向。这里有外部原因，但最主要的还是我们媒体人面对传播环境变化、面对用户需求变化应对不足。

身处圈内，大家要换位思考这样的问题——假如我们只是普通读者，如果没有自己特别关注的题材、没有引人入胜的文本，没有独到而深刻的思想，我们会不会花几十分钟甚至更多时间把一篇几千字的文章看完?

上述疑虑在用户反馈中得到了部分印证。一些根据传统评价标准得到认同的报道，在新媒体端的有效传播数据并不理想。我们的深度报道“最华商”这个栏目在新闻客户端“华商头条”推送，用户并不买账，甚至是“点击量最低的”。如此困境，并非我们华商独有。南都的官方微信编辑也曾表示，他们曾多次重点推送深度报道，但“阅读数还是那么凄凉”。

不要抱怨用户，不要抱怨市场。放眼整个人类的消费趋势看，由繁到简是基本趋势——一百多年前，汽车发明人一定没有想到所谓的“自动挡”，而今天“无人驾驶”已经离我们不远。

回到深度报道本身，在移动端风头正健的当下，如何找到属于我们纸媒的用户？如何留住用户？以下三个维度供大家探讨。

一、寻找一个值得花时间关注的选题

介质多元、信息泛滥时代，没有足够好的选题，很难把用户长时间留在版面上。什么是好的选题？《华尔街日报》资深撰稿人威廉说过，在《读者文摘》上刊登的最理想的故事，应该叫这样的标题：《我在FBI工作时如何与狗熊发生关系并找到了上帝》。

这句话中浓缩了重要性、冲突性、戏剧性等要素。每个记者、编辑在价值取向方面或多或少都存在着个人偏好。因此召开诸葛亮会确定选题是一个不错的办法。在这个会上，要回答几个问题：有多少人关注这个选题？为何关注？关注程度如何？关于这个选题，目前已有什么报道（特别是自媒体）？我们能拿出什么？

按照新闻规律要求，操作流程应该是定好一个有价值的选题后，再去采写；而不是花很大力气先采写回来后，因为“不发太可惜”所以刊发。至于“跑街式”那种撞新闻，对深度报道而言基本是不可行的。

二、拿一支有功夫的笔

古人说过：“言之无文，行而不远。”

深度报道篇幅一般较长，没有足够好的文采，用户可能放弃。对于深度报道记者的“讲故事能力”要求，用“与作家比肩”几个字是不过分的。

《藏獒之死》是《华商报》一篇经网媒转发后点击量超过百万的特稿（原文详见2015年8月24日）。报道通过一只天价藏獒由新宠到被遗弃的故事透视背后的人性——表面看，投资百万买狗、养狗是爱狗，实质却是一笔买卖。当养狗赚不到钱的时候，狗主人便将曾经的“最爱”弃之如敝屣。

“那是七月末的一个上午，西安的天气陡然燥热起来，黑八没躲过这一劫。医生告诉送黑八来的救助者薛亚强，‘腐烂的尾巴生了蛆，一窝一窝的蛆又从黑八的肛门爬进去，咬烂了黑八的肠道，它的血液被病毒感染，导致败血症。’

“当微信群里还在争论该给黑八治疗还是‘安乐’的时候，仍在输液的黑八呼吸衰竭了。公狗黑八活了 6 年多，按照一条藏獒 10 到 16 年的平均年龄，它算是正当壮年。”

这段文字，画面感、语言的节奏感以及它传递的那种情绪，是有感染力的。

复旦大学研究生林森浩投毒谋杀室友一案侦破后，《南方周末》率先推出深度报道《与自己的战争，复旦研究生为何毒杀室友》（详见该报 2013 年 4 月 25 日），以下是开篇的前几段：

“林取出试剂瓶，里边是从实验室偷带回来的 N- 二甲基亚硝胺溶液。这是一种浅黄色油状液体，高毒、无味，易溶于水。这瓶致命的毒药，林储藏已久。

“他熟悉这种试剂，过去 3 年里，林先后将这种试剂注入数百只大鼠体内，制造肝脏纤维化的样本，然后处死它们，以采集数据。

“毒药被注入寝室门边饮水机的水槽，致死的将不再是大鼠。”

这种类似剧本写作风格的“新新闻主义”，明快简洁而富有张力的语言、视觉化的叙事能力，绝非普通记者能够驾驭。

现实中，有一种现象必须明确反对，那就是把“长消息”当成深度报道。消息可以延伸，那是在背景、在解释性服务性等方面，而不是把故事本身拉长。

今年 2 月 15 日，《华商报》一篇题为《陪朋友吃鱼 吃完后“拉油”》的报道，说的是一位消费者吃了一种商家自称为“大马哈鱼”的东西后严重腹泻，消费者怀疑商家食材做假。

以下是当天见报的一段文字——

“当晚，尤先生就感觉肚子胀胀的，忍不住放了个屁，结果裤子上都是橘红色的油，这可把他吓坏了。到昨日上午，他还在拉肚子，‘用厕纸一擦，全是油。’尤先生说，他打电话一问朋友，对方也出现了相同情况，‘一个上午共拉了四五次，每次厕纸上都是油，还不停放屁，放出来的也是油。’尤先生说。”

这个故事很简单，容易讲清楚。上述文本大量描写生理不适反应，首先在审美层面存在重大瑕疵。从叙事艺术看，把采访对象的讲述原封不动搬进新闻作品，是需要思考的。

还有一个常见的问题是“面面俱到”，这类“长篇报道”结构松散，往往是记者能采到什么写什么，看到什么写什么，还有就是找一堆专家你说我说大家说。

像《华商报》今年2月23日发表的《农家女和过失致她死亡的法警》，报道试图揭开“农家女之死”和一名“法警”的关系，间接表达了后者谋杀的嫌疑。但是报道结尾，又用大段的篇幅，写女子死后其遗体被其家人出售“配阴魂”。这种枝蔓的写作风格，通常不认为是好的文风。

三、如果内容足够独到而深刻，甘愿与少数高端用户分享，做文化信息奢侈品

如果说《我在FBI工作时如何与狗熊发生关系并找到了上帝》这类新闻追求的是“大俗”的话，最近纸媒同行探索的“大雅”同样值得关注。

“大雅”报道是奢侈品，不一定人人都看，用我们业内的话说，叫“相对小众产品”。但是如果写好，这种纸媒独家产品能深度满足用户的需求，是媒体影响力的支撑。

《东方早报》去年改版以来用大量的“专题报道”取代日常新闻。以今年1月17日的访谈栏目为例，一篇题为《崇明谈法国大革命的思

想遗产》看标题很像学术论文，属于“小众”产品，但是它在思想性方面的价值一定会给看过的人留下深刻的印象，因为它解释了当下许多社会问题的政治根源。以下是报道中的一段：

记者：法国大革命的暴力现象对思想界产生了哪些重要的影响？

崇明：暴力问题成为思想界思考大革命的重要基点。革命中不断升级、难以驾驭的暴力成为大革命最显著的特征之一。与通过革命取得政权不同，共和国政府应该通过选举、代议制等方式来吸引公民参与政治，培养他们的爱国主义。自由的最终确立在于结束革命，而结束革命不仅仅意味着支持革命的人掌握权力、革命原则得到承认，更重要的是政治的运转必须在宪政秩序中进行，而不能诉诸专断这一革命习惯。

类似的探索与转型还有《新京报》。新京的“书评周刊”推出已有几年，版面在增加，现已成为品牌栏目。以今年 4 月 2 日为例，当天以整版刊发的《桑德尔的反思：国家是已死的、活着的、未来的人组成的共同体？》，光看这标题，多数人无疑会觉得“生僻”。但是，这篇报道具有原创性、思想性，它强调的是以人为本、重视个体，显然是有所针对的。关注的人看过后一定会觉得过瘾。

需要说明，《新京报》2016 年一季度广告经营迎来了近两年最好的开局，任务完成率同比增长 22.71%。《新京报》总编辑王跃春对于“影响力营销”解释说，“内容是 1，其余都是 0。有了内容这个 1，其余的 0 才会有价值，才会变成 10，100，1000……”

这里并不是说东早的尝试就是成功的，也不是说新京的逆势增长完全归功于新闻产品定位的“奢侈品化”。我们可以借鉴的是他们对用户变化、对市场细分的重视——在尊重新闻规律的前提下，主动选择、维护高端用户，甘愿与少数人分享独有的纸媒内容，相对于网媒的内容庞杂海量，纸媒追求的是独家性、思想性、深刻性，其目标用户相对小众化、高端化。

《华商报》近期重点报道的“职称英语替考黑幕”，单从“用户黏度”

方面评价，可能不算非常理想的选题，因为并非人人关注职称英语，但报道揭开了某些团体的腐败与懈怠，对政府相关部门以及延伸领域可谓“震慑”，这种维护正常社会秩序与公平正义的追求必然会赢得公众的肯定与赞美。如此有影响力的报道同样属于纸媒的独家性产品。

（本文是2016年5月作者在《华商报》考评业务会上的书面发言）

市场经济体制下媒介实现其商品属性的定位转换

——《华商报》模式对报业市场的启示

摘要: 现代媒介除了具有舆论作用外，它还具有经济属性、商品属性、市场属性。报纸是当前最重要的一种平面媒介。报纸的商品属性要求其生产环节（办报）交换环节（发行和广告）必须实现面向顾客的市场定位。《华商报》以全新的理念在报业市场竞争中成为当地 "赢家通吃" 的庄主。《华商报》的成功案例被称为《华商报》模式。《华商报》模式在经济学、传播学领域有其独特的研究价值。读者本位和全方位经营是《华商报》模式的基本内涵。《华商报》模式对我国正在形成的报业市场具有一定的启示。

关键词： 媒介运营 ； 应用传播学； 《华商报》个案

中图分类号： G210

文献标识码： A 文章编号：1004—9975（2003）03-0116-05

媒介作为一种社会公器，其功能是多方面的：它既能提供信息，又能提供娱乐；既能为公司推销产品，又能影响公众舆论[1]（P16）。在我国，媒介在影响公众舆论方面具有特殊重要作用；与此同时，我国是实行市场经济的国家，媒介更多的是以产业的形式存在和发展的，因此它同样具有经济属性、商品属性、市场属性。

据统计，2002 年我国媒介广告市场超过 1000 亿元，传媒业利税超过烟草业，已经成为国内第四大支柱产业。报纸作为现阶段最重要的一种平面媒介，它的发展变化直接影响整个媒介产业。我国现有报纸 2100 多种，虽然从数量、品种上讲，我国是报业大国，但现有的绝大多数报纸基本上是按照计划经济配置起来的，远远不够强大（我国发行量超过 1000 万的报纸还没有，在世界上根本排不上名）。

在经济全球化的今天，我国报纸的生存环境正在发生变化，如受众越来越挑剔、行业竞争越来越激烈。如果报人还将继续坚守传统的编辑记者本位办报和只办报不经营的理念，那么在未来的市场竞争中将越来越处于一种边缘的位置。

《华商报》模式在经济学传播学领域的价值

在 20 世纪 90 年代以前，我国传统媒介行使的实际上是一种行政职能的延伸。公众判断报纸的“大小”很大程度上是看它主办单位的行政级别。如果按这样的传统标准衡量，《华商报》在西安就排不上位子了。但是今天已经没有读者怀疑《华商报》在西安报业的领头地位——2003 年 2 月《华商报》广告收入为 2778.72 万元，居全国第 15 位（该数据出自《报纸、杂志广告收入排名》，《媒介》，2003—05），成为西安地区绝对的寡头；2002 年韩日世界杯足球赛，《华商报》是西安唯一派出记者采访的媒体；2003 年，《华商报》又是在西安唯一派出战地记者亲赴伊拉克采访的媒体；2002 年《华商报》报道的“枪下留人”事件引发全国法学界对我国死刑复核制度的大讨论……

《华商报》的成功揭示了报业“赢家通吃”的规律

《华商报》所在的西安地处中国西部，市场发育程度明显要比沿海发达地区差一些。但是西安的报业竞争却比较有自己的特色。西安和广州、北京、成都被业界认为是中国报业竞争最激烈的地方——仅 2000 年底到 2001 年上半年，西安报业市场上就新添了《各界导报》等 4 家日报，加上原来的4家，共有8份新闻综合类日报。即便是今天，西安报业市场上参与竞争的报纸还有《华商报》《西安晚报》《今早报》《三秦都市报》《西安商报》《经济新报》《当代女报》《百姓生活报》（周报）《美报》《陕西广播电视报》《西安广播电视报》等11份。

用一个形象的比喻来形容今天的西安报业市场大概是这样的：一匹矫健的黑马（《华商报》，2002年广告收入约3.2亿）、一头胃口欠佳的老骆驼（《西安晚报》，2002年广告收入不足1亿元，而1997年该报广告收入为1.2亿元）和一大群饥饿的羊（《今早报》2002年广告收入约1500万，年度亏损697万；《三秦都市报》2002年广告收入约1400万，年度亏损1360万；《西安商报》《经济新报》等参与市场竞争的报纸更是从创刊一直亏损到现在）。

从以上数据我们也可以看出西安报业市场的另外一个显著的特点，那就是“赢家通吃”的行业规律表现得特别明显。“赢家通吃”本是高新技术产业的一个基本规律，意思是：“在同一个行业中如果不是第一、第二就没戏；如果自己的进步赶不上别人的快，弄不好就会被本行业中占第一、第二位的‘赢家’通吃掉了。”[2]

虽然，习惯上报业并不属于高新技术产业，但是和高新技术产业一样，报业竞争的核心是人才竞争。因此，“赢家通吃”的规律同样适用报业，发达国家在这方面已经表现得很明显了。如在美国，报业的垄断化十分明显，“一城一报”的现象越来越严重。[3]（P361）

为了研究方便，笔者把《华商报》在西安报业市场“赢家通吃”的成功案例称作“《华商报》模式”。《华商报》的读者本位理念改写了传统的传播理念。直到今天，极个别报界保守人士还在诟病《华商报》，理由是在《华商报》上经常能看到哪儿发生了一起车祸、哪儿发生了火灾、哪个穷人治不起病、哪个小区停电了这样家长里短的琐碎事情。

这些保守的传统报人所习惯的新闻是谁出席了什么会议、谁指出什么，什么方面成绩斐然、什么单位再创辉煌、什么人是榜样等言之无物、八股腔严重的僵硬宣传。因此，他们报道的会议没有不“隆重”召开的，闭幕没有不“胜利”的；讲话没有不“重要”的，成就没有不“巨大”的；工作没有不“扎实”的，调研没有不“深入”的，贯彻没有不“全面”的……实际上，按照西方传播学巨匠马歇尔·麦克卢汉的观点，“真正有影响的新闻是报忧的新闻——关于某某人的坏消息或对于某某人的坏消息。”[4]（P257）

以上两种不同办报理念的本质区别是报人本位和读者本位。“当代新闻学认为，受众是新闻工作的源泉，受众问题应该放在第一位研究”[5]（P127），这一理念和笔者所说的“读者本位”实际上是同一意思。读者本位的核心内涵是在不违背法律和政策的前提下尽量满足读者的需求。

《华商报》仅用四五年的时间便由一家名不见经传的报纸发展成为当地一枝独秀的行业寡头，可以说是一个奇迹。因此解剖《华商报》模式具有一定的前瞻性、行业代表性和启发性。

《华商报》模式的精髓是读者本位和全方位经营报纸

既然我们认定了报业的市场属性，就必须用市场的规律来研究报业问题。

在市场营销领域中，最基本的观念是“发现需求并设法满足它们”，因此“顾客至上”是现代企业家的座右铭[6]（P15）。报社的直接顾客就是读者，那么顾客至上的理念在报业就是“读者本位”。“读者本位”的实质和传播学中所说的“有效传播为王”是一致的。在市场经济发达的国家，如美国，“读者本位”是报界非常普及的基本理念。“美国媒介报道的新闻、提供的节目绝大多数都是围绕着受众的要求转的，要别人读你的报纸，你就得迎合他们的口味、满足他们的要求。”[1]（P17）

《华商报》借鉴了国内外一些成功媒介的经验，它的“读者本位”的办报理念具体表现在以下 4 个方面：

第一，贴近读者、注重传播效果。和中国其他媒体一样，《华商报》

属于事业单位，但它在内部却是按照现代企业来运营管理的。因为重视“经营”，该报在1997年改版进入西安报业市场的开始，就摆脱了传统报纸教化百姓功能的定位，以一种贴近百姓的亲和力赢得了广大读者的喜爱。今天的《华商报》经常是全国许多媒体参观和学习的对象，但1997、1998年的《华商报》却是在一些保守人士（包括个别读者）的冷眼关注下发展起来的。“贴近读者”是《华商报》一贯的办报理念。他们相信“凡是第一次出现的、罕见的、反常的或突然发生、强烈变化的事物，人们容易感兴趣，产生好奇。”[5]（P128）

改版后的《华商报》，贴近读者的新闻吸引了大量的读者，报纸发行量迅速攀升。1年后，《华商报》抢走《西安晚报》的奶酪，稳稳占领西安市场。到2000年，《华商报》广告收入达到1.8亿元，为《西安晚报》的2倍多；2002年广告收入超过3亿元，是排在第二名位置的《西安晚报》的3倍多，成为西安报业的黑马。“贴近读者”办报理念要求报人时刻想到读者的需求。这方面国外（境外）的媒体表现得十分充分，如香港《明报》，1999年6月3日，该报头版几乎全是围绕水费上涨的报道。因为水费上涨影响到每个人，所以最贴近读者，也是读者最想知道的内容。

第二，强调报纸是“有用纸”。进入1999年以后，《华商报》及时调整了办报方向，强调了信息服务功能，打出了“奉献最有价值的新闻和信息”的诉求，实现了由追求可读性到追求新闻信息有用性的转变。比较一下2003年4月11日《华商报》和《西安晚报》的头条，很容易看出《华商报》的这一特点。《华商报》头条内容是“传染性非典型肺炎（SARS）”，《西安晚报》头条是云南原省长受贿受审。人都怕死，所以人人都关注“非典”，也就是说读者关注“非典”的需求是第一层次的，它体现了华商的新闻价值取向突出的是有用性（广义的）。《西安晚报》的头条是云南原省长受贿，从有用性的角度看，肯定比不上“非典”。马歇尔·麦克卢汉早在三十多年前就说过：“作为新闻，水灾、

火灾和其他公共的灾害，超过任何个人的恐怖和犯罪。”[4]（P263）

国内经营成功的报纸几乎无不突出“有用性”。例如，南方日报报业集团的《南方都市报》2003年4月18日A38版（广东新闻·时政）头条是《参加公选推荐读四本书》，报道直接针对广东省公选20名副厅和100名副县级领导应聘者提供有用资讯。如果按照经典新闻定义“新近发生的事实的报道”[7]来衡量，《参加公选推荐读四本书》是不能算新闻的，因为并没有发生什么事实。但是《南方都市报》却把它放在重要位置，其中主要依据就是有用性。

第三，娱乐化。娱乐化（不是泛娱乐化）就是新闻的表达方式追求轻松、可读、消遣、享受，追求一种阅读快感。还以2003年4月11日《华商报》头版一张图片为例：这是一张电脑合成的图片，画面上有伊拉克萨达姆政权的所有核心人物，每个人物下面注出了姓名和官职，旁边又附了一张人物关系表。按照经典的新闻理论，电脑合成的图片肯定不是新闻，但是《华商报》这种娱乐化的处理方式向读者轻松地传播了大量的信息。

传统的报纸十分重视内容，而表现形式过于严肃，甚至呆板，影响了新闻的传播。因此，改变传统报纸的表达方式，追求娱乐化是新闻改革和发展的一个方向。《北京娱乐信报》直接以“娱乐”命名，其吸引读者的主要特点就是读起来比较轻松、愉快。

第四，有情。除了突出信息服务功能外，《华商报》的另一特点是有情。为灾区群众募捐、帮民工讨工资、为读者寻找失散的亲人，这些都是《华商报》新闻报道的重要题材。有情性也是当前成功报纸的共同特点。以经营最成功的广州日报报业集团《广州日报》为例，该报2003年3月24日头版刊登一篇题为《春雨霏霏行路小心》，引题部分又加了特别提示：“在这种阴湿天气里，如果没有烘干机还是尽量少洗厚衣服吧！”这本来只是一条天气预报消息，但是却体现了对读者的一种浓浓的关切之情。

《华商报》模式包含全方位经营报纸的理念

办好了报纸实际上才只是抓好了生产环节，也就是说仅仅解决了产品的问题，而产品要通过市场交换才能实现价值。对于报纸而言，这个价值包括第一次交换价值（即发行）和充分交换价值（即广告）。充分交换价值直接依赖第一次交换价值，换句话说就是广告直接依赖报纸发行形成影响力——广告就是附着在这个影响力上来传播的。由此可见发行在报纸经营中的重要性。

在2000年、2001年的西安报业大战中，西安的其他报纸纷纷打起了价格战，一份印刷成本为0.45—1.20元的报纸，批发价最低降到0.1元；对于固定订户实行的则是更加优惠的订报纸送礼品活动，以致出现了“买椟还珠”的怪现象。在这场发行大战中，《华商报》反其道而行之，他们的对策是提高零售价和降低发行成本。这一时期的《华商报》零售单价由0.5元提到0.8元。

据笔者所知中国还没有哪份报纸的零售价是0.8元。而从卖报纸的实际情况看，也没有哪个报纸零售商会给买报纸的人找0.2元钱，一般情况也没有哪个买报纸的人会要求找零。市场交易的实际情况是“一块钱两份报纸”。“两份”中的另一份当然是添头，它的零售价被无形中限制在0.2元以下。这样其他一些影响力还比不上《华商报》的报纸就被逼进了夹缝中——只能被当添头搭售，而且价格不超过0.2元。笔者把这一现象称为“华商价格策略”。华商价格策略体现了华商人在其产品明显优于竞争对手的情况下对“声望定价”策略的成功应用。

除了调整价格外，《华商报》还在事业上升阶段采取了压缩生产成本（主要是发行成本）的手段，方法是推出“黄马甲配送”。配送不是《华商报》首创，但是《华商报》的配送队伍堪称一流。配送的实质是扩大报纸发行推广人员的服务范围，充分利用市场资源（发行人员拥有大量的消费终端），实现发行人员满负荷工作，降低发行成本（送一份报纸和送一份报纸再加两袋牛奶的成本是一样的）。

目前《华商报》黄马甲配送拥有59个发行站和13个零售站，遍布全省大中城市和郊县，员工队伍近3000人，配送队伍每日除送自办发行的《华商报》数十万份外，日送鲜奶12万袋，日配图书2万册，月回收旧报400余吨，其单份报纸的发行成本在全市最低，从而保持了在和同行竞争中的有利地位。

报纸定位应避开同质竞争

《华商报》的成功让后来模仿的同行陷入了同质竞争怪圈，他们把本行政区内所有人群都虚拟为自己的目标客户，犯了一个低级的营销错误。以西安为例，2001年，西安市场上的8份日报（全都是新闻综合类早报）竞争之激烈，时至今日都让过来人难以忘怀。最不符合营销法则的是这8份日报基本上用一个声音说话。那些新进入市场的报纸有点像过去的国有企业，追求“大而全”，追求权威性，一家报纸头条刊登省上某次例会的开幕式，其他当然也是头条，还配主席台的大照片呢；一家报纸登什么地方发生了车祸，其他报纸也登；这家报纸有国力足球队比赛的消息，别的报纸也有；一家报纸有演艺界的花边娱乐新闻，其他报纸当然也不会没有（漏报了新闻还要受罚）；甚至连股票市场信息也是如同一个版本。

报纸的同质化使本来拥挤的市场更加拥挤，最后的结果是《华商报》一枝独秀。避开同质竞争，报纸定位必须应用市场细分理论。

市场细分（Marketing Segmentation）实际上就是分辨具有不同欲望和需求的顾客群，把他们分别归类的过程[6]（P145）。市场细分不仅能避开恶性竞争，还能扩大市场需求。比如洗衣机厂家一般都生产容量为5升的洗衣机，海尔调查发现用5升的洗衣机洗夏季的衣服和内衣既浪费水、电，而且对衣服磨损太快，很不方便，于是就开发出容量为2.3升、省水、省电、省时间、省空间的小小神童“手搓式”洗衣机，结果有不少家庭购买了两台海尔洗衣机。

报业竞争到了今天也必须应用市场细分理论。以媒介产业最发达的美国为例，虽然由少数几家媒介主导这个行业，但许多小的专业化媒介企业也欣欣向荣。[8]（P157）北京、广州、上海等地的报纸在这方面做得就比较好。如《北京晚报》是典型的新闻综合类报纸，《精品购物指南》则是典型的生活服务类报纸。同样，《广州日报》是新闻综合类报纸，《粤港信息日报》则突出经济资讯，《南方周末》主要针对文化人，突出人文精神，《21 世纪经济报道》则专门针对经济界人士，为经济类深度报道周报。规模很小的上海《人才市场报》，2001 年创造利润 150 多万，这也足以说明市场细分对于报纸定位的重要性。

从全球报业发展趋势来看，新闻综合类报纸在行使媒体作为社会服务的公器职能、在影响力方面，其作用往往非一般市场细分类报纸所能比。但在广告吸引力方面，市场细分类报纸却胜于新闻综合类报纸。

因为今天的广告客户不再像过去只关心发行量（不同于印数）这个概念了，他们在打广告时，除了要看报纸的发行量、阅读率和读者质量（主要包括消费能力和消费习惯）外，更多考虑的是报纸在其广告要促销产品的针对区域（如西安美容院就是针对西安有闲又有钱的女人开办的）和目标顾客中的投放密度以及报纸的新闻受众与广告受众的吻合程度（如医疗软文广告受众和财经新闻受众的吻合程度就低）。一句话，广告的有效传播才是他们追求的终极目的。广告投放的会计依据是针对目标顾客的千人成本。

报业进入市场必须改变编辑记者本位的办报理念

我国现有新闻队伍中不少人是在过去的机关报体制下训练出来的，这种体制重视编采人员的培养，而市场经营、经济管理方面的人才则相对匮乏得多。特别是报业决策、管理者长期在远离市场的机关报（或党政机关）工作，市场化意识和经营理念不够强烈；在新闻从业人员中，接受文学专业教育的人偏多，形成了一个“文人”办报的圈子。

文人的理想是“以文载道”，而这个“道”自然是以文人（也就是报人，新闻生产者）为本位的，受众的重要地位和作用有意无意中被忽略。最能体现这一点的就是所谓的“舆论监督”报道。如果是关系公众利益的舆论监督，应该是读者关注的，如2002年发生在延安的“黄碟事件”。但如果只是一般的个案，它的大众传播价值就很有限了。

但是西安街头出售的报纸经常报道张三和李四的官司，这就暴露了西安报人的价值取向的问题——是满足报人的正义追求还是满足读者的需求，或者说是编辑记者本位还是读者本位？过去《三秦都市报》采访车上印着一条自身广告“三秦为你主公道”。实际上读者更为关注的是与自己切身利益有关的事物及其信息[5]（P131）。张三受到不公道，对于张三来说是天大的事，而对于李四却未必是事。

笔者于2002年12月在西安市雁塔路随机抽样调查了27位市民。受访者有企业员工8人，街道保洁员1人，教师5人，公务员4人，大学生5人，出租车司机1人，私营企业主1，公司保安1人，家庭主妇1人。调查的内容是《当代女报》2002年12月刊出的一篇题为《退休女法官绝食为哪般》的维权报道。调查结果显示：准备全文看完的有4人，占14.8%；只看标题的有10人，占37%；表示没兴趣不爱看的有7人，占25.9%；表示看不看都无所谓的有6人，占22.2%。也就是说，这条新闻的有效传播率仅为25.9%。这一结论符合马斯洛的需求层次理论[9]（P465）。

我们可以用一个极端事件来揣测我国现阶段新闻受众的需求特点：在两份报纸的同样位置刊登死了几百人的莫斯科恐怖事件和根治脚气（假设有这样的良方）的报道，可能有不少人更关注后者，因为后一种需求在先（马斯洛需求层次理论认为只有满足低一层次的需求，高一层次的需求始能相继产生），对读者也接近、更实用，更直接影响他的“利益”。报人最大的不幸在于他们错误地按照自己的喜好来揣测读者的兴趣。换个角度也可以这样说，评判一个新闻工作者的分量首先要看他所看好的东西能引起多少目标读者在多大程度上的兴趣。

报业是高门槛高风险行业

媒介产业的投资回报率比较高，是尽人皆知的事实。根据摩根士丹利在 1998 年做出的一份全球投资报告，媒介产业的投资回报周期为 8 年，其收益远远快于医药、银行、电力、能源等其他产业。统计显示，1988—1998 年，我国报业投资回报率大致处在 17% 到 50% 之间，远远高于同期的其他产业。于是，有人将媒介产业称为“最后的暴利产业”。但一般而言，越是暴利的地方进入门槛就越高，风险也越大。报社要成为印钞厂是有着严格的条件限制——要有足够的资本而且要有足够的耐心等到赢利；最基本的一条就是资本和职业报人不发生较大的矛盾、分歧；双方能够找到瞄准某一细分市场的、有特色的经营方向，坚持这一方向并适时调整。特别是在久不赢利的情况下，不要轻言撤资。

如果定位正确，切不可轻易摇摆不定。资本筋疲力尽的时候，也许就是水烧到八九十度的时候，这时再添一把柴，水开了。相反，如果资本急功近利，最后的结果就是报纸变成鸡肋。

参考文献：

[1] 俞燕敏，鄢利群. 无冕之王与金钱——美国媒体与美国社会 [M]. 北京：中国社会出版社，2000.

[2] 吴敬琏，吴敬琏纵论西安高新产业发展 [N]. 华商报，2001—08—16.

[3] 李元授，陈扬明. 新闻传播学 [M]. 北京：新华出版社，2001.

[4] [加] 马歇尔·麦克卢汉. 理解媒介——论人的延伸 [M]. 北京：商务印书馆，2000.

[5] 张俊德，刘海贵. 新闻心理学 [M]. 上海：复旦大学出版社，1997.

[6] 苏亚民，张文贤. 市场营销学 [M]. 北京：中央广播电视大学出版社，1993.

[7] 陆定一 . 我们对于新闻学的基本观点 [N]. 解放日报，1943-09-01.
[8] 李新立 . 多维视界——传播与文化研究 [C]. 北京：北京大学出版社，2001.
[9] 张春兴 . 现代心理学 . 上海：上海人民出版社，1994.

How Media Orient Its Position Toward Commercialization Under The Market Economy System

——Inspiration from Huashang Daily for the newspaper industries

HAO JIAN-GUO

Abstract：The modern medium has its economic， commodity and market property besides the function of public opinion. Newspaper is the most important printed media today. Its commodity property requests that it orients and appeals to the needs of customers from the process of production to its circulation. By adapting the brand new philosophy to newspaper industries， Huashang Daily becomes the top winner in the competition of media market， which is well known as Huashang Model. The essence of the Model is audience-orientation and complete market-directed management. The successful model of Huashang Daily has great inspiration for the newspaper industries to our country.

Key words：media marketing，applied communication science， study of Huashang Daily Model's success.

[原载《延安大学学报（社会科学版）》2003 年第 3 期]

新闻侵权的三种主要表现

新闻侵权是指新闻媒体和新闻记者因新闻传播引发的民事侵权行为，常见的有诽谤、侮辱、传播隐私等。新闻媒体在刊发广告、销售产品（如报纸）等与新闻传播没有直接联系的侵权，一般不认为是新闻侵权。

诽　谤

新闻侵权案例中，最主要的是侵犯名誉权。而在名誉权案件中，绝大多数与诽谤（libel）有关。1993 年，最高人民法院《关于审理名誉权案件若干问题的解答》中明确指出："文章的基本内容失实，使他人名誉受到损害的，应认定为侵害他人名誉权。"

根据最高法院的这条司法解释可以看出，在我国法律体系中，诽谤专指陈述事实的虚假性。司法实践中，诽谤诉争的焦点必然是新闻报道内容的真实性问题，或者说陈述事实是否虚假的问题。

把内容的虚假性作为诽谤的构成要件，是在实现言论自由和保护公民人格权关系上的一种兼顾与平衡。

这里要注意，正当的新闻批评虽然会使被批评人受到社会的谴责，他的名誉可能受到影响，但如果这种批评是真实的，就不是诽谤。只有在报道中以虚假事实指责报道对象，才会给他人造成不公正的、贬低性的评价，才能构成诽谤。

在司法实践中，要弄清报道的真实性问题，并非一件容易事。因为多数情况下客观事实稍纵即逝，媒体报道的所谓事实（即新闻事实，news facts）多为对客观事实（truth）最大限度地还原。

新闻事实是一种法律拟制的真实状态，不同于一般意义上的客观真实。作为一个独立的行业，新闻工作具有与其他行业不同的规律性，比如新闻报道具有阶段性、过程性和时效性，记者调查不具有强制性，语言表达形式呈现多样化，这就注定了新闻事实与客观事实之间可能会存在一些出入。

记者报道的事实主要来自信源（消息源，news sources），通常是通过引用可靠的信源来建立事实。打个比方，记者在报道杨佳袭警案时，他并没有亲眼见到杨佳作案的过程，他所报道的杨佳杀人的事实，是建立在刑侦机构这个可靠信源基础上的。

新闻真实还包括现象真实和本质真实的区别。2002 年，西安市中级人民法院终审了一起影响较大的新闻纠纷案件，法院两审均判决媒体败诉。事件的经过是这样的：当年 6 月 10 日，北京菲达乳品公司总经理陈锐光在西安某民办高校举办的一场毕业生招聘会上宣布，公司准备“预聘”该院一名叫郝某的大三学生，预计年薪在 40 万元到 50 万元。6 月 12 日，《中国青年报》以《世界 500 强预定 210 名 ×× 学生》为题报道了此事。随后，《北京青年报》刊发《质疑大三年薪 40 万》的报道，提出“年薪 40 万元能否兑现，学校企业是否有炒作”等疑点。

6 月 27 日，西安 ×× 学院以《北京青年报》侵犯其名誉权为由提起诉讼。后经陕西省长安县法院、西安市中级法院审理认定，“北京菲达公司陈锐光与原告的学生 ×× 面谈后表示该公司愿以高薪在原告学院预聘一名学生，预计年薪在 40 万元到 50 万元，此言论属于事实。”故被告的报道侵犯了原告的名誉权，原告请求二被告停止侵害、消除影响、赔礼道歉应予支持。

跳出争议本身，我们不难发现，《北京青年报》质疑的“事实”是所谓的大三女生年薪 40 万元被预聘有无“兑现”的可能，而法院认定所谓的“事实”是北京菲达公司陈锐光是否说过年薪40万元预聘一名学生的“言论”。显然，《北京青年报》认定的事实在新闻真实性原则中属于更高一个层次的、揭示事物本质的事实。

侮　辱

所谓侮辱，是指以言词、文字、图画、动作或者暴力等方式，公然贬损、丑化他人，损害他人名誉的行为。

对于侮辱侵权，最高人民法院《关于审理名誉权案件若干问题的解答》中是这样规定：“文章反映的问题虽基本属实，但有侮辱他人人格的内容，使他人名誉受到侵害的，应认定为侵害他人名誉权。”这表明，真实不能作为抗辩侮辱侵权的理由。

语言文字是新闻作品最常用的表达符号，如果使用不当，使语言文字的组合具备侮辱性，将违背新闻传播的客观、公正原则，并可能构成对他人名誉权的侵犯。

新闻媒体对违反社会公共利益的行为或现象进行揭露和批评，只应限于事实和对事实本身的评论，而不应侵犯被批评者的人格。不管被批评者的问题多么严重，他的人格权仍然受到保护。

2006年7月，《第一财经日报》发表该报记者王佑采写的《跨国公司中国代工厂黑幕　女工连续站12小时工作》一文，反映台湾首富郭台铭所控制的“富士康”在深圳注册的一家公司存在严重的员工超时加班、被强迫站着工作、被强迫捐献骨髓等行为。文中有这样一段：“一位不愿透露姓名的富士康员工如此形容他们的生活：‘干得比驴累，吃得比猪差，起得比鸡早，下班比小姐晚，装得比孙子乖，看上去比谁都好，五年后比谁都老。’”

报道刊发不久，富士康公司以名誉侵权为由，状告报道此事的记者王佑以及该报编委翁宝，并提出总额3000万元人民币的赔偿。由于原告跨过媒体直接起诉记者，且要求赔偿的数额过高，引起了国内新闻界、法学界强烈批评。

此案虽然以和解的方式终结，但“干得比驴累”这一段是值得商榷的。不管富士康存在什么样的问题，其员工总不应该和驴、猪、鸡等动物相提并论。禁用使用侮辱性语言不仅是一个法律问题，也是媒体自律要求。

传播隐私

隐私，是指个人不愿意公开或受人干扰的、与社会无关的私人事项或私生活范畴。根据隐私的外延，笔者将隐私权的法律要素概括为：隐私权的主体是自然人，隐私权的客体包括私人活动、个人信息和私人领域事务，隐私权的保护范围受公共利益的限制。隐私权实际上是一种人格权。我国《宪法》第 38 条规定公民的人格尊严不受侵犯，第 39 条规定公民的住宅不受侵犯，第 40 条规定了通信秘密权的保护。

《中华人民共和国民法通则》没有关于隐私权的直接规定，但最高人民法院在 1988 年发布的《关于贯彻执行〈中华人民共和国民法通则〉若干问题的意见（试行）》第 140 条规定：“以书面、口头等形式宣扬他人隐私……损害他人名誉，造成一定影响的，应当认定为侵害公民名誉权的行为。”1993 年《关于审理名誉权若干问题的解答》第 7 点提道：“对未经他人同意，擅自公布他人的隐私材料或以书面、口头形式宣扬他人隐私，致他人名誉受到损害的，按照侵害他人名誉权处理。”这些可以看作是我国公民隐私权保护的法律依据。

隐私权是一个相对的概念，每个人享有的隐私权的范围并不完全相同，公众人物的隐私权要比一般公众小。如果新闻报道来源于公开记录、公开场合或者是关于公众人物的某些隐私，则不构成侵犯隐私权。

在新闻实践中，侵犯他人隐私权表现多与性和个人身体有关。涉及隐私权的诉争中，记者习惯以真实来为自己辩护。从法律的角度看，隐私权是不能以真实来抗辩的，唯一能抗辩的是公共利益。

需要特别说明，受保护的隐私行为其前提必须是合法的，非法行为中的所谓隐私并不受法律保护，这是因为非法行为危害公共利益。

2004年8月10日，《华商报》报道了河南郑州一民警在陕西华山风景区旅游时，因嫖娼被处罚的消息，并在头版显著位置刊登了该民警的照片。该民警曾以起诉威胁报社，但最终并未实施。从新闻伦理的角度看，这篇报道可能缺乏人文关怀，但从法律的角度分析，该文并未侵犯报道对象的隐私权。

新闻侵权涉及刑事的特殊性

前文已经说过，根据司法实际和新闻实践，新闻侵权通常指民事侵权中的一般行为。作为特例，新闻一旦涉及刑事，则多与诽谤罪、侮辱罪联系在一起。

我国是全球少数几个规定有“诽谤罪”的国家。一般而言，民事诽谤与刑事诽谤主要区别在于诽谤的情节和造成的后果。正当新闻报道引发的“诽谤”，如果适用《刑法》246条规定的诽谤罪，则必须同时满足新闻媒体或新闻记者有“捏造事实”的主观故意。

这里所说的正当新闻报道，是指新闻记者的采访报道完全出于工作需要，与报道对象之间不存在恩怨情仇或利益纠葛。从实际情况看，新闻报道的失实多出在记者道听途说、偏听偏信的技术性问题上，也有的是因为记者对采访对象无中生有、添油加醋的描述不能够理性判断和合理取舍所致。很少有新闻记者故意“捏造事实”、诽谤报道对象的案例。

辽宁省西丰县公安局拘传（未执行）法制日报社所属《法人》杂志记者朱文娜一案草草收场表明，新闻侵权纠纷启动刑事程序时一定要慎重。

结　语

新闻侵权是伴随着现代新闻事业的发展而产生的一种社会现象，虽然不能够杜绝，但认识新闻侵权表现形式和法律性质，有利于自觉防范。除了增强法律意识外，新闻记者始终应恪守职业道德，把真实、准确、客观、全面地看作是新闻的生命，同时要注重新闻伦理，恰当把握新闻自由与保护报道对象合法权益的关系。

（原载《今传媒》2009 年第 5 期）

《挟尸要价》图片刊发的新闻伦理考量

——兼与陈力丹教授商榷

陈力丹教授在《新闻记者》2010年第10期发表《〈挟尸要价〉的公开发表和评奖有悖新闻职业道德》一文，对中国新闻摄影最高荣誉“金镜头”获奖作品——张轶拍摄、《华商报》首发的《挟尸要价》新闻图片提出批评，认为虐尸画面的传播“刺激受众的神经”，对遇难大学生的亲人如同“撕裂伤口撒盐”，陈先生因此质疑新闻工作者的职业道德意识。

作为这张新闻图片的发现者、传播者和“挟尸要价”事件的主要（文字）报道者，笔者以为，陈先生对新闻伦理的重视有其积极意义，但忽视了“传播真相”这一新闻记者最基本的职责，否认媒体在两难选择、面对不可补救的公共利益时在较低程度上对善的最小化牺牲符合新闻伦理，陈先生的批评是在人道主义大旗下对人道主义的误读。

图片刊发的必要性——真相至关重要

在新闻学领域，伦理与道德属于同义词，是指判断正确的或错误的新闻传播行为的信念。

关于新闻伦理的基本指导原则，还要从康德的“绝对义务论”说起。康德认为道德具有绝对性与普遍性，用其指导新闻工作，则强调传播事实至关重要，记者的任务就是传播事实。[1]（P164）。虽然康德的“绝对义务论”在经历20世纪六七十年代的风行后遭到诟病，但追求真相、传播事实已成为各国新闻工作者职业道德要求中公认的、最基本的一条。

因为追求真相的第一性，新闻图片就成为十分重要（有时为文字抽象描述所无法取代）的报纸消息来源和新闻编码。《挟尸要价》所涉及的道德丑恶过于冰冷，加之不同的媒体通过不同的消息来源对捞尸过程关键细节（如白衣老汉的动作、手势、表情等）的还原存在出入，如果没有图片佐证，很难令公众信服。新闻界流行“有图有真相”的说法，依据正是图片相对于文字描述而言，更客观、更可靠，更符合精确新闻学之要求。

不仅仅《挟尸要价》这样罕见的案例让编辑记者为难，绝大多数“坏消息”都面临这样的冲突。一向以严谨著称的《时代》（TIME）周刊，在2010年8月第一周出版的杂志封面上刊登了一位18岁的阿富汗女子爱莎的巨幅图片——因欲逃离夫家，女孩竟遭塔利班割耳削鼻，被削平的鼻子只剩下两个黑窟窿，可谓惨不忍睹。当这幅题为《遭割鼻阿富汗女孩爱莎》图片引发关于新闻伦理的争议时，执行编辑理查德·斯坦格尔（Richard Stengel）是这么解释的：“我宁愿让读者直面塔利班是如何对待女性的。”[2] 2011年5月，这幅照片获得了第54届世界新闻摄影比赛（WPP，即“荷赛”）年度奖，可见对该照片所谓的伦理指责，主流新闻界并不认同。

人道主义与服从公共利益原则的博弈

人道主义是社会伦理道德的价值判断标准之一。在《挟尸要价》事件报道中，笔者不得不面对真实性原则与人道主义之间的抉择——一方面，开掘真相、传播事实是记者的基本职责；另一方面，受害者遗体的曝光可能对其亲属和其他公众造成二次伤害。

上述选择窘境已不是新闻价值与新闻伦理之间的抉择，而是新闻职业道德与社会伦理之间的抉择。

《华尔街日报》2009年7月23日A13版刊登过这样一篇报道：“一个夏日，在斯坦福大学的教室里，一名12岁的金发女孩站起来对抗她的老师：‘你错了！’她哭着冲出了教室。那位教授是位伦理学老师，正在试图证明为了救5个人而杀害1个人在道德上是容许的。”

这篇题为《与亚里士多德共度的一个夏天》（A summer with Aristotle）的文章，探讨的即是面对伦理冲突时如何考量的问题。那位教授的观点与国人平时所说的“两害相权取其轻”意思接近。关于这一点，亚里士多德之后的另一位英国哲学家穆勒（J.S. Mill）有更进一步的论证。穆勒强调行为的后果和目的，他提出的“最大多数人的最大利益”的原理尤其具有重要意义[3]。

穆勒的哲学思想对当代新闻伦理学产生了比较大的影响，这一点从《英国新闻工作者联合会行为规范》中很容易看出来。该规范第六条规定：“新闻工作者不得做任何可能侵犯他人隐私、造成他人不幸或痛苦的事情，要服从公共利益的考虑高于一切的原则的内容。”规范同时对“公共利益”的外延做了明确界定，“发现或揭露犯罪或不良行为”即属于此[4]（P316）。

“波特箱”模式下的效忠公众选择

美国传播学者克利福德·G·克里斯琴斯等人提出的“波特图箱”，提供了一个带有普遍性的解决媒体遇到伦理冲突时的图式。这个图式通过对定义、价值、原则、忠心4个维度的分析得出结论[5]（P233）。按照这一方法分析《挟尸要价》图片，可以得出以下几个基本点：

一、“挟尸要价”事件是公开、新近发生的，是关注度很高的新闻，在消息来源对新闻核心事实的还原存在混乱的前提下，图片是还原真相、传播事实不可替代的信源和证据。

二、《挟尸要价》图片是以笔者采写的一篇调查性报道的配图形式首发的，是这篇报道不可或缺的一部分。图片真实反映了当下某些人人道主义缺失、拜金主义泛滥的问题。受害者是舍己救人的英雄，这更增加了图片的新闻价值。

三、这张刊发的图片是笔者从张轶拍摄的16张图片的选出的。该图片技术处理比较好，反映的主体是挟尸要价者，受害者（方招）的遗体因系逆光、远景拍摄，只出现半个脸和一只胳膊，在整个画面中所占比例很小，且比较模糊，对逝者亲属及相关方而言，做到了伤害最小化；对大多数读者并不构成恐怖、血腥等严重不良感受。

四、“挟尸要价”行为是一种反人道主义的不良行为，读者对于事件的知情权属于公共利益，刊发这张图片符合华商报“奉献最有价值的新闻和信息”的办报宗旨，符合对读者的忠心原则。

受众反馈——让我们直面丑陋

尊重受众的感情是新闻伦理涉及的基本问题。陈力丹的文章在其个人博客上转载后，反馈的183条评论中，57%的读者不同意其观点，另有17%的读者没有明确表态，而支持其观点的读者仅占17%。

从网友留言看，这些读者有不少受过新闻专业训练，他们并非对新闻伦理问题一无所知。

网友“AE皇后”看完陈先生的文章后留言：“死者要尊重，但尊重的其中一个做法就是披露真相！那才叫尊重！”

另一位匿名的网友留言说：“‘挟尸要价’的相关文章和图片我都看过了，图片谈不上血腥，但很黑暗，十分贴合文章主题。死亡并不可怕，但黑暗却是能让人窒息的。”

虽然，不能说博客读者完全代表了《挟尸要价》新闻图片的所有受众，但通过以上数据我们能够发现，大多数受众看到那幅图片后，反馈是正面的。

结 语

《挟尸要价》和所有的“坏消息”一样，对报道对象或相关方可能造成程度不定的伤害，但该图片尺度把握得当，遇难者遗体没有出现特写画面。刊发这张图片是公开真相所不可或缺的，是服从公共利益前提下将伤害最小化后的无奈选择。

“挟尸要价”与鲁迅笔下的“人血馒头”异曲同工，它虽然丑陋，但对于揭示真相、唤醒麻木不仁、匡正道德失范、启蒙人道主义，具有不可替代的警醒价值。

参考文献：

[1] 俞燕敏，鄢利群．无冕之王与金钱——美国媒体与美国社会 [M]. 北京：中国社会出版社，2000

[2] 张咏，御景嫣．惨遭割鼻阿富汗女子照片上封面引争议．青年参考 [N]，2010-8-6

[3] 罗以澄，侯迎忠．新闻记者的角色冲突与道德失范——兼论记者的职业职责和社会责任．武汉大学学报（人文科学版）[J]2006.3

[4] [英] 托尼·哈尔卡普．新闻工作：从原则到应用（周黎明译）[M]. 北京：中国人民大学出版社 .1999

[5] [美] 鲍尔斯 等著 . 现代媒体编辑技巧(李矗 等译)[M]. 北京: 新华出版社 .1999

（原载《青年记者》2011 年 6 月中，总第 349 期，P.16-17）

附：陈力丹原文

“挟尸要价”的公开发表和评奖有悖新闻职业道德

对《挟尸要价》获得中国新闻摄影“金镜头”年度最佳新闻照片奖以及随之而来的照片真假之争，各传媒均以整版的篇幅加以报道。这张新闻照片中，死难的救人大学生手腕被渔网绳牢牢捆着，大部分身体泡在水中，像被系住蹄子的猪泡在水里，只露出半张脸和一只胳膊。照片去年第一次公开时，就有报道谈道，死难大学生的亲人们那几天不敢看电视、上网和阅报，不忍目睹自己的亲人被绳子捆着手腕泡在水里的情景。

然而如今，展现那令人心颤一幕的照片被评上了中国新闻摄影的最高奖，接着围绕其真假而不是这样公开是否道德的问题展开了论战。对逝者的亲人们来说，这无异于再次往撕裂的伤口撒盐！这样的画面，即使是普通人看了，也会感到难受、恶心和恐惧，不论当事者如何强调这是为了揭露，为了正义，其实在公开之际这已经变得不重要了，重要的是这些画面吸引了公众的眼球，刺激着受众的神经。我们的传媒在重新发表这样的照片之时，为什么没有想到这是强加给公众的又一次非人性的视觉感受？

没有一家媒体站出来质疑新闻摄影奖的评委们：这样一张暴露救人英雄遗体的新闻照片，为什么被评为中国新闻摄影的最高奖？仅仅出于鼓励舆论监督的目的吗？舆论监督，就可以不受新闻职业道德的约束吗？

揭露“挟尸要价”，通过其他方式或对照片中的死者部位进行遮蔽，是可以达到目的的。这张照片当时就不该不做处理而公开发表，更不宜一年后被评为中国新闻摄影的最高奖。记者揭露事实真相的行为应该以其他方式给予鼓励。

世界各地的新闻界同行对于刊登死难者照片，一向有着严格的自律，即尽量避免图片上出现清晰的死尸形象。BBC 的自律文件指出：记者“使用可以确认身份的不幸者照片的任何提议，必须提交高级编辑或独立组稿编辑”。“我们不应该过多地在痛苦和受难的景象上拖延时间，……应该把镜头从受害者身上挪开以显示尊重。如果不得不在与受害者亲属接触之前就把死者或者伤者清晰可辨的照片发表出来，那么我们需要对可能由此引起的痛苦格外谨慎小心。”台湾地区一份传媒自律文件也写道：“报道死亡新闻，应避免播出死尸画面。”一位美国记者写道：“一个新闻工作者必须考虑，或应当考虑，是否仅因为这些照片具有新闻价值就应该采用它们？刊登这些照片会不会在受害者处于极度悲痛的时刻严重侵蚀他（她）的不受外界干扰的权利？这样的照片会不会使遇难者的家属对悲惨情景永留记忆，日夜不宁？倘若如此，这类照片的新闻性还值不值得利用？”

在照片的真伪争论中，作者为了证明自己的清白，抛出一组当时拍摄的系列照片，全是令人感到难受、恶心的画面，甚至有逝者形象的特写。作者只考虑自己的利益不受侵犯，而没有意识到，自己的所作所为又一次伤害了逝者亲人和公众的感情，对于这种做法应该从新闻职业道德角度给予提醒和谴责。

作者的作为可能出于本能和无意识，我们的高层新闻摄影家们在技术上可能是最好的。但是，《挟尸要价》被评上中国新闻摄影的最高奖，以及作者再次抛出同类系列照片的事实表明，我国的新闻人普遍缺乏职业道德意识。这对我国的新闻行业来说，是可悲的事情。

确实，照片中的虐尸情形具有视觉冲击力，可以唤起社会对这一事件的关注。然而报道这个事实的方式是有多重选择的。2001 年美国“9·11”事件中死亡约 3000 人，至今我们没有看到过一张内含有逝者清晰形象的新闻照片，而公众点燃烛光静静祈祷的画面却比比皆是。新闻中没有遗体和流血，黑暗中摇曳的烛火，让人感受到生命的尊严。

生命的神圣性应当是全社会的共识，所有人都应当尊重生命、敬畏生命。请自我检查一下我们的报道，有没有对生命轻视的倾向，有没有对死亡的麻木？不论出于什么重大而严肃的理由，都不应使用煽情的语言和画面来描写、展现死亡。在和平时期，任何东西都没有理由凌驾于人的生命和尊严之上。

面对各种事件中死难者的照片，公开还是不公开，每一个新闻摄影记者都会面临两难选择。如果具备新闻职业道德意识，想到逝者的尊严，站在公众角度体验一下他们的亲属接触这类图画的感受，做出正确的抉择并不难。《挟尸要价》照片风波中的真假之争可能是重要的，但若能就此在职业道德方面获得一种人性关怀的新闻专业主义理念，无疑更重要。

逝者已经离我们远去，请在提及他们之时，还他们以尊严。

（原载《新闻记者》2010年第10期）

第七部分

评　论

陕西死刑犯罪“疑罪从无”第一案的司法进步意义

高进发是陕西大荔县一个农民，因涉嫌杀人强奸被当地司法机关羁押1000多天，期间两次被判死刑，缓期执行。后因证据不足，高进发最终被宣布无罪释放并获得国家赔偿，被法学界称为陕西死刑犯罪“疑罪从无”第一案。

在控方掌握的证据不够确实、充分的情况下，法官一定面临着两难抉择：如果判处被告人有罪，那么就可能冤枉好人；如果宣告他无罪，则极有可能放纵真正的罪犯。

怎么办?

《中华人民共和国刑事诉讼法》第162条第3项给出了明确的答案——“证据不足，不能认定被告人有罪，应当作出证据不足、指控的犯罪不能成立的无罪判决。”可能受害者的亲人看到这个判决后会非常失望、伤心甚至愤怒。但是，我们除了理解受害者家属的心情以外，没有什么理由支持“判罪”声。因为《中华人民共和国宪法》第33条明确规定：“中华人民共和国公民在法律面前一律平等。国家尊重和保障人权。”

那么在法庭上，考察“尊重和保障人权”的注意力应该指向什么人群？显然不是法官和检察官群体，而应该是在审判席上的被告人。因为与检察院、法院这样强大的国家机关相比，被告人此时显得十分弱小，不仅调查取证的力量不如前者，而且还在于前者掌握着国家强制权。

千万不要以为我们是在为高进发们说话。因为如果像高进发这样没有确实、充分的证据证明其有罪的人可以被随意判刑，甚至被剥夺生命权，那么明天一些无辜的人就有可能成为“潜在的犯罪人”。这种“法律安全”的丧失给无辜者及公众心理造成的副作用，要比一次具体的犯罪还可怕。

因此，“疑罪从无”原则不仅是对犯罪嫌疑人、被告人的特殊保护，而且也是对可能涉讼的每一位公民的基本保护。完整的现代法治必然要求打击犯罪的同时必须能够保护无辜。如果过分强调前者，或者忽略了后者，都会使宪法确定的“尊重和保障人权”落空。从这个意义上说，高进发被无罪释放无疑是司法进步的一个佐证。

（原载《华商报》2006年3月17日，本文获司法部2006年度“全国法制好新闻奖”）

药家鑫案件背后的民粹与精英主义司法之争

药家鑫，西安音乐学院大三学生。2010 年 10 月 20 日深夜，驾车撞人后又将伤者刺 8 刀致其死亡，此后驾车逃逸，后在其父母陪同下投案。2011 年 1 月 11 日，西安市检察院以故意杀人罪对药家鑫提起了公诉。同年 4 月 22 日西安市中级人民法院一审宣判，药家鑫犯故意杀人罪，被判处死刑。5 月 20 日，陕西省高级人民法院对药家鑫案二审维持死刑判决。2011 年 6 月 7 日上午，药家鑫被执行死刑，终年 21 岁。

决定药家鑫生杀大权的两只手，一只叫民粹主义（Populism），一只叫精英主义。这里所说的“主义”，是指一种价值取向或者叫文化认同，而并非指一种思想体系。

民粹主义者以朴素的“杀人偿命”复仇理念、正义直觉和常识，认为药家鑫应该被立即处死。

民粹主义者多来自草根，他们关心公共事务、保持本能的正义。基于对社会不公平的担忧和抗议，一些民粹主义者有着浓厚的仇官、仇富情结。

与民粹主义者对应的是精英主义者（此处“精英主义”与“法律专业主义”同）。精英主义者大多受过系统的法学教育，崇尚严苛的“程序正义”，自觉抵制“多数人暴力”，认为事关限制公民人身自由甚至剥夺生命这样的大事，必须交给专业人士来判断。

精英主义者认为用人身自由惩罚取代残酷的肉体惩罚，不提倡以暴制暴、在肉体上消灭药家鑫。

精英主义者特别强调，全球绝大多数国家已经废除死刑，即便少数未废除死刑的国家，也很少使用死刑；当下中国的刑事政策也提倡“少杀”“慎杀”，最高人民法院收回死刑复核权即是此意。

就药家鑫故意杀人案件，不好简单地说哪一派是正确的，民粹主义者和精英主义者双方的意见都值得重视。毕竟我们国家是尚未废除死刑的国家，而且本案中，死者张妙是在车祸倒地后又被残暴杀害的。当然从人道主义立场看，呼吁给药家鑫留一条性命也不是没有道理。

我这里不妨俗用美国的标准来看看药家鑫案件。美国的刑事司法非常严苛，检察官、法官是典型的精英主义者。为防止精英主义者剑走偏锋，美国法庭上专门设置了陪审团，这里就有以民粹纠正精英之偏颇的意思。

现在，美国学者对陪审团制度不满的大有人在，他们提出这样一个问题：究竟应该是由法官还是陪审团享有对事实和法律的认定权。芝加哥大学法学教授阿斯楚兰指出，目前美国刑事司法领域有检察官权力一股独大的倾向。

民粹，也可以换一种说法叫“民意”，像大家非常熟悉的、由毛泽东提出的“一切为了群众、一切依靠群众，从群众中来、到群众中去”就有这种成分。在司法领域，民粹司法价值取向习惯上被称为“大众司法”。

陕甘宁边区时代，推行的就是大众司法路线，其代表人物、时任高等法院院长的马锡五法官办案最大的特点是，重视（主动）调查研究、重视民意。整体评价，这一时期的司法是进步的，社会效果是好的。

“文革”时期，威权主义（Authoritarianism）与民粹主义意识形态相互作用，结果搞出很多冤假错案。

改革开放以来，我们的司法理念总的方向是精英主义占上风，最明显的标志是实行了国家司法考试，提高了司法队伍门槛——这个方向是基本正确的。

就当下而言，民粹主义司法理念有一种回潮倾向。不过，民粹主义影响司法的结果可谓毁誉参半。

当然，精英主义的缺陷也是显而易见的，如脱离群众（任此发展，将会危及法院自身的合法性问题），不利于社会良性运行和协调发展。更重要的是，如果排除公众的监督，无法保证精英主义者不与权钱勾结，最终导致严重的司法腐败。

笔者以为，刑事司法应以精英主义为主导，同时适当引入大众司法理念，这对保证司法达到预期的社会效果是必要的，也是符合国情的。

司法重视民意，陕西在药家鑫案件上做了一些尝试。当然了，个中细节还可以探讨，比如说如何防止旁听席上利益相关方（包括对被告人持宽容态度的人）的意见对法庭裁判的影响等。

（原载《华商报》2011 年 5 月 10 日）

计划生育的前世今生与未来

很多人不习惯独立思考，喜欢从一个极端到另一个极端。

当年大家抱怨没有听马寅初的意见，让中国多生了几亿人口，拖累了现代化。现在，严苛的计生政策废除了，大家又抱怨以前计划生育太严，造成了今日人口快速老龄化。

人既是生产者，也是消费者，当然还是碳排放者。单纯强调哪一点，都有坏处。

20 世纪六七十年代，一个家庭四五个孩子很普遍，人们生活简单，共同贫穷。但凡看过电视剧（小说）《贫嘴张大民的幸福生活》的人，对贫困和多子给国人带来的逼仄和困窘一定会留下深刻印象。

所以，那时规划生育的大方向是对的。

问题出在哪里？主要是计生决策封闭在一个小范围内，执行过程矫枉过正，以致积重难返。

亚当·斯密说过，因为理性，“趋利避害”必然是人的本能。每个人都想把自己和自己所在的领域“做大做强”。如果搞企业，“做大做强”多半是好事；但如果其他领域则另当别论。

我们能看到，搞计生的官员一定会说计生最重要，关系国家存亡；管交通的官员曾经说，“顺风车”管制（限制和审批）是为维护乘客利益……

按照权威人士的说法，1980 年最高层会议确定的计划生育方针是“提倡一对夫妇生一个孩子”“控制一代人（30 年大限）”。但是后来层层加码，最终把“提倡”变成了“强制”。

当计划生育变成“国策”时，要改就比较难了。20世纪90年代，基层干部考核方面一个时期实行的是计划生育“一票否决”制，意思是其他工作做得再好，只要计生工作不力，只要你管的地方孩子生多了，地方政府的工作就是不合格。

“一票否决制”，让计生官员在政府序列中越来越重要——县里的计生委主任（计生局长）顺理成章提拔为副县长、副书记，最不济也得给一个县级人大、政协的副职，这些都是官员们实实在在的利益。

大量计生官员擢升进入各级决策层，加上计生体系内部培养的智囊游说，此时要想改变计生政策，难度可想而知。

到2010年，无论按1980年会议确定的“30年大限”，还是从人口变化实际情况看，计划生育政策都到了应该考虑调整的时候了。可是，“放开二胎”的呼声说了多年却不见落地，直到十八大以后才真正出台。

再说一遍，当初的规划生育的思路提出大方向没有问题，但今天看来跳崖式的“一孩化”政策弊端非常明显，它导致快速老龄化等新的社会问题才刚刚露头。

有些计生官员包括人口问题社会学家担忧，放开生育管制后会不会重新出现人口过快增长。答案是否定的。现在全民生育文化变了，经过改革开放和全民教育提升，中国人已经开始注重个体的自我生存状态和尊严，多数人不再信仰“多子多福”。

另一方面，实行30多年严苛的计划生育政策，“独生子女文化”已经形成，表现为子女抚养的奢侈化（不考虑家庭实际收入和孩子的实际情况，迷信性价比较低的婴幼儿奢侈品和服务，如进口奶粉、尿不湿、名牌服装，滥报课外辅导和兴趣班，专车接送子女上下学，义务教育阶段交高价赞助费择校、盲目出国留学等）以及孩子升学就业的空想化（爱慕虚荣、好高骛远，鄙视操作和体力劳动，不愿意吃苦）。一些独生子女一出社会，在就业方面出现了“高不成低不就”的尴尬，沦为“站着喝酒而穿长衫”的啃老族。

子女抚养的奢侈化以及对孩子未来成长发展的不确定性，加之社会竞争压力大，贫富分化较为严重，政府公共服务还有短板，即使完全放开，城市绝大多数中产阶层父母也“不敢”生二胎。“放开二胎”政策出台后，一些妻子明确对丈夫说“反正我是不生了，你爱跟谁生就跟谁生去”，正是当下国人生育主流文化的写照。

但是，还必须要看到问题的另外一面——中国的大多数县城、农村边远落后地区的社会发育程度和生育观念与城市大不相同，这些地方的生育愿望目前依然较强。

今后国家的生育规划和服务管理工作还要防止县城、农村边远落后地区“越穷越生”（指三孩以上）——穷人无节制多生的直接后果是地区、阶层之间的鸿沟会进一步加深，最终可能导致严重的社会问题，如阶层冲突、骚乱动荡、犯罪高发等。一些网友把印度的自由生育当作理想目标，是需要重新思考的。

（原载新浪微博“记者郝建国”，2015年10月17日）

记者“受贿”的治理途径思考

央视女记者“李敏涉嫌受贿案”2009年8月4日上午在太原市杏花岭区法院开庭审理，李敏的身份被确定为“国家工作人员”，一审据此认定其受贿罪成立并判处有期徒刑3年，缓期4年执行。

毫无疑问，李敏收受采访对象钱物的这个行为是严重有问题的，但有问题的行为却不一定都要用刑法来治理，因为刑法不是万能的。

受贿罪的本质是一种“权钱交易”，也就是把法律授予某个职务的权力（即“公权力”，经法律授予，为某一职务所特有，因权力具有稀缺性，可设租、寻租），用来牟取私利。能否给记者定“受贿罪”，首先要看记者是一个什么职业，他是否掌握公权力。

一般而言，记者所享有的无非是知情权（即采访权）、表达权和批评建议权（即发稿权），但这些权利并非记者专有的特权，而是宪法（第2条、第35条、第41条）赋予每一位公民的基本权利。

一个普通公民，他同样有权向国家机关（如本事件当事人杏花岭检察院）获取信息（行使知情权），也有权对其进行批评监督，有权在媒体上（包括个人网站、博客等自媒体）发表言论。

判断记者所享有的“权”是否公权力还有一个标准，那就是看行使这种权利是否有强制性保障，“权”所作用的结果是否具有确定性。

强制性保证是公权力基本特征。比如，公安刑侦人员去抓捕嫌疑人的时候，一定是强制的；市场监管人员吊销不法商户的营业执照时，也不会考虑商户是否同意。

不管是中央电视台还是哪个媒体的记者，只有在征得采访对象同意，采访才能进行；如果采访对象不配合，也不可能构成“妨碍公务”。

此外，舆论作用的结果是弹性的、不确定的。这一点也说明，记者并没有掌握公权力。

无论东方还是西方，对记者都有“无冕之王”的称谓，媒体也有“第四权力”的说法。从字面上看，这个职业似乎权很大。但是，请注意，“无冕”清楚地表明记者之权不在公权力法定程序之内；“第四”也把媒体之权与立法、司法和行政三种公权力严格分开。

分析到此，有人可能要问：既然记者没有“特权”，为何经常有采访对象给记者送好处而且数额巨大？

我理解，这是一个转型期的特殊问题。近几年，中国传媒业有了很大的发展，但传媒市场离成熟还有很远的距离。有的媒体因为附属于党政机关，他们的舆论有时具有超乎正常的力量，造成监督对象的心理“恐惧”，使寻租有了可能。

另一方面，国内媒体虽然数量很多，但并不是都按照新闻规律运作的，这是有偿新闻诞生的泥土。

假如有足够数量的按新闻规律运作的媒体，采访对象收买记者就变得十分困难——收受好处的记者或媒体如果报道了虚假的不利于一方当事人的报道，其他媒体可能通过报道真相抗衡，如此违背新闻规律的“有偿新闻”就无法形成舆论进而影响公权力的运转。

作为一名新闻记者，李敏收受采访对象钱物，违背了新闻工作的独立性原则，严重违反新闻记者的职业道德，让新闻公信力消减，让行业蒙羞，必然为一切崇尚正义和秩序的人们所鄙视。但解决这类问题的思路不是靠刑法，而应进一步开放，让坚持真实、准确、客观、公正的媒体在竞争中发展壮大。

如此，那些不珍惜公信力的媒体自然会被市场淘汰出局；而在竞争中壮大的媒体则会视公信力为生命，他们完全有能力通过严苛的内部管理制度来防范“有偿新闻”。

（原载新浪博客“记者郝建国”，2009 年 8 月 5 日）

侯欣一教授为法哲学研究注入中国元素

当代司法的主流是专业主义（精英主义），但是我们不得不承认西方日益凸显的陪审团却是典型的民粹主义存在。我理解陕甘宁边区的“大众司法”发端于中国人的“礼”（价值观、文化传承、行为规范等），以党的群众路线为基础，以用（实际效果）为本，同时又经过党的先锋性提升和实践推动——这样的改革创新一直在路上。

侯欣一教授是我二十多年前的采访对象，那时我们都在西安。后来他到了天津，在全国“两会”上，我再次采访过他。平时，遇到一些热点事件，我也会和侯老师请教交流，受益匪浅。

三联书店最新推出的侯欣一教授的《从司法为民到大众司法》这本书，无论史料、史观均有建树，特别是侯欣一教授在法哲学研究中融入的中国文化元素，其价值不可低估。

侯欣一，1960 年生于辽宁锦西（现葫芦岛市），先后就读于西北大学、西北政法大学和南开大学，获历史学学士学位（1983 年）、法学博士学位（2006 年），任教于西北政法大学、南开大学和天津财经大学。现任天津财经大学近现代法研究中心主任，博士生导师，兼任中国法律史学会执行会长。曾担任第十一届、十二届全国政协委员。

《从司法为民到大众司法》第一版刊行于 2007 年。这次三联书店版本，一是增加了许多新的史料，力求史料更为翔实；二是对章节题目重新命名和适当调整，进一步强化章节之间的逻辑关系，论证更为细致，结论更为严谨和可信；三是增添了新的视角。如突出了人物和事件的结合，强调法律史和中共党史的结合，不断拓展问题的思考空间，适应更多读者阅读的需要。

仅就字数而言，本次修订新增字数近 10 万字，篇幅占原书的三分之一左右——完全可以理解成为一部新书。

侯欣一教授认为，司法制度是一个国家的基本制度，事关国家治理的良善和每一个国民的切身利益。一国的司法制度既是掌权者极力塑造的产物，更是全体国民共同作用的结果。他希望能有更多的读者阅读此书，从各自角度思考中国司法制度的前世今生，并着眼于当下中国的司法制度建设。

（原载二三里，2020 年 8 月 17 日）

第八部分

随笔、文化、民俗及方言

莫言之前，《白鹿原》的幻觉现实主义

“幻觉现实主义”（Hallucinatory Realism）这个词听着有点新鲜，自莫言获奖始，它经诺奖评委会前主席谢尔·埃斯普马克之口传入中国，此前用的是“魔幻现实主义”，中国本土批评家则称之为有“神秘主义”色彩的现实主义。

莫言人们已经说的很多了，但陈忠实的“幻觉现实主义”却不为人所共知，而且陈忠实的《白鹿原》问世要比莫言的《丰乳肥臀》早许多。

（一）

我是因莫言获了奖，才去看他的小说的。此前看到很多评价，有一种很尖刻，称诺贝尔文学奖发给了中国二三流的作家。看完《丰乳肥臀》后，我的结论是中国可能有一些好的作品没有得到诺奖，但得诺奖的莫言是当之无愧的。

从表现手法上看，《丰乳肥臀》和《白鹿原》两部作品均可以归入幻觉现实主义范畴。《白鹿原》讲的是 20 世纪前 50 年中国社会动荡背景下的民族精神历程；《丰乳肥臀》的时间跨度更长一些，一直讲到 20 世纪 90 年代。

谈现实主义，自然离不开巴尔扎克。应该说两部作品均受了巴尔扎克的“秘史”论影响。相对而言，《白鹿原》的故事更注重“写实性”——这种“史家笔法”写作风格在陕西可谓源远流长，最早可以上溯到汉代的司马迁和唐代的杜甫，现代的柳青和当代的路遥均是这个创作风格的集大成者。

《丰乳肥臀》也注重“写实”，但故事讲得更出色、更跌宕起伏、更具跳跃性——莫言差不多把人类能遭遇的苦难和人性之恶全部浓缩在上官一家（由有7个不同生父的同胞姐弟9人组成的阴盛阳衰的大家庭）——小说的结构更紧凑、文本更灵性一些。

说完“现实主义”，再说“幻觉”。诺奖评委会前主席谢尔·埃斯普马克认为，幻觉现实主义主要是从中国古老的叙事艺术当中来的，比如中国的神话、民间传说，最具代表性的是蒲松龄的《聊斋志异》。

（二）

就当代而言，莫言的“幻觉现实主义”自不必多说。实际上，更早的“幻觉现实主义”作者当数另一位中国当代优秀作家陈忠实。在其作品《白鹿原》中，此类手法早已纯熟。像白鹿意象的神秘性——朱先生，当这位“白鹿原最好的一个先生谢世”那一刻，他妻子白碧玉在夕阳闪耀中“忽然看见前院里腾起一只白鹿”；还有小娥死后变成一个厉鬼并附体鹿三，如泣如诉：“我到白鹿村惹谁了？我没偷掏旁人一朵棉花，我没骂过一个长辈人，我不好，我不干净，说到底我是个婊子，可黑娃不嫌弃我，我跟黑娃过日月。村子里住不成，我跟黑娃搬到村外的烂窑里住，大呀，俺进屋你不认，俺出屋没拿你一把米也没分一根蒿子棒棒儿，你咋这么着还要拿梭镖刃子捅俺一刀？”

陈忠实的这些表现手法正是来自中国的神话、民间传说，这与谢尔·埃斯普马克评价莫言的“幻觉现实主义”不谋而合。笔者曾就此采访过陈忠实，他不同意“神秘主义”提法，但也强调《白鹿原》“不是传统的现实主义”。

思想性方面，《白鹿原》似乎更深刻一些，它揭穿了流行的谎言，实际上主导黑娃革命的主要是功利，当然这与他们其时的现实处境分不开。黑娃的命运沉浮和悲惨结局，这在当代文学史上可以说是一个前无古人的高度。如果还想进一步探讨，大家可以参看当代思想家吴思的《血酬定律》。当然了，《丰乳肥臀》也有社会批判，但更多是针对人性的极端之恶，而这种恶是通过母亲上官鲁氏的美映衬出来的。

（三）

最后要说莫言的语言，这一点对小说来说也许是至关重要的。古人说过："言之不文，行而不远"，《红楼梦》就是语言典范。莫言是继老舍之后又一位语言艺术大师。他们两位都善于开掘民间语言富矿，有着浓厚的生活气息——老舍的底蕴在皇城，莫言的根基在农村。莫言从民间说书人那里汲取营养，经驯化提升，在音韵、语义、语词等方面对现代汉语均有贡献，比兴、隐喻、排比、对仗、铺陈、双关、互文等多种修辞手法以及民谚、歇后语的熟谙应用，凸显了一种焕发着蓬勃生命力的民间智慧与幽默。诺贝尔文学奖评委会提名小组主席佩尔·瓦斯特伯格称"莫言是个诗人"，从这句话中也能看出评委对莫言在语言方面的肯定。

莫言自己认为，好的语言应该是"鲜明个性化的、陌生化的"，"把方言土语融入叙事语言，才是对语言的真正贡献"。

（原载新浪博客"记者郝建国"，2012 年 12 月 7 日）

文坛陕军，以史家笔法写民族秘史

文坛陕军有着自觉追求史诗效应的文化传统，从汉代的司马迁开始，到唐代由杜甫、白居易把这一传统推向高峰。当代柳青、路遥和陈忠实等秉承陕军一贯擅长的“史家笔法”，即便是风格有点不同的贾平凹，也把“社会记录”当作自己的追求——

贾平凹的“社会记录”

贾平凹今年“高兴”事儿真不少，在他当选为陕西省作家协会主席的当口，他的《高兴》几乎同时出版，这是贾平凹的第13部长篇小说。

《高兴》关注进城农民工的生存状态和精神困惑，它讲述了一个进城拾荒农民“刘高兴”在都市里的生存故事。“刘高兴”当兵复员后回到农村，做过泥瓦匠、加工过挂面、磨过豆腐、摆过油条摊子，什么都没干出名堂，年过半百只好进城打工，拾破烂、给人送煤。“刘高兴”与一个叫“孟夷纯”的妓女发生了恋情。这个女子的哥哥被人杀害，她只能卖淫挣钱自己积攒追凶经费。当然，两人注定不可能走到一起。

贾平凹的高产在文坛上是出了名的，但也有读者抱怨他的长篇小说《秦腔》家族史诗题材的鸡零狗碎。对此，贾平凹自己心里有数，单从题材看，新近出版的《高兴》依然坚守着乡村情结和纪实笔法。

《高兴》出版后，贾平凹讲过这样一段话：“在作家普遍缺乏大精神和大技巧、文学作品不可能经典的当下，作家不妨把自己的作品写成一份社会记录留给历史。”

巴尔扎克说过："小说被认为是一个民族的秘史。"这句话可以用来解读贾平凹所说的"社会记录"对于文学创作的意义。社会记录，一般被认为是新闻记者和历史学家的使命。但在文坛陕军，作家们吸收了史家实录精神的精髓，同时用深厚的艺术功底克服了史书"正而无趣"的传播障碍，塑造了一批个性突出、时代特征鲜明的普通人物形象，成为一个亮点留在中国当代文学史上。

不仅贾平凹本人的《高兴》秉承文坛陕军一贯擅长的史家笔法，当代文学史上的两部扛鼎之作——获得国内文学最高奖项茅盾文学奖的《平凡的世界》和《白鹿原》以及此前的另一部杰作《创业史》，都更加鲜明地表现出这样的风格。

柳青笔下的"秘史"

在西安市长安区常宁宫东边 1 公里处，有一座用红砖砌成的墓园，坐北朝南，墓主人是柳青。墓园在有名的神禾塬上，向南不远处便是土崖。站在土崖边向下看，便是《创业史》描写的那个让读者魂牵梦绕的"蛤蟆滩"。

蛤蟆滩的原型是皇甫村。当地人至今忘不了一段关于柳青的故事，从给柳青用剃头刀子剃头到柳青妻子用为村民理发；从柳青给村民两大碗炒米饭到村民给柳青"淘井"；从柳青冬天穿的棉鞋开口露出脚指头到柳青拄着一根竹拐杖在村里徘徊……当然，柳青留给后人的绝不仅仅是这些和常人没有两样的琐碎，他留下了一部《创业史》和柳青精神！

"一部好的小说离不开成功塑造的人物。《创业史》塑造的人物形象走出了脸谱化模式，像梁三老汉几乎概括了中国几千年来个体农民的精神负担，梁生宝身上既有勤劳、朴实、善良的中国传统美德的闪光，又有公而忘私、勇于牺牲个人利益的时代精神。他笔下其他人物如姚士杰之佞，李翠娥之烂，赵素芳之卑微，郭世富之谄媚，无不给读者留下了深刻的印象。"中国作家协会副主席陈忠实接受《华商报》采访时说。

《创业史》在中学语文课本上节选过，题目叫《梁生宝买稻种》，20 世纪 70 年代前后出生的人大多数读过这篇文章。主人公梁生宝在买稻种的路上，喝面汤，吃他妈给他烙的馍，就是舍不得花一分村民集资来买稻种的钱。

《创业史》描写的是 20 世纪 50 年代一个农村互助组建立、巩固和发展的过程。作品真实地记录了新中国建立后农村各种人物在合作化运动中的思想和心理的变化过程以及各种错综复杂的矛盾和斗争。

这些题材在今天看来似乎离我们有些遥远，而柳青所极力推崇的“互助组”等带有“一大二公”色彩的农村组织，在改革开放后被农民个体单干取代了。基于这一点，有人激烈批评《创业史》政治色彩太浓。

针对这种观点，陈忠实认为：“《创业史》是那个时代一部非常了不起的小说，它超越了同时代所有农村题材的作品。柳青在作品中塑造了一批真实、可信的农民形象，他对乡村生活的理解也达到了一个前所未有的高度。”

陈忠实介绍，《创业史》原计划写 4 部，柳青本人讲过，他后面是要批判公社化的，但最终没能写完，成为一大遗憾。

作为文坛陕军的先锋人物，柳青留给后人的除了《创业史》外，他那种热爱生活、情系百姓和对文学如醉如痴的精神也影响着后来进入文坛的新人。

柳青原籍陕西吴堡，1938 年奔赴延安。为了创作长篇小说《创业史》，柳青全家于 1952 年从北京迁到陕西长安县皇甫村落户，一住就是 14 年，直到“文革”时被迫离开这里。

其间，他和当地农民一样穿着对襟袄，戴着瓜皮帽。为了熟悉农村集市上的卖粮情况，他也把手缩到袖筒里，和卖主不动声色地捏指头，讲价钱。

但这只是柳青的一面。在已故文学大师路遥的眼里，柳青的另一面却是“一身西装，一副学究式的金丝边眼镜，用流利的英语和外国人侃侃而谈……他有时会指着地图，给你讲述半天有关英国或法国农业的历史和现状、有关加拿大小麦种植方面的情况等等。”

路遥一直把柳青当作自己的精神导师，他坦承自己读过7次《创业史》。他曾经说过：“在现当代中国的长篇小说中，除过巴金的《激流三部曲》，我比较重视柳青的《创业史》。他是我的同乡，而且在世时曾经直接教导过我。《创业史》虽有些局限性，但无疑在我国当代文学中具有独特的位置。”

路遥评价《创业史》称：“在我国当代文学中，还没有一部书能像《创业史》那样提供了十几个乃至几十个真实的、不和历史上和现实中已有的艺术典型相雷同的典型。可以指责这部书中的这一点不足和那一点错误，但从总体上看，它是能够传世的。”

在路遥作品中找到奋斗的力量

当代文坛陕军中，最鲜明、最执着地追求史家笔法的要数路遥了。当然，这里说的史家笔法并不是司马迁那种完全“实录”，而是指小说的主要人物和事件合乎当时的真实情况，也就是平常所说的“艺术真实”。

“只有保持庄严的心情，才能庄严地工作。”路遥是这么说的，也是这么做的，他始终把生活看作一部正剧。《中华读书报》曾在大学生中做过一次二十世纪全球最受欢迎文学作品的调查，进入前百名的中国当代作家仅有路遥。他的代表作《平凡的世界》获得第三届茅盾文学奖且名列榜首。

延安大学路遥文学馆负责人梁向阳副教授在接受采访时说：“作为从陕北走向全国的作家，路遥的审美价值取向自然与陕北的精神文化气质相一致，追求大气、浑厚的史诗感。”

长篇小说《平凡的世界》问世之前，路遥已经成为文坛陕军的领军人物，那时他的中篇小说《人生》已经走红。根据路遥的同名小说改编的电影《人生》成为那个时期青年人几乎必看的好电影，影片也获得了第八届电影百花奖最佳故事片奖。因为《人生》，“高加林情节”“城乡交叉地带”一度成为文学评论中最热门的语词。

当《人生》获得巨大成功后，路遥仍在深深地思考，他要完成一部全景式地反映改革开放前后中国城乡社会生活的巨大变迁的作品，这就是后来出版的长篇小说《平凡的世界》。

《平凡的世界》以黄土高原为背景，反映了从“文革”后期到改革初期十年（1975—1985）间中国当代城乡生活，真实写出了中国城乡之间的巨大冲突和底层人奋斗的历程。

在一个叫双水村的不起眼的小山村，渴望改变命运的农村青年孙少平费尽周折走出山村，当上了煤矿工人。孙少平的中学同学、省委副书记的女儿田晓霞一直深爱着他，这让少平陷入理想的甜美和现实的苦痛中。田晓霞是一家省报记者，在采访一次洪灾时，她因救人而献出了自己宝贵的生命。晓霞死后的那年春节，少平在井下采煤时遭遇煤矿冒顶，虽然保住了性命，却惨遭毁容。伤愈后的少平没有接受妹妹男友的帮助，重新回到了煤矿。

据说，因路遥在创作手法上的“不合潮流”，使出版社一度对路遥信心不足。当时一些评论家认为，现实主义已经是一种过时的表现手法，路遥再采用这种写作手法，给人的印象是“冥顽不识时务”。

“20世纪80年代，各种文艺思潮轮番登台，各种创作手法铺天盖地，但是路遥坚持现实主义的创作方法不动摇，他认为现实主义精神永远没有过时，直面现实人生、揭示现实问题的文学创作精神永远没有过时。”梁向阳说。

据介绍，为追求一种时空上的真实感，路遥在写作《平凡的世界》前曾翻阅近10年的报纸杂志，以至于手指头都磨破了，不得不用手腕来翻页。他写的田晓霞在采访南方的洪灾时因救人而牺牲这一节中，陕南某市发生洪灾这样的背景就是真实的。因为小说的主人公孙少平是在煤矿工作，为了把握好这个人物的形象，路遥曾挂职到铜川一煤矿任职，并蹲在那里写作《平凡的世界》。

不仅是《平凡的世界》，路遥的另外一篇不被人注意的中篇小说《卖猪》，这种史家笔法也是十分明显的。《卖猪》说的是“文革”时期孤寡老人六婶子，花 8 元钱买了一头小猪，当女儿一样养了半年，最后被穿制服的“公家人”以 7.80 元的价格强行买走。他这种对官僚的抨击和对草根阶层的关怀不能不让人联想到白居易的《卖炭翁》。

“有人说路遥的作品是年轻人的励志篇，鼓励年轻人不断向上，我认为是正确的。”梁向阳说，“在中国当代文学史上，路遥会长久的，因为无数的奋斗者、无数的底层社会人们能够在他的作品中找到温暖，找到奋斗的理由。”

陈忠实与一部农耕文明史

前不久，陈忠实的短篇小说《日子》获得首届蒲松龄短篇小说奖。《日子》讲述的是一个高考落榜的男人和一个曾经有过“好腰”的女人在滋水河边具体而琐碎地生活着，他们年复一年地在沙滩上捞挖石子，这之中往往又夹杂着他们对人、对生活的理解。

谈到《日子》时，陈忠实说：“主人公的生活虽然贫乏、单调，但它却是一种真实的生存状态，所以能引起共鸣。”

虽说《日子》只是一篇仅有几千字的短篇小说，但能看得出来，陈忠实依然坚守他一贯的创作风格——记录真实的生存状态。当然，最能体现陈忠实风格、最能代表他个人文学成就的非长篇小说《白鹿原》莫属。

《白鹿原》以陕西关中平原上一个白鹿村为背景，细腻地反映出白姓和鹿姓两大家族祖孙三代的恩怨纷争。作为清末民初到 1949 年前夕中国历史的见证 ，白鹿原上发生的一幕幕可以视为民族历史发展的一个缩影。在这幅恢宏的画卷中，大革命，日寇入侵，三年内战，白鹿原翻云覆雨，王旗变幻，家仇国恨，交错缠结……

评论家在评论《白鹿原》时，用得最多的一个词是“史诗”。这里的史诗与现实主义、史家笔法、社会记录在某种意义上可以看作是同一意思的不同表述。不过，陈忠实在塑造人物时对传统的现实主义有明显突破。

以小娥为例，当小娥遇到长工黑娃，像是黑暗中看到了曙光，开始不顾一切地勾引年轻力壮的黑娃，计划和他私奔："兄弟啊，姐在这屋里连只狗都不如，咱俩偷空跑了哪怕讨吃讨喝我都不嫌。"

黑娃为了娶小娥，被父亲撵出了门，而小娥勇敢地扔掉了其他女人视之生命的"名节"，毫不犹豫跟黑娃私奔，在村外一个破窑洞里过着比任何人都快活自由的生活。一向善良的公公鹿三在道德上无法承受小娥，最终亲手用梭镖把她刺死。

故事到此并没有结束，小娥死后很快变成一个厉鬼并附体鹿三，她说:"我到白鹿村惹谁了？我没偷掏旁人一朵棉花，我没骂过一个长辈人，我不好，我不干净，说到底我是个婊子，可黑娃不嫌弃我，我跟黑娃过日月。村子里住不成，我跟黑娃搬到村外的烂窑里住，大呀，俺进屋你不认，俺出屋没拿你一把米也没分一根蒿子棒棒儿，你咋这么着还要拿梭镖刃子捅俺一刀？"

这段控诉可以看作是小娥的一种抗争，有人认为这是神秘主义表现手法，但陈忠实并不同意这样的看法。他说："《白鹿原》不是传统的现实主义，也不搞神秘主义，'灵魂附体'这种说法在农村一直存在，直到今天还有。鹿三那样一个善良的农民，他刺杀儿媳小娥有除害的愿望，但他承受不了杀人带来的内心痛苦，强烈的自责让他产生幻觉，这种现象用现代科学是可以解释的。"

这段话是陈忠实追求艺术真实的写照。为了找到小娥的原型，陈忠实几乎翻遍了《蓝田县志》《长安县志》《咸宁县志》。正是因为他把官修史志和民间传说巧妙地结合起来，才塑造出一个多情、勇敢、命薄的旧时代妇女形象田小娥。

陈忠实坦承，《白鹿原》从构思、写作到出版，大约用了 20 年时间。他说，《白鹿原》要表达的是 20 世纪前 50 年，封建文化解体，传统文化走向新生过程中这个民族的精神历程。

陈忠实出生在位于八百里秦川腹地的白鹿原。40岁前，他一直生活在农村。这种长期的直接生活体验，有助于把握农耕文明时代的民族秉性和人们精神层面的东西，为他作品的真实、深厚提供不可或缺的养料。

《白鹿原》获得了第四届茅盾文学奖，出版至今已有15个年头，这本书一直保持畅销。目前，电影《白鹿原》正在筹拍阶段，预计今年12月开机。

“《白鹿原》肯定是内地当代最好的小说之一，比之那些获得诺贝尔文学奖的小说并不逊色。”海外评论者梁亮所如是说。

（原载《华商报》2007年11月9日）

从石壕妇“女德”看杜甫之“哀”

康震风头正健，感觉要走网红之路。

前不久，他解读唐诗，把石壕吏抓壮丁说成是“咱们的军队（政府军）在征兵”，称“石壕吏是国家的公务员……这个人没有错”，“（《石壕吏》）表达了一个非常明显的价值观，就是当国家和民族遭遇重大灾难的时候，我们的老百姓还是毅然挺身而出的。”

石壕妇（《石壕吏》中的“老妇”）的三个儿子被抓丁，两个死在战场上（三男邺城戍；一男附书至，二男新战死），现在地方官员半夜三更豪闯民宅，还要抓走家里仅剩的男丁——她的丈夫，她比孟姜女还要苦。

按照其时政府征兵的规则，老人、妇女是免除兵役的。但因为战事紧急，前线的郭子仪们扛不住，后方官员也就顾不得规则，只有层层加码，见男人就抓。

老翁当然明白被抓走的下场，他的三个儿子已经说明了一切。所以，一听抓丁的来了，他不顾老命翻墙逃跑，靠着熟悉的地形和夜间掩护瞬间消失在官吏的视线中。

现在，留下来要正面应对官吏的只有石壕妇了。

石壕妇很明白，丈夫逃避兵役是重罪，弄不好还会株连全家。所以，她主动迎出来给石壕吏解释，她的三个儿子当兵两个成了烈士，现在家里除自己，还有儿媳和襁褓中的孙子，儿媳不出来迎接官员是因为没有衣服遮羞见不了人……

到这里，估计再无情的酷吏多多少少也会动点恻隐之心吧。但是，战争很残酷，地方官如果不能按期补给兵员，轻则面临免官，重则要掉脑袋。

所以，这个时候，石壕吏不为所动。但是局面比当初的“一何怒”有所缓解，石壕妇抓住时机进一步提出，家里实在没人了，自己虽然年老体衰，但还可以到炊事班给战士们做饭，就不要再追究我们家老头子了，看这样行不行？

从诗作原文看，石壕吏没有当场表态，但是默认了，次日作者独与老翁告别，表明石壕妇已随军而去。

石壕妇“挺身而出”的说法听着有点耳熟，三百多年前的《木兰辞》好像是这个调子。不过花木兰是大获全胜凯旋的，全家喜气洋洋，作品是讴歌英雄的浪漫主义文学；而《石壕吏》虽然没有写石壕妇的结局，但整篇的基调很明确，就是悲惨与无奈。

能看出来，石壕妇不仅情商高，而且明事理，能付出，敢牺牲，她知道女子从军，一般不至于往前线冲，而且她本人提前说好是要到炊事班搞后勤。

退一步，即便自己不幸遇难，留着丈夫，家里还算有劳力，吃奶的孙子就有人抚养，家庭就后继有人。

而如果让丈夫去，则凶多吉少，家里最后的结果将是如杜甫在《北征》写到的“入门闻号咷，幼子饥已卒”那种情景。

与其穿凿“毅然挺身而出”，毋宁说石壕妇替夫服役是兵荒马乱年代的中国妇女的生存智慧，是舍己为家、为爱舍身，也是两害相权轻的选择。从这里，我们能看出古代传统文化中女德无极、母教为本的光耀。

现在，矛盾来了。抓丁的石壕吏是为了朝廷、为了大唐的江山，而杜甫作为一名领着朝廷俸禄的爱国诗人，他对石壕妇一家妻离子散、家破人亡的描写，不是对大唐帝国的不忠吗？《石壕吏》究竟要表达什么？

要认识老杜，读懂《石壕吏》，我们还需参考“三吏三别”以及杜甫整体的创作，理解诗人“自经丧乱少睡眠”的心态。

明人张綖对于“三吏”这组诗理解非常有见地，他说：“凡公此等诗，不专是刺。盖兵者凶器，圣人不得已而用之。故可已而不已者，则刺之。不得已而用者，则慰之哀之。若《兵车行》，前、后《出塞》之类，皆刺也，此可已而不可已者也；若夫《新安吏》之类，则慰也；《石壕吏》之类，则哀也，此不得已而用之者也。然天子有道，守在四夷，则所以慰哀之者，是亦刺也。”

苦难面前，杜甫以自己的笔记录历史，用真实消解了对待矛盾人物选边站队的伦理困境，他作品的高度，正是基于建立在对战乱“哀”“刺”之上的人文关怀，这才是杜诗“诗史”特质基本面。

（原载二三里，2021 年 3 月 23 日）

分清“山主”与过客，读刘长卿的《逢雪宿芙蓉山主人》

日暮苍山远，
天寒白屋贫。
柴门闻犬吠，
风雪夜归人。

唐代诗人刘长卿的《逢雪宿芙蓉山主人》一诗多次被选入中小学语文课文，可谓家喻户晓，其中最后一句“风雪夜归人”甚至为剧作家借用为剧名，遂使此诗在当代一直保持较高的传播力。

然而对此诗的理解，包括一些唐诗学者，均可能存在误读。前两句“日暮苍山远，天寒白屋贫”写作者所见，是写景，诗人雪天赶路，黄昏时分看到一处被白雪覆盖的简陋茅屋。

写到此处，诗人突然转换叙事视角，由作者的视角切换为“白屋”主人（即芙蓉山主人）的视角——“柴门闻犬吠，风雪夜归人”，芙蓉山主人听到狗狗朝着柴门吠叫，出去时看到一个风雪夜里投宿的赶路人（作者）。

至此，全诗戛然而止，但我们通过回味不难感受到，“白屋”主人虽然清贫，但是热情好客，给了远路而来的陌生人温暖，这也正是本诗要表达的意思。

进一步读懂本诗，还要了解创作背景。其时，诗人刘长卿遭贬，险些入狱，此次长途跋涉又遇寒雪，试投“白屋”主人，“白屋”主人虽然清贫，却给了作者人与人之间最本真的关怀，诗人对比官场的倾轧与腹黑和劳动人民的本真与善良，被“白屋”主人打动，遂为其作诗并以“逢雪宿芙蓉山主人”点题。

有人认为，该诗后两句写的是诗人先住进“白屋”，半夜里听见狗叫，知道是芙蓉山主人风雪夜归。这种路人反客为主的想象，在现实中不仅荒诞可能还危险，也和上下文表达无法自洽——过客和“山主”分明是两个生活场景完全不同的主体，怎么可能既是“芙蓉山主人”又是“风雪夜归人”呢?

而且从常识讲，主人回来，家犬会摇尾巴会舔会跑过来迎接，但不吠叫，所以这里的“夜归人”只能是诗人自己，而不可能是芙蓉山主人。

（原载二三里，2021 年 9 月 15 日）

震惊！3200年前甲骨文记载了全世界首例脑梗

《尚书》记载，商王武丁“三年不言”。

武丁之后大约700年，东周学生子张问他的老师、学术大咖孔子，这是怎么回事。

孔子不懂医学，加之武丁时代太遥远，他只能现学现卖，说不止武丁，古人大抵都如此，很可能是“丧父之痛”，居丧守孝的缘故吧。

但孔子毕竟是严谨、谦虚的学问家，他提出“知之为之，不知为不知”，所以又很负责任地向学生解释，“丧父之痛”是他的一孔之见，因为“文献不足征”，他自己也给不出可靠的答案。

今天看来，孔子的逻辑漏洞非常明显——文字和语言并非同一现象，孔子之前的时代，文字仅为极少数卜师、贵族掌握，书写不易，能记录下来的言论自然不多，但并不能证明古人都话少。

至于居丧守孝，痛固然痛，但要坚持“三年不言”，我们想象，要何等修养、何等孝道才能做到？

我分析，武丁的“三年不言”，很可能因为疾病——老年的武丁突发中风（脑梗、脑卒中），虽然保住了命，但丧失了语言功能，三年后被堵塞的脑血管通过代偿或其他原因恢复功能，武丁又能说话了。

还有一种可能，武丁患了脑梗，一直失语，直到三年后死亡。如果是这种情况，“三年不言”就不算什么奇迹，也不应该大书特书，因为很多人去世前都不会说话。所以，武丁患病失语三年后又能说话的可能性更大些。

我的解释至少有两个方面的间接证据。

第一，武丁出生年代不详，死于公元前1192年，在位59年。以此推断，他至少活了70岁。

古人平均寿命只有十几二十岁，武丁是罕见的寿星，他是那时的最高领导，又没有保健医生，免不了膏粱厚味，到这个年龄动脉硬化，出现心脑血管疾病是大概率事件。

第二，在已经发现的十几万片甲骨文中，武丁一个人的卜辞占一半以上。这些卜辞大量记载了武丁的疾病，其中提到头痛、耳鸣，这正是脑梗早期典型症状。

如此，我们是不是可以大胆得出——

甲骨文是世界上最早记录脑梗病例的古代文献，距今超过3200年。

脑梗病人自愈的案例并不少见，康复期多为一年，但三年后还有恢复改善的可能。

古代没有ICU病房，也没有那么多营养神经的昂贵的药物，武丁的疾病完全靠自愈。这也从一个侧面印证了当代医学大家、中国工程院院士樊代明先生的判断：人的疾病，三分之一不治也好，三分之一治了就好，三分之一治也治不好。

（原载微信公众号《平鸣》2020年4月9日）

放眼人类万年进化史，中医杨桢教授总结20条养生宝典

“余闻上古之人，春秋皆度百岁，而动作不衰；今时之人，年半百而动作皆衰者，时世异耶，人将失之耶。”——《内经·上古天真论》

道可道，非常道。

北京中医药大学脾胃病中医学教授，精研祖国医学，重视临床实践，参考生理学、病理学等现代医学研究成果，总结了20条养生宝典。这些宝典多来自他本人解答患者疑问，也有的是他在自己微博上发表的感悟，看似家常话，却隐藏着大道理，更重要的是这些养生方法易于实践，而且几乎不需要额外费用。

养生的本质是健康管理，并非人退休了，或者疾病缠身时才需要——养生是终生的事，从娃娃开始，全民参与，做“知道者”。

1. 以百万年计，人类一直在半饥饿下生存，这是常态，各种系统在这种状态下才能正常高效工作，吃太饱各种病都来了。

2. 三十年来，中国社会的饮食习惯发生了翻天覆地的变化，国人已经从吃主食、吃饭变化到吃肉、吃蔬菜的阶段了，但是，对不起，我们的肠胃进化到与之匹配，保守点说大约需要一万年！我们的祖祖辈辈是吃谷物的，为子孙准备了6米的肠子消化吸收谷物，但现在我们的胃肠中填满了肉类。

3. 好多病人胃镜肠镜没有病变发现，问题出在哪里？少吃一口，舒服一宿。首先试试这个，如果有效，就不用吃药。

4. 过了 50 岁，一定要找食物的下限，就是吃多少不会饿，不会引起体重迅速下降。而不是试探上限，看看吃多少撑得难受。尤其是有些蠢材，撑难受了居然不知道，要看医生。

5. 吃下去能够消化的，才能帮得上我们，才对我们身体有益。那些吃下去导致反酸胀气的食物，对健康不起正面作用。现代营养学给中医送来大量的病例。它告诉人们每天需要足够的蛋白质，人们开始每天吃肉，仅此一项，就给中医增加了大量脾胃病和疼痛病例。中医心里要有数。

6. 九成脾胃病是食物诱导的，食物是病因。五谷为养，脾胃不好就吃白米饭、面条、馒头、花卷，就是大米、小麦，糖尿病吃燕麦片。

7. 粗粮并不适合每个人。脾胃好的可以吃粗粮，如果脾胃不好就不要吃粗粮。血糖高可以吃点肉食。

8. 病人有一个共同的观点：不管我吃什么，你要把我治好。但是，人类的胃在一万年前吃的肉还多一些，小麦（水稻）出现后几乎让其一统天下，现在我们的胃几乎停留在 3500 年前，是消化小麦的，没有退化到大量吃肉，尽管这种进化不好。

9. 北方小麦，南方水稻；东方水稻，西方小麦；干旱小麦，水乡水稻，小麦和水稻是人类最好的食物，是唯一可以天天吃的食物。

10. 三餐以主食为主，推荐米饭、面条、馒头、燕麦，佐以适量蔬菜如萝卜、西红柿、白菜等，可适量摄入肉类，切记要少放油，推荐卤牛肉等高蛋白低油脂的肉类。

11. 发酵后就省了一半的脾胃力，脾胃要省着点用。馒头、面包，各地也有用米发酵的食物。

12. 一个人把肠胃吃坏需要多久？男人每周去餐馆 3 次，大约需要 2—3 年，肠胃崩溃；女人则根本不用常去餐馆，只要她有吃零食的习惯，小的 18 岁，大的 30 岁也就崩溃了。

13. 油脂是肠胃的第一杀手，尤其是氧化的油脂！所谓氧化油脂，就是油炸、爆炒的油。

14. 我们把“寒”当作了主要敌人，其实油是主要敌人。劣质油、高温油比寒坏一万倍。

15. 湿气是油脂。湿气是油腻的肉食、蛋黄（不包括蛋清）、牛奶和瓜子花生核桃芝麻引起的。中医里面有水这个概念，非常重要，为什么还要湿呢？中医病因学里面没有油，记住，湿就是油。

16. 高脂饮食、久坐、肥胖和肠道胆汁酸水平升高是肠癌高风险因素，而其中的高脂饮食会促进良性的腺瘤往恶性的腺癌发展。如果一个人携带有易患肠癌的基因，那么高脂饮食有可能就是压死骆驼的最后一根稻草。

17. 吃饭后，尤其是油腻食物后喝一杯红茶（黑茶），是非常好的，睡觉前不宜。

18. 就餐宜细嚼慢咽，避免饱食、快食等不良的饮食习惯。

19. 推荐一个做鱼方法。片薄，放一点酱油，微波炉六分钟左右。避免煎炒烹炸。

20. 生活还是要乐趣，吃喝玩乐必有一样，节制就好，加点肉丝（多菜少肉）、老干妈也行。

（原创微信公众号《平鸣》2020 年 7 月 28 日）

看看武则天是如何整死亲孙女的

去乾陵永泰公主墓参观时，导游介绍，以前史书都说永泰公主是被她的祖母武则天害死的，考古学家通过永泰公主墓志铭考证，发现永泰公主真正死因是“难产”。

永泰公主墓志铭早已公开，认真考证分析就会发现，导游所说“难产”实际上是假象，那样解释等于在无意中为武则天洗地了。

永泰公主是唐中宗李显的第七个女儿，李治和武则天的孙女，本名李仙蕙，生于公元 685 年，死于公元 701 年，时年 17 岁（16 周岁）。

武则天死后，她的儿子、李仙蕙的父亲李显当了皇帝，专门为永泰公主举行了葬礼，并把她和丈夫武延基合葬在一起，陪葬乾陵——这就是永泰公主墓。

永泰公主活着的时候，只是永泰郡主（那时她父亲还不是皇帝）。奶奶武则天、父亲李显非常宠爱她，给她一千户的食邑，还为她修造了园林，15 岁时为她择婿嫁人，嫁给魏王武延基。

只是好景不长，婚后两年，永泰公主死亡。关于永泰公主之死，《资治通鉴·则天顺圣皇后》中说“太后春秋高，政事多委张易之兄弟，邵王重润与其妹永泰郡主、主婿魏王武延基窃议其事，易之诉于太后，九月壬申，太后皆迫自杀”。

按宋代大史学家司马光的以上说法，永泰公主是被武则天“赐死”的——导游所谓“史书”指的正是史学名著《资治通鉴》。史书记载，张易之张昌宗兄弟把持朝政的时候，永泰公主的哥哥李重润、丈夫武延基对二张的嚣张不满，聊天时可能会说一些愤怒的话。这些话通过耳目传到二张，然后被加油添醋告到了武则天那里，说这几人以皇亲国戚自居，表面看是妄议您的宠臣，实际上对陛下不满，谋逆之心莫须有。

当时的武则天权倾一时，但是随着年龄的衰老越发担心被篡权取代，觉得自己视同心肝宝贝的孙子、孙女和侄孙居然如此不识好歹，不用重典不足以警示李氏、武氏家族各路权贵以及其他胆敢冒犯自己的下属。

很快，李重润和武延基、永泰郡主都被召入宫中，李重润和武延基被赐予缢杀（一说杖杀）。从后面的事实反推，永泰郡主可能因为挺着大肚子，又是个女孩子，平时也备受武则天喜爱，所以当时没有处死。

但是，第二天，永泰公主死了。20 世纪 70 年代末，永泰公主墓被发掘。出土的墓志铭上发现“珠胎毁月”的字样。考古学家同时根据她的盆骨分析，认为其纤细柔弱，尚未发育成熟，生育对她确实是有一定困难的，所以提出“难产而死”。

永泰公主墓志铭由当时的太常少卿兼修国史徐彦伯受中宗李显皇帝委托撰写，当属最可靠的史料。但徐彦伯是一个老学究，那时还没有经过韩愈的古文改革，前朝传承下来的骈文十分盛行，所以徐彦伯撰写的永泰公主墓志铭重在赞美死者，文辞华丽却言之无物，真正有效传递信息的只有几句。

第一，永泰公主死时只有 17 虚岁（春秋十有七）。

第二，永泰公主死前，有两个宫里来的人端来了“秘药”，然后“珠胎毁月”，“乘碧烟而忽去”。

珠胎，本意指蚌体中正在成长的珠子，引申为胎儿。汉扬雄《校猎赋》载：“椎夜光之流离，剖明月之珠胎。”徐彦伯“珠胎毁月”典出扬雄，意思是胎儿毁灭了母体。

抓住以上两条关键信息，永泰公主之死基本就能还原了——自从永泰公主的丈夫武延基因妄议二张及武则天被捕以后，永泰公主即陷入“愁”“孤”（自蛟丧雄锷，鸾愁孤影），不多久武延基和李重润被处死。

武延基死后，很快有两个宫中丫鬟前来，端着一种药让永泰公主喝下去（忿双童之秘药），大概意思是说，你的丈夫武延基已被处死，你现在怀着罪臣的孽子也是罪过，所以现在把这碗打胎药喝下去，免于后患。

打胎这事肯定是武则天的主意，至少是经过武则天本人同意的。当然武则天的本意并无直接让永泰公主死的意思，否则和武延基、李重润一并发落即可，犯不着这么绕。

话说，古人的打胎药就是毒药，像雄黄、水银什么的。喝下去，胎儿死掉了，母体肯定也中毒半死。不过，既然是打胎药，一般不会直接把孕妇毒死，而死在腹中的胎儿如何娩出才可能是致命的。

我们知道，顺产是一种自然现象，随着胎儿的成熟，产道也在逐渐成熟、适应。现在永泰公主的产道尚未成熟，却遭遇胎死腹中，加之她本身已经是中毒濒死状态，无力宫缩，中毒加“难产”，结果只能是一命呜呼（乘碧烟而忽去）。

注意，永泰公主死的时间，正是武延基、李重润死后的第二天。如果是正常的生产（难产，珠胎毁月），不可能这么巧。

所以说，这里的“珠胎毁月”只是表面现象，容易让人们理解为生理疾病原因导致永泰公主死亡，实际上“秘药”才是真正死因——司马光所说的永泰公主“迫自杀”基本可靠，或者说永泰公主就是死于她的祖母武则天之手。

（原载二三里，2021年6月22日）

寨山是石峁的“附属国”吗？

寨山石城遗址，位于陕西省府谷县田家寨镇王沙峁村寨山自然村，城内面积约 100 万平方米。

2015 年，经过考古调查，初步认定寨山遗址为一处重要的龙山时代石城聚落。

寨山遗址有两大显著特点：一是和石峁遗址相比寨山遗址还要早 200 年左右；二是寨山遗址发现了 4500 年前完整的墓葬、遗骨和带盖陶器，提供了研究当时生产力水平、社会形态和殉葬制度、丧葬礼制的实物，对早期人类种群的基因研究提供了标本。

2020 年，经国家文物局同意，寨山石城系统考古成为“河套地区聚落与社会研究”陕西片区的主要工作内容。

考古工作者首次在寨山遗址庙塢发现了女性殉葬、木质棺材、随身葬玉、半月形壁龛、组合稳定的带盖陶器等，体现了浓重的、极具特色的文化墓葬特征。

寨山石城城墙以砂岩石块砌筑，断续分布，依山就势，平面略呈南北向椭圆形，其中南部和东部墙体保存较好，走向清晰。

城内北部庙塢地点发现的“高台基址”，与皇城台性质相类，可能为寨山石城的“核心区域”。

城内调查还发现较多的白灰面房址、袋状窖穴、竖穴土坑墓等遗迹，显示着寨山石城的聚落区划和功能分区。特别是竖穴土坑墓，窑洞式（半月形）壁龛以及壁龛内放置陶罐（瓷罐），与今日府谷民间的丧葬习俗完全一致。

寨山遗址距石峁遗址直线距离约 60 公里。目前，多数考古学家认为寨山遗址为石峁文化次级聚落，相当于后来的“诸侯国”“附庸国”。

但是也有人提出不同看法，认为寨山遗址比石峁遗址更早，寨山人是石峁人的“祖先”，而且寨山遗址与石峁遗址之间距离较远，当地沟壑纵横，实际步行的路程远超 60 公里，即便到了今天两地人也未见往来，以当时的交通条件只怕一方难以对另一方进行有效控制。

寨山遗址很可能是一处独立的人类 4500 年前的聚落遗址，也不排除这一部落在寨山发展壮大后迁徙到了石峁。

当然，以上这些都是基于现有证据的一些分析。相信随着考古的深入，未来关于寨山与石峁之间的关系会有一个让人信服的观点。

（原载微信公众号《平鸣》2020 年 10 月 8 日）

多数人暴力：两个关于寨山人的寓言

一百多年前，法国伟大的政治学家托克维尔最先提出“多数人暴力（多数人暴政）”，他说每个人遇事总是只想到自己，所以要防止泛泛民主制导致的商业主义和社会平庸化，必须加上法治，并有司法权威的干预。

以下关于寨山人故事纯属虚构——

公元前2300年的一个秋天，寨山酋长神甲率众外出狩猎，遇见另一群狩猎的陌生人。

凭着人多势众，寨山人很快用石头、木棍打倒了对方3个半大小子。

3个小伙被带回寨山后，神甲打算把他们处死，但他的弟弟木乙不同意，说人家没招咱没惹咱，杀他们干啥，还不如养着做奴隶。

神甲本来已经老了，也没有太强的杀人冲动，就说让大家投票表决吧。

次日一大早，神甲令手下在皇城台最高处燃放一堆狼粪，提示部落众人聚集。

不多久，寨山城一千多人纷纷来到皇城台。

神甲身披虎皮大褂，坐在一个石台上，大声说：小的们，昨天我们在五十里外的草坡上抓回3个臭小子，他们不是寨山人，却在打我们的野兔，抢我们的食物，本王原打算杀掉他们，但木乙的意思是想放掉他们。怎么办？

说完，神甲走下石台，在地上画了两个圈，又在一个圈内画了一个×，在另一个圈内画了一个○。

正在众人纳闷的时候，神甲直起身来解释：“你们每个人拿一块石子，

同意杀的放在画 × 的这个圈里，不同意杀的放在画○的这个圈里。”

表决很快结束，大批的寨山人把石子投进了画 × 的圈里，只有几个老人和妇女把石子投进了画○的圈里……

几分钟后，3 个小伙子被处决……

转眼 4300 年过去了，寨山人在原城南的位置建立了一座新城，说是新城，其实也就是一个有围墙的小区，共住 3100 户，另建有地下停车位 500 个。

有小区就得有人服务管理。承建小区的开发商就势做了小区的物业服务公司，接管了小区，规定每户每月交服务费 100 元，有车的每月另收停车服务费 150 元。

三年后，有好事者神戊发现，物业干啥啥不行，收钱第一名。更不合理的是，那些地下的车位，住户已经出重金购买了产权，停在那里不吃不喝，怎么每个月还要给物业交 150 元?

经神戊这么一算，大伙儿都不干了，纷纷抵制物业，不按时交费。

物业没办法，一户户去做工作，说这些年公司一直亏损，要不是开发商补贴早就干不下去了，物业对大家的呼声很重视，正在酝酿改革方案。

方案一：物业费由原来的 60 元涨到 70 元，停车服务费由原来的 150 元降至 80 元。

方案二：物业费由原来的 60 元降至 59 元，停车服务费由原来的 150 元涨至 160 元。

方案公布后，物业专门召开一次会议，痛陈不易，然后说，物业就是给大家服务的，大家的事大家说了算，哪套方案好，请表决。

表决很快结束，除去弃权的，有 587 户同意方案一，有 2359 户同意方案二。

物业经理随即宣布，少数服从多数，按方案二执行。

（原载二三里，2020 年 11 月 26 日）

府谷过年

府谷人怎么过年？“垛火笼”听说过吗？年夜饭吃什么？做客府谷，先来一碗热腾腾的黄酒——

家乡府谷位于北纬 39 度附近，是陕西最北的一个县，在地图上和首都北京平行。长城、黄河在府谷交汇，定格了这里农耕文明与草原文明相互渗透的基因。府谷过年的记忆，完整地传承了家乡独特的民俗、饮食文化。

黄酒与黄黍

腊月二十三，小年一过，意味着春节的前奏已经开始。从这一天起，府谷人每天早饭都要喝黄酒了。

府谷人酿造的“黄酒”，有的地方称为稠酒、米酒，不滤渣，酸中带甜，飘着淡淡的酒香味，一碗下肚，全身暖意融融。

“一口口的米酒千万句话，长江大河起浪花”，著名作家贺敬之在诗歌《回延安》中提到的“米酒”，正是这种酒。

小高家在黄河岸边一个小山村。县里实行“工业反哺农业、农村”后，村里通了电、安装了自来水，通村公路可以开进大卡车。

但如今全村只剩下三四户人家，其余二三十户早已“城镇化”了——他们举家迁到府谷县城，从事建筑业、交通运输业、餐饮服务业等，只是他们的户口还留在村里，保留着统计学意义上的农民身份。

小高的母亲和他合住，在外上学的儿子、女儿假期也都回来了。这让老人准备过年的饭菜时更高兴，像黄酒，进腊月就开始制作了。

黄酒的主料是黍。黍是我国北方最早培育的农作物，也是我国主要制米作物之一。《诗经》中“硕鼠，硕鼠，无食我黍”的“黍”，说的就是它。

黍的俗名叫糜子。府谷是全国糜子优势生产区，也是当地人最喜爱的粮食。

黍子、糜子外形差不多，府谷人统称糜黍。糜黍去皮后颜色金黄，当地人称“黄米”。就像大米一样，黄米也分为糯米型和粳米型。酿造黄酒用的黄米是糯米，当地人也叫“软米”。府谷人的油糕，也是用软米做。

先把软米在水中浸泡一晚后沥干，磨成面，拌少量水后上笼蒸。将蒸熟的米糕拌入麦芽粉、白酒，装缸高温发酵后熟 7 天，香喷喷的黄酒就酿成了。

坛中的黄酒呈膏状，食用时先在锅中烧开水，然后加入膏状黄酒，用勺子搅匀煮沸即可。

过去，从年前的小年到年后的小年（正月初七，有的地方为正月初六）这半个月时间，农村人家里的炉火不熄。无论是走亲访友的，还是邻居串门聊天的，主人必以黄酒招待。

黄米发酵，不仅增添了香味，还有利于消化吸收，这是人类饮食发展的重大发明。

一坛黄酒代表了一家人的好客与热情，同时也向客人展示了女主人的厨艺和修养。没有客人的时候，黄酒便是一家人的早饭。

如今，小高所在的小山村已很少有客来访。小高和他的母亲还一如既往地喜爱着这种黄酒，但从外地读书回来的儿子、女儿却有不同。

小高的儿子则认为，奶奶酿的黄酒“有点粗，有点酸味，可以喝，但比不上可乐”。

年三十垛火笼

在府谷县城一家企业工作的老武，讲起小时过年的一件事，还有点后怕。

那时他只有四五岁，在农村，这个年龄段的孩子还穿着开裆裤。正月初一五更天，他跟着大伙伴们跳火笼时不小心烧伤了裆部——好在伤势很浅，疼痛几天就好了，无什么大碍。

火笼是府谷、神木以及内蒙古、山西北部一带过年时最重要的民俗。年三十，家家户户都要在院子里垛火笼——用大块的煤炭，垒成一个笼状的造型，最上面用一整个煤封顶，中间则装入木材，既便于引燃，也便于燃烧时通风。

火笼的大小与主人家距煤矿的远近和富有程度有关，大的要用煤两三吨，小的只需两三百斤。

次日五更，听到第一声公鸡打鸣后，人们更换新衣，先放一响“开门炮”，然后点燃火笼，院子里顿时火光熠熠，暖意逼人。

因为煤炭耐烧，火笼一直要持续到天亮，期间孩子们会挨家挨户去围着火笼蹦蹦跳跳，嬉戏打闹，看谁家的火笼更大、谁家的花炮更多。

火笼点燃后，当地人有跳火笼或围着火笼转的习俗。上文提到的老武，就是小时候跳火笼时被绊倒烧伤过的那位，所幸大人及时抱离，才未酿成大祸。

今天的一些老年人，还会拿馒头在火笼上烤焦，分给孩子们吃。所有这些围绕“火崇拜”的习俗，基本意思是辟邪，也有象征日子红火、兴旺发达的寓意。

《府谷县志》记载：“除夕夜家人欢聚，酒菜丰盈，院内垛火笼，门前挂红灯，小儿不时燃爆竹，一片节日气氛。”

以火辟邪、火图腾还引申到煤炭——过年时，有人在家门两侧摆上炭块，辟邪镇恶，叫“照门炭”。

府谷、神木、鄂尔多斯是被誉为“世界八大煤田”之一的神府东胜煤田所在地，目前是全中国最大的煤炭集中产地。

很早以前，这里煤炭没有大规模开采前，当地人已经在河床附近发现了埋藏很浅甚至裸露的煤，他们用镐、锹、锤、錾等传统工具挖煤，用于生火做饭、取暖，也用于年三十晚上的垛火笼。

过年垛火笼，有的地方也叫“垒火塔”“发旺火”。这一民俗保留范围较宽，除了陕西北部外，内蒙古中部甚至河北北部一带流传至今，没有煤炭的地方则用柴火替代。

垛火笼以及其他形式的“火崇拜”，其文化渊源是什么？是否与北方流行的萨满教有关？目前，尚无学者公开研究这一领域。

萨满教源于北方，古时为蒙古族广泛信仰。该教认为，火来源于天界，最神圣、洁净，也最亲切；火给人类带来利益，带来希望，能洗涤一切污秽、驱赶魔鬼。先人们见到了火，发自内心高兴，所以围着火欢呼跳跃。

随着教规流传，人们慢慢把许多美好的心愿，像家业兴旺、驱灾辟邪，都寄托在火神身上。

府谷农村一些老年人，管教下一代时，至今都会把向火里泼水和倒污物列为禁忌，这与过年时垛火笼、跳火笼等火的图腾一脉相承。

萨满教为何能在陕北民间保留至今？

府谷、神木境内长城横贯，距成吉思汗陵只有一百多公里，一些农村至今还保留着蒙古语的地名，如“大昌汗”（“昌汗”是蒙语发音，意为“灰白色”）。蒙元时期，府谷为中央政权有效控制区。地缘的接近性和政治统治的渗透，为宗教民俗文化的传承铺平了道路。

不过，拜火的习俗如今已大不如前。特别是垛火笼，原来在府谷县城的大院、甚至街道上随处可以见到，有的火笼用煤一卡车，燃烧起来，三日不绝；现在，随着环保意识增强，县城里的火笼垛得越来越少、越来越小了。

“三大硬菜”年夜饭

府谷冬季夜间气温多在零下 10—零下 20 摄氏度之间，时令新鲜蔬菜少。当地人过冬主要靠耐贮存的土豆、胡萝卜、南瓜、豆芽和腌渍的酸白菜。

过年的时候，特别是年夜饭，以肉食为主，“三大硬菜”是少不了的——也就羊肉、猪肉、鸡肉，府谷人称之为“三鲜”，此“三鲜”和榆林（榆阳）人所指的“三鲜”大不相同。

先说炖羊肉。

好的炖羊肉，首先要选上好的羊。圈养的羊子饲料单一，又缺少运动，自然不在此列；绵羊肉中脂肪含量高，也不算上等羊肉；未阉割过的公羊肉体内雄性激素高，腥臊难闻；母羊为繁衍后代做了贡献，但羊肉筋膜多，加之年龄偏大，口感也要差点……上等的羊肉是吃百草、喝山泉、沐阳光长了 2 年的“对牙”山羊羯子（阉割过的公山羊）。

选刚刚宰杀的山羊羯子，去除头蹄、皮和内脏后，将羊肉切成块，放入铁锅，水高出羊肉 5 厘米左右（与容器及羊肉多少有关），用大火煮沸，掠出表面的泡沫后，改文火煮 20 分钟，加入红葱、生姜、辣椒和少许花椒，用中火炖两三个小时。炖肉时，火力要稳定，不可时大时小。

然后用武火㸆干，加适量食盐，出锅时再加陈醋少许即可——一盆热腾腾的炖羊肉端上来，满屋子都是香气。在微信上看过“王家墩炖羊肉”视频的朋友，对其加工、烹饪过程一定会有深刻的印象。

陕北的炖羊肉要求带骨，他们认为带骨的肉最香。当地民谚形容美食时，有“猪的骨头羊的髓”之说。这是一种互文修辞，意思是猪、羊带骨的肉、骨髓才算真正美味。

羊是陕北人的朋友，羊肉是陕北人的最爱。这里地广人稀，适合放养羊子。入选第一批国家级非物质文化遗产名录的府谷地方戏曲“二人台”，有一首代表作叫《五哥放羊》，讲述的正是财主的女儿思慕家里雇佣的放羊汉的爱情故事。

中医认为，羊肉甘温，温中补虚。当地妇女坐月子，首选羊肉为补品。《伤寒杂病论》一书中收录的东汉著名医学家张仲景的羊肉生姜当归汤，是驱寒滋补名方，也是以羊肉为主。

如今，西安街头遍地都是陕北铁锅炖羊肉，价格不菲。不过，这些只能是接近家乡过年的炖羊肉，主要是羊肉选用无法达到年夜饭的标准。

陕北人的年夜饭，第二道菜当数小炒肉，或者“猪肉翘板粉”，也就是猪肉炒粉条，这粉条又宽又长，形如木板，故名板粉。也有人解释称，板粉应为“扁粉”，是相对于圆粉而言的。

小炒肉要选当地养了一年以上的黑土猪。农民家里养猪，猪食也要有主粮和副食，主要是玉米、黑豆和土豆。这类“粮食猪”，其肉质与“饲料猪”明显不同。

切一块有肥有瘦带皮的五花肉，炒时基本不加水，用酱油、红葱、八角三烂三炒。

猪肉翘板粉用的材料还是小炒肉，粉条则是当地出产的土豆淀粉粉条，爽滑、筋道，口感独特。

鸡肉的加工与其他地区差异不大，一般是小酥鸡。

一桌年夜饭备齐了——炖羊肉、猪肉翘板粉、小酥鸡。如果要下酒，多选黄豆芽、皮冻，再上一碟咸菜也不赖。如果家有年轻人，在县城买些黄瓜、番茄、生菜佐餐，那营养就更全面了。

说到这里，读者也许要问：“饺子呢？”

府谷人的年夜饭里没有饺子，饺子是正月初二约定的美食。

（原载《华商报》2014 年 1 月 25 日）

假如府谷县要改市，你觉得叫什么名儿好

最近，GDP 仅有 147 亿元的陕西勉县正在议论撤县设市，GDP 超过 564 亿元的府谷表示不服！

勉县设市已经到了公开征集命名的阶段，官方有意叫“沔州市”，“沔水市”备选，此前民间还有提议“定军山市”的。

沔水的沔怎么写？绕开勉县本地人，咱们拿到中文系去，估计也没有多少人会写。

今天，我们说说，要是府谷哪一天也有机会撤县设市，该叫什么名儿好。

突然发现这个话题好遥远——府谷撤县设市最近的话题都在 7 年以前了。

那时，府谷差不多是全省提及率最高的明星县——全国百强县、省直管县试点、全省民营经济转型升级试验区，这些名头哪一个拿出来都可以把勉县甩几条大街。

这还不算，府谷新民、庙沟门这些只有一两万人的乡镇，财政收入轻松可以超越富平县——当然这些钱府谷人花不了，大半经国税征管渠道最终流到中央财政。

2013 年 5 月，《榆林日报》一篇报道提到，在《陕西省“十二五”城镇化发展规划》中，神木、府谷、靖边、横山四个县被纳入撤县设市或设区的行列。

2015 年 5 月，《华商报》报道“目前陕西省还在进行户县撤县设区、

横山县撤县设区、凤翔县撤县设区、南郑县撤县设区、安塞县撤县设区和神木县撤县设市的工作，已上报国务院待批。”

看懂了吧，府谷撤县设市在陕西省内就止步，连终审的机会都没有。公开的原因是人口太少。有多少？24万，不到富平县的30%。再要和山东、江苏比，人家超过百万人口县（包括县级市）一抓一大把。

人口是重要指标，但也不能光看人口。最近中科院专家建议把喀什改为直辖市，那是拼人口的吗？

再说我们陕西，20世纪50年代，同官县发现大煤田，直接升为地级市，也就是后来的铜川市——发展了70年，地级铜川市今天人口满打满算也才七八十万，和隔壁的富平县接近。

府谷的优势是什么？世界一流高端能源化工基地，全国“北电南送”火电基地，秦晋蒙接壤区中心县，人均GDP全省第二（仅次于神木，超过深圳），黄河文明发祥地（寨山石城——石峁遗址），长城脚下千年古县……

这样优越的条件，别说陕西，放在全国也很有竞争力。所以说，若能拿出真改革、真干事的风格，从做强县域经济，合理布局城市入手，府谷撤县设市真的是应该考虑的。

现在，我们回到本文开头，假设一下，府谷将来要改市，叫什么名儿好。

从历史讲，汉代府谷曾设置“富昌”县，唐代出现过“富谷”这个地名，五代首置“府州”，到北宋“府州城”因折家军抗击西夏而闻名史书，再后来好像基本都叫“府谷”。

这些年，府谷民间钟情“府州”这个名儿，一是因为与全国重点文物保护单位宋代“府州古城”有关，二来“州”相当于地区（地级市），介于省和县之间，显得大一些。

府谷这个词，从音韵讲，两个上声读起来是有点拗口。好在府谷人读府谷的“谷”不是上声，而是轻声。关中人读“府谷”，一个更像去声、一个上声。

不过，“府谷”和“府州”比，还是叫“府谷”好——作为地名，一直沿用，不生僻，就不错了，世界上哪有那么多完美！

地名命名的复古倾向要提防。神木改市时就没有叫“麟州市”。前些年，“户县”改“鄠邑区”，“鄠邑”两个字外地人不认识，本地人不会写，据说连火车票都打错——今天的售票员应该也是接受了良好教育的，但你不能指望别人都是古代文献专家、训诂学家。

（原载二三里，2020 年 5 月 19 日）

再回石马川，相聚三十年

我把一张30年前的毕业照发在朋友圈后，引来一片唏嘘。

有人感慨那时的服饰，有人稀罕黑白照片，有人说重男轻女太明显，有人发现某人的头发曾经那么浓密……

这个浓缩了30年的记忆与一个叫石马川的地方分不开。神马川？石马川……

石马川是陕西府谷县境内一条黄河支流，以流经的石马川村命名，它发源于本县田家寨高寒岭，经石马川村，然后一路向东在齐家寨、王家洼、沙坪、折家山、折家河、郝家寨村形成大峡谷，再经郝家角（高尧峁）村汇入黄河。

石马川中学是石马川的灵魂。学校始建于1957年，是新中国成立后县政府布局在县城以外的三所重点中学之一（另外两所分别是麻镇中学和庙沟门中学），生源地主要包括南部碛塄、田家寨、付家焉、武家庄、王家墩等五乡镇。

20世纪六七十年代，石马川中学曾开设有高中班，到我们上学的80年代，学校只留下了初中部，但师资力量仍是南部几乡最好的。可惜，今天的石马川中学已经变成了九年制学校，小学初中加起来满打满算只有5个学生，教师倒是还有十几人。

回忆石马川，印象最深的是饥饿，十四五岁，正是长个子年龄，每天1斤粮食，1斤山药（马铃薯），一日两餐，上午通常是一中碗黄米饭，一勺山药糊糊（就是把山药煮熟，压碎，放把盐），下午是馒头，菜还是一勺山药糊糊。

石马川中学在农村，老师们一个个急着往县城调动，像沈卫兵老师这样在这里工作二三十年的非常少见，但有一个人除外。

这个人是大师傅“买种（去声）”。买种姓王，是学校附近一个叫杏弯村的村民，资深“临时工”。在学校里，很少有人称他王师或老王，大家都管他叫“老买”或按当地人的叫法在名字后面加一个“ze”——叫“买种则”。

学校里的馒头通常是发芽麦子粉蒸的。不知是老买手艺问题还是不用心，记忆中馒头要么碱大发黄，要么碱少发酸，再加上发芽的小麦粉本身就粘牙，说多了都是泪……

不敢奢谈好吃、有营养，就算黄米饭、发芽小麦粉蒸的馒头、不去皮的山药糊糊，如果能让管饱吃，那该多好啊！

那时的星期六是正常上班、上学的。冬天天寒日短，我们上完下午两节课，便急匆匆踏上回家的路，吃上两天饱饭，于周日下午背些辣子油、馍干、炒面、炒米之类的干粮返校。

石马川中学有一门“绝世武功”，掌门人是沈卫兵老师。

若干年后，我们校友总结毕业后经历的中考、高考以及职称英语等诸如此类的考试，发现沈卫兵老师教的英语使我们受益匪浅。

20 世纪 80 年代初，国门刚刚开放，像府谷这样的边远地区的英语老师非常稀缺——全县毕业于英语教育专业的老师只有 2 人，其中 1 人早已不在教学岗位，另外 1 名就是沈卫兵。

今天回忆起来，沈卫兵老师的英语教学大概有三个特点：发音较准、领读勤奋、注意英语语境营造。

初学英语，很多人有用汉字给单词注音的习惯，比如在 old 的下面注上“奥德”。沈老师第一节课明确反对这种注音，他在教室巡回时，发现谁的课本上注了汉字读音，一定会当面批评，甚至会骂，还可能揪耳朵。

领读是需要辛苦的，甚至要求不厌其烦。沈老师不仅在课堂上三番五次领读，有时候晚自习课上还要进来领读——这对于一门外来语言的入门何等重要。

这次聚会时，同学们还能记起初学英语时的细节，但沈老师却说自己水平不行，原来英语还好一点，现在英语也不行了！这当然是沈老师自谦。

回过头来思考，评价义务教育阶段一个老师好不好，首先是他的基本功，包括知识的系统性；另外，也是最核心的一条则是态度——看他是不是热爱教育，能不能几十年如一日，不厌其烦，尽心尽力！

我个人印象最深的还有语文。我们的语文老师王胜彪是府谷作家中起步最早的一位，散文、小说都有发表。汉语言文学功底响当当，他自己读书、写作，再去教语文自然是不一样的。我后来从事了记者工作，王胜彪老师的影响不言而喻。

好的老师还有很多，数学老师高秀珍不仅教数学，还教我们唱歌，我们至今还记得她教我们的《妈妈的吻》——那个年代，一所山村的学校，能有人教最流行的歌曲，已经是非常时尚的了。王尚荣老师的物理、王克荣老师的化学，都给了我们非常好的启蒙。

30 年前，农村孩子通过上学考试跳出农门的，可以说凤毛麟角。像我们班，当年考了一个中专，几个高中。

回过头来看，我们府谷县历史上的教育欠账太多了。我担任《华商报》渭南记者站站长期间，在一个饭局上认识了一位老人，谈吐不凡。朋友介绍说他是某乡镇中学的退休历史老师，1956 年毕业于陕师大历史系。

这让我非常吃惊，我们府谷和关中的师资力量差距太明显了。

1988 年，同学们初中毕业后有的回到村里从事农副业、养殖业，有的进了工厂，有的学技术，有的做生意。

当然学习是广义的，成才之路也是多样的，也有同学毕业后通过其他渠道参加了工作、做了党政领导，做了企业家、做了 CEO。从聚会时大家开着上百万、几十万的座驾看，不少同学在经营方面取得了不错的业绩。

考上中专或后来考上高中再后来考上大学的，有的做了教师，有的当了学校领导，有的当了处长、科长、行长，也有的当了医生、记者……整体看，大家发展得都不错！

如今我们都快要步入知命之年。这并不是说，我们就真的成了家乡府谷人说的一场“铺就绪的糜草”，我们的快乐、我们的明天灿烂依然！

快乐是一种生存状态，与我们的职位、金钱并无直接关联。权、钱、名，都是相对的，只要我们保持劳动者本色，勤奋踏实，悦己乐人，向上向善，内心宁静安逸，我们就是快乐的、幸福的，是独一无二的有价值的生命个体。

最后，说件最重要的事，那就是健康。

健康不一定要长命百岁，关键是生存质量。先天的东西我们没法改变，但我们可以通过管理让自己更健康。

绝不能等到出了问题或到了哼哼嗤嗤的年龄再说养生，从现在开始，注意饮食、劳逸、情绪。

饮食的要点是有节，核心是控制体重——就整体印象而言，同学们的腰围确实宽了一点，或者说体脂率高了一点，是该控制一下了。

劳逸方面，今天多数人的问题的“逸”太多，所以要动起来，不要“油腻”。

古人有“恬淡虚无，真气从之，精神内守，病安从来”之说。这里的“恬淡虚无”就是指心胸开阔；“精神内守”是指人心无杂念，不受物质世界的诱惑，两句说的都是内心的问题，或者说是情绪问题，用句流行话就是要淡定、要让自己开心。

有了健康的身板，30 年后，还是石马川，我们再相会！

（原载微信公众号《平鸣》2008 年 8 月 9 日）

祁万才那双 43 码鞋

“我叫祁万才，穿着 43 码鞋，谁要和我比脚板，你就来……”

这句民谣随祁万才从府谷县王家墩到碛塄，传遍了整个南乡。

祁万才是一位刚刚过世的老人，曾经担任过陕西省府谷县副县长，他当碛塄乡党委书记的 20 世纪 90 年代初，正是乡村政权软弱又生猛的年代。

说软弱，是指原来的公社集体制解体后，农民单干，乡上能调用的资源太有限。

生猛呢，是说当时乡上干的工作如“催粮要款结扎上环”这些，不怎么受老百姓欢迎——当然也不能说不欢迎就一定不好。

“八字工作”定然是打上时代烙印的，今天好像都反了过来，这里一笔带过。

假如祁万才和当时其他官员一样，满足于“八字工作”，也就没有今天我们的追忆了。

先讲一个插曲——

我小学毕业时，要到县城参加小升初考试。

天不亮我和父亲从庄子坪出发，然后经折家山、折家河、付家坪、张家墕、碛塄园子沟、崇塔、阴塔，下午三四点到府谷县城，用了八九个小时，路上有歇息，但没有长时间停过。

一直沿黄河方向走，河岸沟渠遍布、蜿蜒曲折，除了有十八弯，到处是石壁和陡坡，路边的砂岩上有纤绳磨下很深的沟槽，那是千百年来无数黄河纤夫用他们的双脚和肩膀留下的印记。

祁万才要修路了，就在往日只能容下纤夫脚板的小道上，他要把十八弯取直、要把陡坡降缓、要把沟渠填平……

现在的人怎么修路？先测量、设计，然后招标，专业施工团队上手，挖掘机、推土机、自卸车等机械为主，混凝土都是家常便饭。

那时什么都没有，府谷县财政年收入才两三千万，真正的吃饭财政，能拿出三二十万供一个乡去修路，已经都是最大地支持了。

不但没钱，还没专业技术人员。

难不难？

坐着想，都是困难；实地干，总有办法。

祁万才又将又相，既是设计师，也是工程师，还是项目经理、监工。

我采访祁万才是 1993 年正月，那时我还是一名学生记者。

初见时，他话不多，至今还有印象的是他介绍自己姓名时特意在地上写下了“祁”这个字——以前社会，府谷人识字的不多，不重视姓名的书写，口耳相传的同音字以讹传讹，经常有人把“祁”写成“齐”，祁万才对此很介意。

介绍了一些情况后，祁万才让我到村里去采访，我就去碛塄、石堡几个村，住在那里，听村民讲修路的故事。

大堡（dài bǔ）川一带，历来有所谓的“戳河石圪蛋”，就像藏在河中的顽石，久经风浪，好勇斗狠，一般人都要让着三分。

祁万才要修沿黄公路的风声放出来后，有些“戳河石圪蛋”就在村里公开说，现在单干了，不给钱“不尿他”，要修路让祁万才自己修去。

还有一些年龄大的村干部提出，修路离不开火工爆破，一旦遭下人命，只怕祁万才这么大的官儿收拾不了残局。

祁万才听到这些声音后没有退缩，而是直接跑到村里开全体村民大会。

他撸起袖子说：“我叫祁万才，穿着 43 码鞋，谁要和我比脚板，你就来……”

会场顿时鸦雀无声，那些“戳河石圪蛋”虽然心里不服，但是也不敢站出来，日后只好跟着其他村民天天上工地。

祁万才又对着村干部说，不要胆小怕事，如果想当这个村官你就好好干，出了什么事我一个人担着，免官坐牢我先上；如果当不了，你现在就放下。

开工后，祁万才每天早早到工地。有一次，太阳都上了两杆高，一个村干部才带着村里的男男女女来了，祁万才迎上去指着鼻子就噘，重话狠话一连串。现场几百人都在听着、看着，那就是一场生动的现场会，懒散、迟到的人以后都不敢了。

遇到有偷懒的后生，祁万才也是直接开骂。石堡村支书李和平笑着讲，他对懒汉毫不客气，追到跟前骂“qiu 桩”，还真把“戳河石圪蛋”给镇住了。

官方的报道喜欢用动了多少土石方，用了多少雷管、炸药来说明修路艰难，其实这些都是抽象的。你能看到的是，冬天男人头上蒸腾的热气和一双双粗糙而布满茧子的手以及一把把洋镐、一张张铁锨、一根根钢钎、一辆辆推车……路每向前推进一米，靠人工修路要留下多少汗水！

通碛塄，通杨家庄，通郝家角……沿黄路越修越长，村里的农用三轮车越来越多，沿岸几十个村子的几千人逐渐告别了交通靠走的年代——有年正月收假，我从家里步行几十分钟，到郝家寨郝振飞、贺湘茹同学家喝了黄酒，然后一起坐三轮车返回县城上班，那车子自然是简陋且拥挤，但只用了个把钟头，比过去步行强多了。

转眼快要 30 年，祁万才也由一名横刀立马的干将变成老人，走完了自己的一生。

行走在沿黄公路，睹物思人。祁万才离我们而去了，留下了一双穿不坏的“43 码鞋”，那是一双代表着实干与担当的奋斗者之鞋，一双记忆着府谷人精神气质的鞋！

这30年府谷的变化太大，财政收入增加了100多倍，农村村村通了水泥路，人们的三轮车换成了小汽车，我现在开车从县城回农村老家，只需35分钟，比从西安火车站到创意谷还快。

这样的发展，不正是一茬一茬的府谷人奋斗出来的吗！

（原载二三里，2021年1月7日）

“山羯子”“客哪里”“藺家圪 bo”，你能听懂多少府谷话？

府谷方言是陕北晋语的重要代表，因其处于山西晋语、陕北晋语和内蒙古晋语的交汇地带，在语音、词汇、语法等方面均有一些独特的表现。

理解上述复杂的语言现象，要从历史、地理、文化角度切入。

府谷，北接内蒙古中部，东南以黄河为界，和山西的河曲、保德二县隔河相望，西南是陕西神木。

府谷方言的丰富，一是因为地处农耕文明与草原文明过渡区；二是移民因素；三是行政区划的演变；四是人口稀少，远离大城市，历史上交通不便，不容易被流行文化同化。

府谷很古老——1 万年前，也就是第四纪冰川期，府谷发现剑齿虎等大型哺乳动物，这表明当时植物茂盛，大型食肉动物的食物丰富。史前时代，寨山石城被初步确定为距今 4500 年人类早期文明遗址，从墓葬文化看，当时的礼制与今天差别并不大。

但是，今天的府谷人中是否有寨山石城先民的后裔？即便有，也是个别。

府谷住民主要由两部分组成，一是“军户”，也就是随军家属，像碛塄的折家河、折家山、武家庄的折家界，都有或者曾经有宋代府州城守卫折家军后裔。不过从数量看，今日府谷折氏人口并不多。

二是“移民”，主要从山西西迁而来。府谷很多人族谱上记载，其先人来自山西“大槐树”。移民最集中的时期主要在明清，其中明成化年间修筑长城需要大量外来人口；另一个时期是康熙年间开始允许在长城附近耕种，吸引了山西等地人口迁入。

移民的主要原因包括躲避捐税、兵役与战乱；犯事或被株连后逃命；原住地人口增长后外扩寻找新的土地给养。

以下，是府谷方言特征及部分常用词汇，不妥之处欢迎大家订正。

一、古语

1. 客（哪儿）。

这是古汉语中名词的“意动用法”，“客哪儿”“客哪里”意思是“到哪儿做客”，这里的“客”相当于英文的 go。“客”是相对主人、本土而言的，有人写作“克”是错误的。

“客 + 地名”这种用法在宋代已经出现，提出“工夫在诗外”的南宋诗人陆游在《临安春雨初霁》写道：“世味年来薄似纱，谁令骑马客京华？”

例：“好几天没见你，是不是客西安圪来来？”

“下回路过府谷，一定要客我们家来哩。”

2. 甚。

意即什么。现代汉语已经很少使用单音节词“甚”，古代典籍《水浒传》多次用到这个词——酒保抄手道：“官人要甚东西，分付卖来。”鲁达道：“洒家要甚么！你也须认得洒家！却恁地教甚么人在间壁吱吱地哭，搅俺弟兄们吃酒？洒家须不曾少了你酒钱！”

例：“你做甚圪呀？”

3. 仄逼。

意为逼仄。

例：“到郭家崖尧村的路可仄逼哩，操心些。”

4. 每常。

往常、以往。《水浒传》第一五回：“若是每常要三五十尾也有，莫说十五个。”

例：“每常家没有化肥，种一垧糜子打一石（dan，去声）就算好收成了。”

5. 卧（羊）。

这是古汉语语法中动词的“使动用法”，意即“使之卧”，宰杀动物的一种含蓄表达。因为宰杀牲畜前要卧倒，所以府谷方言中的“卧”引申为屠宰的意思，如“卧羊”“卧猪”。

例：“夜里过了小雪，正是卧羊时分（昨天过了小雪节令，正是该杀羊的时候）。”

二、儿化韵

老婆儿、拐棍儿、孩儿、桃儿、杏儿、枣儿、鸡儿、鱼儿、月儿（月亮）、水头儿（泉水）、红袄儿绿裤儿……

注意，带儿化韵的词多读轻声，这与山西方言又有不同（山西方言多读升调）。

三、叠字

光不溜溜、白个生生、蓝个盈盈、一回回……

“一回回”，意即一次又一次，贺敬之《回延安》有“几回回梦里回延安”。

例：“你敢是把事情说清哩吧，一回回让人跑的。”

四、外来词（蒙语音译）

1. 圪泡，意即杂种，当地骂人的话，该词直接来自突厥和蒙古语音译。

2. 大昌汗，昌汗为蒙语，意为灰白色的沟。

3. 哈业五素（大昌汗镇一个村村名），哈业，蒙语数量词“两”；五素（乌苏），指“水、水泽”。哈业五素原意是两块湿地，和大昌汗同样都是根据地貌特征所命地名，然后由蒙语音译为汉语词语流传下来。

五、虚词（话把子，表示音节、语气）

话把子就是把单音节词变成双音节、多音节词，一般是名词前缀或后缀一个虚词，这个虚词只表示音节，一般没有实际意义，如现代汉语中“小老虎”和“小虎”意思完全相同。

府谷方言最常见的“话把子”要数“圪”，多用于前缀，如圪梁（平缓的山峁）、圪蹴（蹲下）、圪蛋（球状物）、圪来来（同“圪呀”，虚词，表示疑问语气）……

府谷古城镇有一个以“米凉粉”著称的地方叫“蔺家圪 bo”，当地人写作蔺家圪卜。实际上这个写法是存疑的，古代词汇大多通过口口相传，需要写的情况比较少，很容易以讹传讹。

“圪 bo”应为“圪钵”，圪是虚词，钵就是碗，圪钵形容碗状坑，当然是一个大坑（非深坑）。“蔺家圪钵”，意思是一个碗形的小盆地中住着蔺姓人家的村子。

六、其他词汇（日常用语）

1. 山药。新疆人离不开皮牙子（洋葱），府谷人说没山药不会做饭。但注意这个“山药”不是长得像棍子的那种“淮山药”，而是马铃薯，也就是很多地方叫土豆的那个植物的块茎。

山药是晋语名词的代表，现代文学史上有一个专有名词叫“山药蛋派”。府谷人读“山药”，有读 sán yí，也有的地方读 sán yé，有人直接写作“山野”，这就很捣蛋了，因为汉语是表意文字，不能为了读音接近而写错别字。

2. 乃。乃是府谷人名中使用频率最高的一个词，如高乃则、温乃华、田乃元……

乃字本为“奶”，源于母亲在哺乳过程中对孩子产生的怜爱，则是一个虚词（本来是“子”，当地“则”的读音更接近“子”）。

因为现代人的姓名都要写出来的，写“奶子”总是不怎么雅致，所以当地约定俗成写作“乃”。

3. 小子。特指儿子，重点指向性别。

例：“你家生的是个小子还是女子？”

“小子”在府谷话中的另一个义项与现代汉语相同，是对年轻男子的蔑称。

4. 恶水。形容词，指脏。

例：“今儿阳婆好，到河里洗恶水圪呀。”

5. 灰、瞎。引申义，指不好 (bad) 的意思。

例：“这年头，灰人可多哩，年轻人不要贪图打麻将，瞎营生。”

6. 难活。不舒服，专指生病了。

例：“医生，我肚难活的，肚膨，生食气。”

7. 受苦。指干体力活儿、出卖苦力的活儿，有的地方方言叫“下苦”，与现代汉语“遭受痛苦”的意思完全不同——干体力活儿可能辛苦些，但不一定痛苦。

例：“受苦人，来钱不容易，你要整天大吃二喝，一辈子也攒不下买房的钱。”

8. 游狗。指发情的狗，也指狗交配，有时用来比喻作风放荡之人。因公狗发情后会游走几十里寻求配偶，故有“游狗”一词。

9. 骡婆。指繁育母猪。

例：“喂骡婆负累多，但比肉猪挣钱多。”

10. 烧（去声）。表示热，使人出汗。

例：“你家暖气太厉害，把人烧得气也出不上来。”

11. 熬。累，困，疲乏。熬在汉语中有“熬煎”之意，《汉书·陈汤传》：“国家罢敝，府藏空虚，下至众庶，熬熬苦之。”这里的“熬熬”有愁苦之意。愁苦、熬煎、累，都是一种不适体验，区别在于重点强调心理还是生理。

例："刘哥：晚上7点，五虎山，喝几杯去。""今儿回老家刨山药，熬得不行了，你们聚吧，谢谢兄弟。"

12. 急滚吃。意思是趁热吃 (Help yourself when it is hot)。因为水沸腾时会翻滚，所以府谷话把沸水叫"滚水"，"滚"引申为热，如"滚锅头（热炕头）"。

13. 养孩儿。分娩，府谷话中的"养"有时专指"生"。

例："现在条件好了，我们以前养孩儿都是在自己炕上，哪有医院哩。"

14. 姑舅。表兄弟、表姐妹。

例："香不过猪肉，亲不过姑舅。"

15. 这行（音 xing）**害**。直译就是"这阵子流行的祸害"，指流感（influenza），时疫。

例："府谷老乡们，要是遇上这行害，可是要戴口罩哩，顶不行的话吃几粒连花清瘟胶囊。"

16. 山羯子。绝育后的公山羊。

例："山羊长得慢，正儿八经山羯子肉，一斤45块不算贵。"

（原载微信公众号"平鸣"，2019年3月26日）

后　记

我初入新闻这一行，是不喜欢风花雪月的，这并不是说我不会风月——上大学时我的文学作品已经发表在中央人民广播电台——主要是基于我对新闻的理解，认为文学化的表达用新闻传播理论解释，其编码相对更主观，最终导致译码与编码之间出现较大的“信息差”。

于文学作品而言，风花雪月恰恰构成了作品意涵的丰富性，即所谓“一千个读者就有一千个哈姆雷特”。

对以真实为生命的新闻作品而言，“信息差”则是新闻工作者的敌人。“狗似玃，玃似母猴，母猴似人，人之与狗则远矣”，《吕氏春秋》这一段，说的正是传播中信息差的危害。

无论是中国新闻人实践出来的“散文式新闻”还是国外同行总结提出的“新新闻主义”，有审美方面的优势，但那种发挥也很可能带来另外一种困惑。我写湖北荆州长江“挟尸要价”的报道发表后，《南方周末》同行杨继斌就撰文指出，“‘挟尸要价’是一个文学化的叙述”——实际上，“挟尸要价”只是新闻事实浓缩后以标题形式出现的一个关键词。

我早期的调查性报道《农民张坎锁之死》是在防止文学化倾向的理念支配下采写的，不枝不蔓，不煽情，根据事实来描写事实，“用事实说话”，尽量少用形容词和副词，最大限度还原了那个时期农民的艰难。

《“昝老师”的狱中日记》更是直接实录，记者的工作仅仅是发现了一个有料的报道对象，而那篇报道却非常叫卖。看来，“文无定法”与写作有高下都是有道理的。

世纪之交，都市报的崛起被认为是其时传媒业最重要的事件，而《华商报》则是中国都市报行业的明珠，业界说它创造了“奇迹”一点也不过。

到《华商报》之后，高度市场化的企业文化迫使我改造自己的新闻观，在讲故事和文本方面继续提升，于是便有了《京城流浪女李丽云的非正常死亡》这类文章。

当然了，记者的文本风格除与所在媒体的定位以及记者自己的写作旨趣有关外，还受作品体裁以及采访的广度、深度和新闻信息量影响。

《杀人女外逃嫁给警察，落网后自称被“命运榨成空壳”》，本书同时收录了特稿和消息，正是为了展示两种文本的不同——如果信源可靠，消息可以靠单一信源写成，但特稿不行，场景、直接引语，证伪与证实，都是最见采写功力的地方。

新闻一向被称为“易碎品”，最不耐压，特别是随着新媒体的兴起，我自己的写作也早已转移到互联网上，其中新浪微博“记者郝建国”有超过30万粉丝，单篇点击量最高500万+，超越了90%以上的畅销书。

此时，连我自己都要问，现在出版自己的新闻作品集，究竟还有没有意义？

答案是肯定的。单论信息而言，收入本书的文章其新闻价值早已衰减大半，但记者的记录之外还有思考抑或启蒙，镜鉴或者警惕，悲悯或者严肃，故事之壳无不浸润文化与审美。好的新闻作品在某种程度是时代嬗变、社会转型以及个体、组织、社会变迁的年轮和化石，也是新闻业态和新闻从业者的杂史。

印刷品的式微无人阻挡。但是，在未来很长一段时间内，纸媒的静穆与庄严感和阅读体验依然无可替代，图书、报纸断不会速速消亡。

今天我自己能拿出这本小集子，各个时期所遇到的老师、领导和同事自然是有贡献的。

《华商报》创始人张富汉以及其他不同时期的各级领导刘东明、沈庆云、孙晓冰、周怀忠、鲍剑、毕诗成、贾军、宋俊峰、张萍妹、张静廷、张小斌、侯亚萍、李正善、江雪、方荣亮，还有《各界导报》张魁、仵埂，《陕西日报》高质一，《当代女报》杨树梅、高文艺等领导，没有他们的担当和支持，我的一些作品可能无法见报，或者虽已发表却被改坏。

从1997年改版，《华商报》用两三年的时间创造了都市报奇迹，业内尽人皆知。等我2004年加盟时，《华商报》已长成参天大树，记者兵强马壮，名记者、名校毕业生遍地。我那时虽有获奖作品加持，但年龄却超过了招聘前划定30岁的界限，要不是张富汉老总亲自过问，我可能就与《华商报》失之交臂了。张总知遇之恩，永生不忘。

刘东明总编是《华商报》改版初期主要领导人之一，报社创业老记者几乎每个人都能讲一段关于他的故事。可惜我进来时他已转向经营方向，未能在新闻业务方面受其耳提面命。

沈庆云老师是我进入新闻圈之前最早认识的资深记者，他从《陕西日报》政法部主任岗位上退下来后，担任《华商报》业务指导，协助夜班把关，相当于企业的“总工”。

有次夜里接到沈老师电话，核对一处人事任免信息——我把“人大常委会”简写成“人大”，还按大众习惯去辩解，被沈老师严厉批评一顿，质问我《宪法》改了没有。

沈老师博学严谨，公私分明，批评之后照样邀请我去他家里打牌，虽然我不善于此道。更有趣的是，沈老师退休后梅开二度，政法记者写都市小说，庄谐两道通吃。

周怀忠社长低调稳健，厚道正直，我有些时间有机会在他身边工作，所受教益良多。

鲍剑总编辑是报人兼诗人，有温度、有情怀，他主导的报道题材民生化改革，有声有色。

现任党委书记、社长毕诗成，是在报社成长起来的核心，早在博客时代他已经叱咤风云，“老毕说事”至今常有爆款。他在评论部时，刚好与我所在的深度新闻部是近亲，担任社长前经常与我在自媒体上互动，说来也是颇有缘分。

党委副书记贾军，工作严谨细心，勇挑重担，工作之外又是大哥哥、好邻居。

宋俊峰副总编辑毕业于北大，他策划、签发稿件大处着手，抓关键、看本质，我有一篇被海量转载、引用的重大题材报道，正是经他手签发后见报的。第二天，上面打电话既表扬又批评——表扬的是稿件内容本身，批评这里就不说了。

与这本书有关的领导和同事还有很多，现任华商传媒集团总裁王朝阳，现任《华商报》总编辑杨君、总经理聂保刚、财务总监张文利以及其他领导翟卫东、曹鹏飞、谢正罡、李斌、任坤、李明、薛振宇、刘安、邓光明、王晓昱、薛三星、赵富军、苗菁、朱宏军、刘立春、王永恒、李杰、李勇钢、周清、付亚娟、王雄、马进军、曹旭刚、郭魂强、杨怡、王骞、陈思存、陈有谋、陈川、马虎振、路洁、王昊、赵宗彦、王保卫、白宁、寇梦天、任建飞、卫晓宁、程斌、贾令伟、赵峰、彭宏、袁红、李彪、高雅梅、李振、王永华、董重阳、朱永安、吴伟、王小晴、李少良、杨筱、陈团结、王智、邓小卫、巩志明、衡国良、胡国庆、刘海宏诸君，其中包括一些已经退休或离开华商的、没有提及的同事，他们对《华商报》的贡献和对我本人的支持与帮助，这里一并致谢。

我要特别感谢《各界导报》前社长兼总编辑、著名书法家张魁。在《各界导报》我第一次获得“陕西新闻奖”（省级以上新闻奖是新闻专业高级职称评定的必备条件）。那时，正是国内报业兴盛时期，我担任报社编委兼总编辑助理，通常夜间值班到凌晨两点，第二天上午继续主持召开选题会，二十多岁的人哪里会累呢。

家乡府谷各级领导乔万荣、秦继华、沈明志、段裕田、王爱清、郭仲伟、王效力、王乃延、杨艾霞、温子斌、张乃仁、陈广平、杨占海、王英、韩瑞珍、高宽应、刘区厚、郭务卿、张永强、刘耀等，对我进入新闻媒体工作或在成长方面均有过大的支持、指导和帮助，借此机会表示诚挚感谢。

陕西省委原书记安启元不顾年近九旬的高龄，欣然为本书作序。安老德高望重、平易近人的风格和对年轻人的提携鼓励，令我十分感激。

清华大学新闻与传播学院长聘教授、博导王君超老师学术斐然，是不可多得的新闻学界“接地气”人才，他与我相识于自媒体，虽未谋面，却不吝为本书作序推荐，感激之情铭记在心。

好友张念贻是我二十多年前的同事，他一直深耕于新闻实务，是有名的文化学者和社会活动家。他的序言不仅懂我的文章而且更知我本人，言谢自然不足以表达我俩的君子之交。

著名文化学者、享受国务院政府特殊津贴突出贡献专家、书法家、新闻界前辈肖云儒先生专门为本书题写了书名，谨致谢忱。

兴茂集团长期致力于共同富裕，多年来用于教育、医疗、交通、脱贫攻坚、新农村建设等领域的捐赠、慈善资金超过13亿元，代理董事长高飞表示未来企业运营正常后，还将全力参与“第三次分配”，一如既往朝着共同富裕的目标努力。我的好友、企业家侯光生，致富不忘初心，经常说自己能赚钱靠的是党的领导好、国家政策好，这些年他每年都默默资助一批从未谋面的困难大学生。好友、企业家袁玉平富而好礼，德业俱兴。好友、企业家杨峰，低调内秀，友邻不孤。袁玉平先生、高飞先生、侯光生先生、杨峰先生等企业家朋友的高尚情怀和对本书出版的大力支持，我这里由衷感谢。

我妈妈常常引以为自豪的是，她在两个本命年生了两个属猪的儿子。我的弟弟郝建邦也是一支笔杆子。酒酣之际，常有朋友说他已经超过了我，这是为兄之我乐于听到的。本书的出版，与他的鼓劲与督促也是分不开的。

2021年夏于西安